U0564621

启真馆 出品

三味
书屋

在文学史深处打捞

陈子善　著

ZHEJIANG UNIVERSITY PRESS
浙江大学出版社
·杭州·

图书在版编目（CIP）数据

在文学史深处打捞 / 陈子善著 . -- 杭州 : 浙江大
学出版社 , 2025. 6. -- (三味书屋). -- ISBN 978-7
-308-26151-7

Ⅰ. I206.6-53

中国国家版本馆 CIP 数据核字第 202550LR76 号

在文学史深处打捞

陈子善　著

责任编辑	叶　敏
文字编辑	黎梦瑜
责任校对	张培洁
装帧设计	伊　然
出版发行	浙江大学出版社
	（杭州市天目山路 148 号　邮政编码 310007）
	（网址：http:// www.zjupress.com）
排　　版	北京楠竹文化发展有限公司
印　　刷	北京中科印刷有限公司
开　　本	880mm×1230mm　1/32
印　　张	9.25
字　　数	208 千
版 印 次	2025 年 6 月第 1 版　2025 年 6 月第 1 次印刷
书　　号	ISBN 978-7-308-26151-7
定　　价	75.00 元

版权所有　侵权必究　印装差错　负责调换

浙江大学出版社市场运营中心联系方式：（0571）88925591；http://zjdxcbs.tmall.com

序

书既已编成，按理应该说明几句，充作序言。

结集在这本书中的文章，大都是我近五六年所写的。又分为两编：上编"考释篇"，侧重于对中国现代文学史上的社团流派、作家作品、杂志副刊的研读考释；下编"序跋篇"，则是为友人和学生的编著作品所作的序文，以及自编书的序跋，但仍围绕中国现代文学史研究这个范畴。因此，书名就定为《在文学史深处打捞》，这是我一以贯之的研究中国现代文学史的追求，或也可从中见出我的现代文学史观。

同时，这本新书献给挚友吴兴文兄，作为一个纪念。兴文兄当年受聘于浙江大学出版社"启真馆"，热情向他来大陆发展最早认识的朋友约稿，我漫应之，却迟迟未能应命。而今，我终于交了卷，他却再也见不到了，一大憾事也。

最后，感谢"启真馆"。

鲁迅逝世八十八周年纪念日于海上梅川书舍

目　录

上　编
考释篇

■ 张彭春、新月社的诞生及其他 / 3

■ 商务印书馆与新文学运动——从张元济的一则日记说起 / 19

■ 新见鲁迅译《小约翰》出版合同——兼说鲁迅与徐伯昕的关系 / 29

■ 鲁迅书赠增田涉《锦钱馀笑》诗幅真迹梳考 / 38

■ 巴金与鲁迅的散文集《夜记》/ 51

■ 关于孙伏园的《鲁迅先生的小说》/ 61

■ 郁达夫与《时事新报》副刊——兼谈新见郁达夫佚文 / 89

■ 徐志摩题赠任叔永的《志摩的诗》及相关史实考 / 99

■《北晨学园哀悼志摩专号》浅说 / 107

■ 不该漏了施蛰存先生——写在《施蛰存译文全集·小说卷》出版前夕 / 113

■ 孙大雨译莎士比亚 / 117

■ 序《许幸之全集·文学作品卷》/ 128

■ 读《陈西滢日记书信选集 1943—1946》札记 / 136

■ 南星三题 / 144

■ 上海北新书局《青年界》刍谈 / 152

■ 范泉与《文艺春秋》/ 166

■ 一个同中有异的新诗集装帧现象——《死水》《烙印》《茫茫夜》之比较 / 176

■ 重审作家传记与中国现当代文学史研究之关系——在第七次"传记文学论坛"上的发言 / 182

下　编
序跋篇

■《绍兴近现代名人手札拾遗》序 / 191

■《鲁迅在上海的居住与饮食》序 / 195

■ 姗姗来迟的书信张恨水 ——《张恨水书信》序 / 199

■ 丰富多彩的张恨水序跋 ——《张恨水序跋》序 / 204

■《陈蝶衣文集》序 / 210

■ "双语作家中杰出的一位" ——《熊式一：消失的"中国莎士比亚"》序 / 216

■《冰心书话》序 / 220

■ 年谱亦见史识——《聂绀弩先生年谱初编》序 / 224

■《程应镠文学文存》序 / 228

■《黄裳书影录》序 / 233

■ 他的历史小说也独树一帜——《谭正璧传》增订
本序 / 237

■《改革文学中的开拓者形象研究（1976—1984）》
序 / 241

■ 值得期待的"典范转移"——《从文献学到"数
字人文"：现代文学研究的典范转移》序 / 244

■《香港文学半生缘》序 / 249

■《文学的摆渡》序 / 253

■《东嘉故书谭》序 / 257

■《绿土文丛》序 / 261

■《开卷手稿集》之我见 / 266

■ 一个很有趣的国际文化现象 ——《世说猫语》
序 / 269

■《〈申报·自由谈〉杂文选（1932—1935）》增订
本跋 / 273

■ "学术是有自己的温度的"——《学术林中路》编
者前言 / 276

附　录　■ 关于我的书话写作 / 281

上编

考释篇

张彭春、新月社的诞生及其他

在中国现代文学史上，关于许多影响深远的新文学社团成立于何时，早已有了定论。文学研究会 1921 年 1 月 4 日成立于北京，[①] 创造社 1921 年 6 月 8 日成立于日本东京，[②] 中国左翼作家联盟 1930 年 3 月 2 日成立于上海，[③] 中华全国文艺界抗敌协会 1938 年 3 月 27 日成立于武汉，[④] 等等。唯独新月社的具体成立时间一直难以考定，或者确切地说，一直存在不同的说法。

关于新月社成立于何时，早在 1958 年版《鲁迅全集》的编者注释中就已经给出了一种说法。鲁迅在《三闲集·序言》中写道 "'正人君子'们的新月社中人"，《鲁迅全集》编者对新月社的注释是："新月社，成立于 1923 年的一个文学和政治的团

---

① 文学研究会 1921 年 1 月 4 日在北京中央公园来今雨轩举行成立大会，参见《文学研究会会务报告（第一次）》，《小说月报》1921 年第 12 卷第 2 号。

② 创造社 1921 年 6 月 8 日在东京帝国大学第二改盛馆郁达夫寓所开会成立，参见王自立、陈子善编：《郁达夫生平活动大事记》，见《郁达夫研究资料》，北京：知识产权出版社，2010 年，第 573 页。

③ 中国左翼作家联盟 1930 年 3 月 2 日在上海窦乐安路中华艺术大学举行成立大会，参见《中国左翼作家联盟的成立》，《拓荒者》1930 年第 1 卷第 3 期。

④ 中华全国文艺界抗敌协会 1938 年 3 月 27 日在汉口总商会大礼堂举行成立大会，参见老舍：《记"文协"成立大会》，《宇宙风》1938 年第 68 期。

体"，①后来 1981 年版和 2005 年版《鲁迅全集》中的注释都基本沿用了这句话。现代文学史研究者薛绥之 1963 年发表了《关于"新月派"》，文中对新月社的成立时间就依据了 1958 年版《鲁迅全集》的注释，还进一步引用徐志摩 1926 年发表的《〈剧刊〉始业》中"我今天替《剧刊》闹场，不由的不记起三年前初办新月社时的热心。最初是'聚餐会'，从聚餐会产生了新月社"作为佐证。②另一位现代文学史研究者瞿光熙读了薛绥之此文后，写下长文《新月社·新月派·新月书店》，对此"提出一些商榷的意见，也乘此补充一些史料"。③瞿光熙根据徐志摩发表于 1923 年 8 月 6 日《文学周报》第 82 号的《石虎胡同七号》一诗，得出如下结论："可以肯定新月社成立于一九二三年八月以前，或成立于一九二三年春。"④20 世纪 90 年代以后，徐志摩研究者韩石山则在《徐志摩传》中谈道，"新月社的成立，一般的说法是 1923 年 3 月。不会这么早"，"现在可以大致不错地说，新月社就是徐志摩这次返回北京，⑤在得知泰戈尔来华的准确时间后成立的。就是 1924 年的 3 月"，他接着又强调"从 1924 年 3 月组织起新月社"。⑥

　　归纳起来，关于新月社的成立时间，有 1923 年、1923 年春

---

① 鲁迅：《三闲集·序言》注释，见《鲁迅全集》第 4 卷，北京：人民文学出版社，1958 年，第 494 页。

② 薛绥之：《关于"新月派"》，见《中国现代文艺资料丛刊》第 3 辑，上海：上海文艺出版社，1963 年，第 239 页。

③ 瞿光熙：《新月社·新月派·新月书店》，见《中国现代文学史札记》，上海：上海文艺出版社，1984 年，第 257 页。

④ 瞿光熙：《新月社·新月派·新月书店》，见《中国现代文学史札记》，上海：上海文艺出版社，1984 年，第 259 页。

⑤ 指徐志摩 1924 年 3 月初自浙江硖石返回北京。

⑥ 韩石山：《创办新月社》，见《徐志摩传》，北京：北京十月文艺出版社，2004 年，第 108、110、112 页。

（或 3 月）、1923 年 8 月前、1924 年 3 月等多种说法，莫衷一是。从中可知新月社成立于 1923 年至 1924 年之间，尤以 1923 年可能性更大些，应已成为共识，到底确切日期有可能考出否，一直是未知数。时光流逝了六十余年，而今，随着《张彭春清华日记》(1923—1925) 的问世，[①] 再参照其他相关文献，这些疑问终于有了符合史实的解答。

张彭春（1892—1957），字仲述，天津人。为民国时期南开大学校长张伯苓之胞弟，与胡适、赵元任、梅贻琦等一起考取留美资格，1915 年获哥伦比亚大学文学与教育学双硕士学位，1922 年又获哥伦比亚大学教育学博士学位。与此同时，他又对现代话剧产生浓厚的兴趣，创作了英文剧本《外侮》等数种。张彭春后半生的杰出贡献是 1948 年任联合国人权委员会 [②] 副主席期间，参与起草《世界人权宣言》。但他前半生有一大贡献却鲜为人知，即他是前期新月社的重要成员之一。他在 1923 年 7 月出任北京清华学校 [③] 教务长，直至 1926 年 2 月辞职回天津。他参与新月社的创立及前期活动也正发生于这一时期。而要追溯张彭春与前期新月社的密切关系，则先要从他与徐志摩的莫逆之交说起。

1919 年底，徐志摩在美国克拉克大学获一等荣誉学士学位后，即入哥伦比亚大学政治学系攻读硕士学位。而张彭春该年也第二次赴美，在哥伦比亚大学攻读教育学博士学位。因此，徐志

---

① 张彭春:《张彭春清华日记（1923—1924）》《张彭春清华日记（1925）》，均由香港开源书局·民国历史文化学社于 2020 年出版。为节省篇幅，本文引用张彭春日记时，凡出自此两书者，均不再注明页码。

② 联合国人权委员会（United Nations Commission on Human Rights）在 2006 年由联合国人权理事会（United Nations Human Rights Council）取代。

③ 清华大学前身。

摩与张彭春彼时结识于哥伦比亚大学，是完全有可能的。

当然，张彭春、徐志摩密切交往更直接而有力的证据则来自《张彭春清华日记》。张彭春这部日记中首次提到徐志摩是1923年7月14日："大学要约新人，如：胡适之、张君劢、赵元任、徐志摩、陶孟和（？）、梁任公、叶企孙（物理）、刘崇鋐（史），以后在人上时时留意。"次日又云："昨天接着志摩信说君劢有要事同我谈，当代的文人有看重我的意思，自己无形觉着声价高些！"张彭春到清华走马上任是1924年7月2日，校务猬集，忙得不可开交。但他仍在日记中接连两天写到徐志摩，对徐志摩与梁启超、胡适等人一视同仁，有聘用徐志摩的设想，还把徐志摩等视为"当代的文人"。7月18日云："午饭在松坡图书馆，见着君劢、志摩。他们不知道我在清华就职。"到了7月24日又云："今天同志摩谈的很多，我觉出一种特别的力量从他的精神上涌出来。"这就说明张彭春对徐志摩印象极好，评价很高。两天后又记："昨天同志摩谈，对于文字我是一个哑子！"7月27日云："文学兴趣因同志摩谈，又来叩门。这样小才气的外露不能远久。"这些内容又清楚地告诉我们，张彭春也喜欢文学，并很欣赏徐志摩的文学才华。7月31日张彭春日记又记，与徐志摩一起在天津"南开暑校"演讲："晚志摩讲《未来的诗》，我《戏的未来》。"足见他俩当时的接触和合作已很频繁。

1923年5月，徐志摩在《小说月报》第14卷第5号发表散文《曼殊斐儿》和他翻译的《曼殊斐儿》小说——《一个理想的家庭》。到了8月12日，张彭春日记云，"志摩送来《小说月报》（十四卷四号）。① 我读了志摩的《曼殊斐儿》"，并记下了阅

---

① 此处所写"十四卷四号"为张彭春误记。

读《曼殊斐儿》的具体感受：

> 志摩的《曼殊斐儿》富于情感，文词很华丽，引诗也很多，不过还有可删而未删的地处，从此看出志摩有乃师的雄富，理性上还不能深刻精细。这并不是坏点，为壮年读者，实在是有希望的表现，不至于象有的人的意思太枯干，字词不够用，感情不畅快，那种不可救药的毛病！想在感情文字上有作品，最怕的是老的太早，被计算和理性给缚束死了。

"乃师"指梁启超。这段评点写得真好，对徐志摩有肯定，有批评，有希望，在当时来讲并不多见。

徐志摩再次在张彭春日记里出现，则要到三个月之后，而且与新月社的诞生直接相关。1923 年 11 月 12 日张彭春日记云：

> 昨天在城里访志摩。同午饭，还有陈、黄（晨报）。逛城南园，看菊花展览。
>
> 他和通伯想集合一些对于文艺有兴趣的人在本星六？聚食。与会的大概有：
>
> 周作人、鲁迅（作人兄）、张凤举、徐祖正、陈通伯、丁燮林（西林《一只马蜂》）、张欣海、胡适之、杨袁昌英、郁达夫（《沉沦》）、陈博生（晨报）、蒋百里、陶孟和、沈性仁、徐志摩。
>
> 想每两星期聚会一次，互相鼓励。
>
> 他还想组织一个戏剧社和读书团。

张彭春日记中的这段记载真是太重要了，这是一个美好的设想，徐志摩他们希望在京的新文学作家能有一个互相交流和切磋的平台。这应该是新月社的滥觞，徐志摩和陈西滢（通伯）还打算邀请周氏兄弟共襄盛举。有趣的是，张彭春当时恐还不知道鲁迅，所以特别在鲁迅名字后注明"作人兄"，而丁燮林和郁达夫名字后也注明了他们各自代表作的篇名。那么，"本星六"即11月17日的聚会举行了吗？张彭春当天日记云："今早进城，晚回来。"他并未直接记载这次聚会，11月18日日记也失记，但第三天即19日日记却耐人寻味：

> 昨天在城里。
> 这几天因为常进城，不甚注意校里事。
> 又发生了"新月社"，作下去一定要用许多时间。

请注意"又发生了'新月社'"这句话，这是张彭春日记中首次出现"新月社"三个字，也是"新月社"三个字最早的文字记载，至关重要。它说明1923年11月17日的这次重要聚会不但按计划如期举行，而且张彭春也参加了，会上应该已把北京这批新文学作家的聚会名称定为"新月社"，否则他的日记中不会突如其来冒出一个陌生的"新月社"。而张彭春在日记中写到"新月社"，比徐志摩在公开发表的文章中写到新月社要早得多。[①]

关于新月社的首次聚会，再查1923年11月17日（周六）周作人日记，果然有如下记载：

---

① 徐志摩第一篇写新月社的文章《欧游漫录：第一函 给新月》作于他旅欧经过苏联贝加尔湖途中，时为1925年3月14日，后发表于1925年4月2日《晨报副刊》。

午至来今雨轩赴张欣海陈通伯徐志摩约午餐，同坐十八人，四时返。①

周作人日记中的这条记载也太重要了。这次聚会是张欣海、陈西滢和徐志摩三人出面邀请的，到会的人很多，高朋满座。具体是哪十八人，除了周作人、张欣海、陈西滢、徐志摩和张彭春五人能够确定外，其他十三位中，又有哪些人呢？当时已到北京大学任教的郁达夫很可能也应邀参加了，但已不可考定。关于胡适是否参加，其1923年11月的日记缺失，但他同年11月13日在上海复梁启超函说到了他当时的行踪："手书敬悉。戴东原生日纪念，我很想参加，日内即动身离上海，在南京尚有小勾留，约廿日可抵北京了。"②鲁迅则肯定没有参加，该日鲁迅日记仅两句话："上午往女子师范校讲。往山本医院取药。"③他们到底有没有邀请鲁迅，还是邀请了鲁迅，鲁迅未参加，这已成了一个谜。上述邀请名单上的其他人，应该大都参加了吧？因此，新月社的发起人可视为张欣海、陈西滢、徐志摩、张彭春等几位，周作人也参加了新月社首次聚会。这些都是我们以前所根本不知道的。

新月社的诞生时间既已定格在1923年11月17日，就要说到这批文人的这次聚会何以要命名为"新月社"了。已经有一种流行的说法：新月社之所以命名为"新月"，与张彭春女儿起名张新月有关。但这种说法一直未能找到有力的佐证，而今第一手

①　周作人：《周作人日记》中册，郑州：大象出版社，1996年，第336—337页。
②　胡适著，潘光哲主编：《胡适全集·胡适中文书信集1》，台北："中研院"近代史研究所，2018年，第540页。
③　鲁迅：《鲁迅全集》第15卷，北京：人民文学出版社，2005年，第488页。

证据终于出现了。

张彭春一直留意印度诗人、戏剧家泰戈尔（Tagore）[①]的作品。1923 年 7 月 30 日张彭春日记云：“梁、徐要译 Tagore 的剧本，秋天他来的时候演作，徐让我排演。”“梁、徐”分别指梁启超和徐志摩，他俩为泰戈尔即将访华做准备，拟请张彭春导演泰戈尔的剧作。8 月 2 日张彭春日记又云：“王尔德的作品，自然是浮的；Pater 的作品，容易使我懒惰；Tagore 容易让我坐在那里作梦”。到了 11 月 12 日，张彭春日记中又有如下一段：

> 现在大家都写对于太戈尔的文章，志摩亦要我写，然而没有到过印度，没有看见过他的学校和戏剧，我不愿意写无根基的空话！

《小说月报》1923 年 9 月、10 月第 14 卷第 9 号和第 10 号接连两期推出《太戈尔号》，欢迎泰戈尔访华。相关作者、译者有郑振铎、沈雁冰、王统照、樊仲云、徐调孚、赵景深等，阵容强大。徐志摩更是写了《泰山日出》《太戈尔来华》《太戈尔来华的确期》等文，大为宣传。徐志摩还希望张彭春也写，但张彭春认为自己对泰戈尔了解不深，便没有写。张不仅没有写，还在 11 月 13 日的日记中对《小说月报》两期《太戈尔号》上的一些文章提出了自己的看法：

> 读了小说月报太戈尔号的两三篇文章。他们的文词很富丽，幻想很灵活；然而有几处让我觉着它似乎不大切实，

---

① 引文资料保留原有译名，其他地方统一为“泰戈尔”。

根基不甚牢靠。

尽管如此，张彭春对泰戈尔肯定是喜爱的。《小说月报》"太戈尔号（上）"刊出了郑振铎译《〈新月集〉选译》，想必这引起了张彭春进一步的兴趣，以至于他做出一个决定——为新出生的二女儿起名"新月"。

张彭春日记1923年11月4日记云："家事——新小孩来，预备一切。"11月7日记云："今早送W到医院。"W是张之夫人蔡秀珠在日记中的代称。11月11日记云："昨天早九点五十分，二女生。……母女都很好，现住在，孝顺胡同，妇婴医院。"张彭春二女儿出生的过程，《张彭春日记》中的记载是较为完整的。到了11月21日，张之日记又云："昨天W同新月回家来。"这条记载再清楚不过地说明张彭春确实已为二女儿起名张新月。不妨这样推测：在11月20日张新月出院回家前三天，即11月17日中午十八位北京文人在来今雨轩聚宴时，到场者当然会向张彭春祝贺弄瓦之喜，同时也觉得借用《新月集》的"新月"这个名字很好，徐志摩和大家都同意把自己这次文人聚会也取名"新月社"了，正可谓是双喜临门。特别需要提出的是，张新月是11月10日出生的，而"发生了'新月社'"的这次重要聚会11月17日才举行。因此，应是张彭春给二女儿起名在前，"新月社"的"发生"在后，这才顺理成章，而不是相反。

以上就是新月社之名的由来，泰戈尔、《新月集》、徐志摩、张彭春和张新月，五者缺一不可也。值得庆幸的是，对新月社的诞生时间和命名，张彭春在事后还曾有追记。他1924年5月10日的日记中明确记载：

新月社是去年十一月十七日组织的，在次女新月生后七日。半年的工夫演成《契玦腊》，这样小成绩已经过许多波折。而终能成功的，实在因为给太谷尔作寿，然后才有钱有人来帮助。

千万不要错认，以为我的力量是成功重要的原因！"自大"是人最容易犯的病。[1]

张彭春这段日记完全证实了上述的考证，同时也说明张彭春为人谦虚。事实上，新月社诞生后，张彭春对新月社的活动一直很上心。他1923年11月23日的日记云，"清华现时又非常的忙"，还需要"研究中学课程"，"又加上新月社的发现，更要忙死了"，"三方面能一同并进，而发生效果吗"，"我对于三方面，实在都有兴趣"，可见张彭春当时已把参与新月社活动当作他要努力做好的三件大事之一。

此后，张彭春日记中不时出现与新月社相关的活动。1924年1月6日云："昨天在聚餐会，适之到，长谈。"而同年1月5日的胡适日记云："到聚餐会。是日到会的只有陈通伯、张仲述、陈博生、郁达夫、丁巽甫、林玉堂。但我们谈的很痛快。"[2]除了郁达夫和林语堂（玉堂），其他到会者都是新月社同人。在家乡的徐志摩同年2月1日致胡适信中说："适之，你这一时好吗，为什么音息又断了？听说聚餐会幸亏有你在那里维持，否则

---

[1] 张兰普等主编，张兰普整理：《张彭春文集·日记卷》（上卷），天津：南开大学出版社，2024年，第224页。

[2] 胡适著，曹伯言整理：《胡适日记全编》第4卷（1923—1927），合肥：安徽教育出版社，2001年，第153页。

早已呜呼哀哉了。"①其中的聚餐会应该也包括张彭春参加的这次。2月17日张彭春又记云："昨天，西山饭店，聚餐会。大谈戏剧。"这些聚餐会其实都属于前期新月社的活动，当徐志摩不在北京时，新月社的聚餐会和聚会正是胡适、张彭春等在继续维持。

然而，张彭春在前期新月社的重头戏是导演泰戈尔的英文话剧《齐德拉》②。可惜《张彭春清华日记》中的1924年日记只有1月至2月，3月以后直至年底均付阙如。幸好张彭春1924年3月至5月的若干日记近年已另行披露，③其中关于新月社排演泰戈尔英文话剧《齐德拉》的经过的记载，引人注目，用"惊喜"两字来形容也不为过。对这次排演的经过、意义和还存在的一些不足，已有较为深入的研究，④本文只从张彭春扮演的角色和此次演出产生的影响这些角度再加以申说。

1924年5月8日晚，"北京新月社同人"⑤在协和医学院大礼堂演出泰戈尔的英文话剧《齐德拉》，为正在北京的泰戈尔祝贺64岁生日。这是新月社成立以后的第一次正式亮相，而且是集体亮相，非同小可，北京各媒体争相报道，其中《晨报》对这次盛况空前的演出的报道是这样的：

---

① 徐志摩著，韩石山编：《徐志摩全集》第8卷（书信二），北京：商务印书馆，2019年，第6页。

② 泰戈尔英文话剧 Chitra，当时有多个不同的译名，如《契玦腊》《契腊》《契忒罗》《契忒拉》《契玦拉》等，本文采用现通译名《齐德拉》，但引文一仍其旧。

③ 张诗洋：《探索与纠偏：新月社排演〈齐德拉〉的戏剧史意义》，《戏剧艺术》2020年第4期。

④ 张诗洋：《探索与纠偏：新月社排演〈齐德拉〉的戏剧史意义》，《戏剧艺术》2020年第4期；费冬梅：《泰戈尔访华与新月社的戏剧实践》，《现代中文学刊》2021年第2期。

⑤ 出自《诞辰将近之泰戈尔》，北京《晨报》1924年5月6日。文中提到"北京新月社同人"正排演《齐德拉》为泰氏贺寿。这是北京媒体首次正式报道"新月社"的存在。

是晚林徽音女士饰契玦腊，张歆海君饰阿纠那，为剧中主角；徐志摩君饰爱者，林宗孟君饰春神，王孟瑜女士、杨袁昌英女士、蒋百里君、丁燮林君皆饰村人，张彭春君担任导演，梁思成君担任布景。①

这就清楚地显示：这次重要的《齐德拉》演出的导演不是别人，正是张彭春。遗憾的是，当时的报道和后来的研究，大都聚焦于林徽因②和徐志摩，有意无意地忽视了张彭春担任导演的关键作用，甚至还有把张彭春误作"演员"的，③这是不公平的。1924 年 3 月 23 日张彭春日记云：

今日志摩来排演 Chitra。午饭有志摩、欣海、通伯、西林。定欣海扮 Arjuna，只怕他不肯听指挥。英语不是我们的自然语，结果必不能到入神处，所以不能希望过高。排戏用很多时间，不肯用功夫，一定没有好效果。下周三在城内第一次排练。④

这是张彭春与其他新月社同人决定合作排演《齐德拉》，确定角色人选，也是徐志摩兑现前约，请张彭春出山负导演之责。

---

① 《竺震旦诞生与爱情名剧〈契玦腊〉》，北京《晨报》1924 年 5 月 10 日第 6 版。

② 引文保持原有文字"林徽音"，其他地方统一为"林徽因"。

③ 熊佛西、王剑三：《中华戏剧改进社的新消息》，《晨报副刊》1925 年 4 月 21 日。在这篇两人的通信中，远在美国的熊佛西称"北京新月社诸公"，"公演泰戈尔的 Chitra"，"听说当时登场的都是学者，公馆里的太太小姐及留学生。演员除林徽音、徐志摩、张彭春几位青年外，还有须发半白的林老先生"。

④ 转引自张诗洋：《探索与纠偏：新月社排演〈齐德拉〉的戏剧史意义》，《戏剧艺术》2020 年第 4 期。

自同年 3 月 26 日首次排练到 5 月 8 日正式公演《齐德拉》，张彭春作为导演花费了大量的时间和精力，为此剧顺利上演操碎了心，可谓功不可没。

《齐德拉》的这场演出，不仅在现代文学史和戏剧史上留下了浓重的一笔，实际上也是当时北京文坛各个流派汇聚的一次盛会。除了梁启超主席、胡适致词，新月社同人在台上唱主角，很少观剧的鲁迅也到场观赏了，当天鲁迅日记记得很具体：

> 晚孙伏园来部，即同至中央公园饮茗，逮夕八时往协和学校礼堂观新月社祝泰戈尔氏六十四岁生日演《契忒罗》剧本二幕，归已夜半也。[1]

这是新月社第一次出现在鲁迅的文字中，而且是中性的客观记录，很难得。以后鲁迅正式发表的文章中再出现新月社，就是嘲讽和批评了。在这场演出开始前，鲁迅还与以后的论敌陈西滢在台下握了手，[2]这也是出乎我们想象的。钱玄同当天日记也记上了一笔："晚九时新月社演太谷儿戏剧 Chitra 于协和讲堂，为太先生祝 64 岁之寿旦，由梁任公赠名曰'竺震旦'。"[3]至于周作人，则似未出席，他该日的日记云："上午往女高师。下午燕大假，陆秀珍女士来访。"[4]但二十六年后，周作人写了一篇短文《太戈尔的生日》，仍专门写了这次演出："顶有名的一回是太戈尔的

---

① 鲁迅：《鲁迅全集》第 15 卷，北京：人民文学出版社，2005 年，第 511 页。

② 鲁迅在《华盖集·"公理"的把戏》中说："与陈源虽尝在给泰戈尔祝寿的戏台前一握手，而早已视为异类。"见《鲁迅全集》第 3 卷，北京：人民文学出版社，2005 年，第 179 页。

③ 钱玄同：《钱玄同日记》（整理本）中册，北京：北京大学出版社，2014 年，第 584 页。

④ 周作人：《周作人日记》中册，郑州：大象出版社，1996 年，第 383 页。

生日吧，大家给他演短剧《契忒拉》，徐志摩与林徽音都是重要的演员。那时梁任公主席，胡适之英语致词，说密司忒梁启超云云，座中有人私下批评，说胡适之英文到底不够格，他说梁启超（国音）而不是梁启翘。"①这就再一次说明张彭春导演的这场《齐德拉》演出影响之广泛和深远。

到了 1925 年，新月社仍在张彭春日记中占据显著的位置。日记 1925 年 3 月 22 日云："今天到新月社，第一次见张东荪。"5 月 24 日云："进城。新月社午饭。"张彭春这里所谓的"新月社"，当指 1925 年 1 月徐志摩父亲徐申如与银行家黄子美合作租下的松树胡同 7 号"新月社俱乐部"。在此之前，徐志摩曾在他居住的石虎胡同 7 号松坡图书馆二部内寓所前挂出"新月社"牌子，按照饶孟侃的回忆，石虎胡同 7 号"已成为一个名声颇大的文艺沙龙"，②松树胡同 7 号"新月社俱乐部"就更热闹了，张彭春当然更是常客。

同年 8 月 9 日，张彭春的日记写得更详细："昨新月社欢迎志摩自欧归。诸友得晤谈。志摩怨中国懒性深，无生气！俄国势甚可怕。新月社想改组加积极工作。太安逸！"8 月 17 日又云："昨在新月社与叔永、奚若、鲠生、适之、通伯、孟和、志摩、任光谈高等教育。……新月社无事业。少数人晤谈，也可算一种需要。只不负责的任意没有什么真诗的可能。"虽都只有三言两语，但张彭春对前期新月社活动不足之处的反思是到位的，与徐志摩在《欧游漫录：第一函 给新月》《〈剧刊〉始业》等文中的

---

① 鹤生（周作人）：《太戈尔的生日》，上海《亦报》1950 年 4 月 16 日。转引自陈子善编：《知堂集外文·〈亦报〉随笔》，长沙：岳麓书社，1988 年，第 237 页。

② 王锦厚、陈丽莉编：《简谱》，见《饶孟侃诗文集》，成都：四川大学出版社，1977 年，第 423 页。

自我批评也是相通的。完全可以想见，张彭春如不离开清华返回天津，一定还会在新月社中继续发挥其应有的骨干作用。

徐志摩 1926 年 6 月 17 日在《晨报副刊·剧刊》第 1 期发表《〈剧刊〉始业》，文中这样回顾新月社的历史：

> 我今天替《剧刊》闹场，不由的不记起三年前初办新月社时的热心。最初是"聚餐会"，从聚餐会产生"新月社"，又从新月社产生"七号"的俱乐部，结果大约是"俱不乐部"！这来切题的唯一成绩就只前年四月八日在协和演了一次泰谷尔的《契柯腊》，此后一半是人散，一半是心散，第二篇文章就没有做起。所以在事实上看分明是失败，但这也并不是无理可说：我们当初凭借的只是一股空热心，真在行人可是说绝无仅有——只有张仲述一个。①

这段对张彭春在前期新月社中的地位和作用的评价很恰切，却一直未受到新月社研究者的重视。在我看来，从 1923 年 11 月 17 日在北京诞生，到 1933 年 6 月《新月》第 4 卷第 7 期在上海出版后停刊，新月社（包括后来的新月派）的历程前后有十年之久。这十年又大致可分为前期、中期和后期三个阶段，前期以新月社的诞生和《齐德拉》的上演为标志，中期以《晨报副刊》先后出版《诗镌》和《剧刊》为标志，而后期则以新月书店的创办和《新月》《诗镌》两个杂志的出版为标志。徐志摩当然是贯穿始终的灵魂人物，但在前期，无论是新月社的聚餐会、石虎胡

---

① 徐志摩：《〈剧刊〉始业》，见徐志摩著、韩石山编：《徐志摩全集》第 4 卷（散文四），北京：商务印书馆，2019 年，第 102—103 页。

同 7 号"新月社"和松树胡同 7 号"新月社俱乐部",以及演出《齐德拉》,张彭春都是积极参与其中的核心人物,连新月社这个社名都与张彭春息息相关。今后讨论新月社尤其是前期新月社,切不可再遗漏张彭春这个响亮的名字了。

（原载 2023 年 4 月《中国现代文学研究丛刊》2023 年第 4 期，收录本书时有增订）

商务印书馆与新文学运动
——从张元济的一则日记说起

对于张元济（1867—1959）在 20 世纪中国出版史和文化史上的显赫地位及深远影响，早已有许多精到的论述，不必我再赘言。本文只从张元济和商务印书馆与中国新文学的关系这一角度说一点个人的浅见。

先从张元济 1920 年 10 月 23 日的一则日记说起。这则日记照录如下：

> 昨日有郑振铎、耿匡（号济之）两人来访，不知为何许人。适外出未遇。今晨郑君又来，见之。知为福建长乐人，住西石槽六号，在铁路管理学校肄业。询知耿君在外交部学习，为上海人。言前日由蒋百里介绍，愿出文学杂志，集合同人，供给材料。拟援北京大学月刊艺学杂志例，要求本馆发行，条件总可商量。余以梦旦附入《小说月报》之意告之。谓百里已提过，彼辈不赞成。或两月一册亦可。余允候归沪商议。①

---

① 张元济：《张元济日记》下册，北京：商务印书馆，2018 年，第 759 页。

这则日记早已为中国现代文学研究者所引用，^①但仍有新的阐释空间。我以为，这则日记是张元济和他主持的商务印书馆开始关注新文学运动的一个明证。当时在北京，《新青年》《新潮》《晨报副刊》等新文学代表报刊已风起云涌，作为当时已开始执中国出版界牛耳的商务印书馆，自然也不能无动于衷，无论从顺应潮流出发，保持在出版界的领先地位，还是从商业角度考量，都试图有新的作为。

也正因为此，1920年10月6日张元济到北京后，同月8日造访的京中文化界人士中，就有新文学和新文化的代表人物胡适，以及后来成为文学研究会发起人之一的蒋百里，而张元济对"善白话文"者也有所关心，^②于是就有了文学青年郑振铎、耿济之拜访张元济这一幕。第一次10月22日拜访未遇，第二次10月23日郑振铎一个人再去，终于见面。这次拜访意义之重大，正是在于其直接促成了中国最早同时也影响巨大的新文学社团文学研究会与商务印书馆的长期合作。

三个多月后，公开发表的《文学研究会会务报告（第一次）》对这次拜访有了更详细的记载：

> 一九二〇年十一月间，有本会的几个发起人，相信文学的重要。想发起出版一个文学杂志：以灌输文学常识，介绍世界文学，整理中国旧文学并发表个人的创作。征求了好

---

① 如陈福康的《郑振铎年谱》就加以引用，见陈福康：《郑振铎年谱》，北京：书目文献出版社，1988年，第39页。
② 张元济1920年10月9日在北京的日记云："剑丞荐凌荣宝，浙江师范毕业，续往龙门师范，今年毕业，善白话文。此事久已忘记，昨日检出，附入叔通信，请交伯俞。"见《张元济日记》下册，北京：商务印书馆，2018年，第749页。

些人的同意。但因经济的关系，不能自己出版杂志。因想同上海各书局接洽，由我们编辑，归他们出版。当时商务印书馆的经理张菊生君和编辑主任高梦旦君适在京，我们遂同他们商议了一两次，要他们替我们出版这个杂志。他们以文学杂志与《小说月报》性质有些相似，只答应可以把《小说月报》改组，而没有允担任文学杂志的出版。我们自然不能赞成。当时就有几个人提议，不如先办一个文学会，由这个会出版这个杂志，一来可以基础更为稳固，二来同各书局也容易接洽。大家都非常的赞成。于是本会遂有发起的动机。过了几时，上海的同志沈雁冰君来信，说商务印书馆请他担任《小说月报》的编辑，并约大家加入这个社，只是内容虽可彻底的改革，名称却不能改为《文学杂志》。因为这个事，我们北京的同志于十一月二十九日借北京大学图书馆主任室开一个会，议决积极的筹备文学会的发起，并推郑振铎君起草会章。至于《小说月报》，则以个人名义，答应为他们撰著之事，并以他为文学杂志的代用者，暂时不再出版文学杂志。①

《文学研究会会务报告（第一次）》特别点出张元济（菊生）、高梦旦两位的大名，既是向文学界如实报告，同时也说明文学研究会诸位发起人对张、高两位合作意愿的重视。张元济日记只记下了一次与郑振铎的见面，《文学研究会会务报告（第一次）》中说"商议了一两次"，见面似不止一次，也许郑振铎又另外与他

---

① 《文学研究会会务报告（第一次）》，《小说月报》1921 年第 12 卷第 2 号。

后来的丈人高梦旦见面商议。不管怎样，郑振铎等与张元济等的首次接触是有成果的，尽管前者计划在商务印书馆单独出版一个新创刊的《文学杂志》的要求并未得到满足，张、高提出的替代方案是郑振铎等的新杂志"附入《小说月报》"，即改组《小说月报》，但张元济明确告诉郑振铎，商务印书馆看重与他们的合作，"允候归沪商议"。

《文学研究会会务报告（第一次）》又披露，正当在京的文学研究会发起人考虑也同其他"各书局"接洽时，在上海的沈雁冰（茅盾）致信北京同人为将全面改组的《小说月报》征稿，终于促成了文学研究会正式成立和以改组后的《小说月报》为文学研究会会刊"代用者"。关于这段特别重要的《小说月报》全面革新的经过，当事人之一的茅盾六十年后在他的回忆录中是这样回忆的：

> 大约是十一月下旬，高梦旦约我在会客室谈话。在座还有陈慎侯（承泽）。高谈话大意如下：王蕴农辞职，《小说月报》与《妇女杂志》都要换主编，馆方以为我这一年来帮助这两个杂志革新，写了不少文章，现在拟请我担任这两个杂志的主编，问我有什么意见。我听说连《妇女杂志》也要我主编，就说我只能担任《小说月报》，不能兼顾《妇女杂志》。高梦旦似乎还想劝我兼任，但听陈慎侯用福建话说了几句以后，也就不勉强我了，只问：全部改革《小说月报》具体办法如何？我回答说：让我先了解《小说月报》存稿情况以后，再提办法。高、陈都说很好，要我立刻办。
>
> 后来我才知道，张菊生和高梦旦十一月初旬到过北京，

就和郑振铎他们见过面，郑等要求商务出版一个文学杂志，而由他们主编（如《学艺杂志》之例），张、高不愿出版新杂志，但表示可以改组《小说月报》，于是郑等就转而主张先成立一个文学会，然后再办刊物。张、高回上海后即选定我改组《小说月报》（详见文学研究会会务报告第一次——《小说月报》一九二一年第二期附录）。

我和王莼农一谈，才知道他那里已经买下而尚未刊出的稿子足够一年之用，全是"礼拜六派"的稿子。此外，已经买下的林译小说也有数十万字之多。于是我向高梦旦提出意见，一是现存稿子（包括林译）都不能用，二是全部改用五号字（原来的《小说月报》全是四号字），三是馆方应当给我全权办事，不能干涉我的编辑方针。高梦旦与陈慎侯用福建话交谈以后，对我的三条意见全部接受，只是提醒我：明年一月号的稿子，两星期后必须开始发排，四十天内结束，一月号才能准期出版。……

我当时自己估计：完全革新后的《小说月报》第一期的稿子，论文和翻译，我有把握；只有创作，在上海的熟人中没有从事创作的，但第一期以后预计会有投稿。我又想到十一卷第十号刊登王剑三的《湖中的夜月》，虽未见如何精采，但风格是新颖的，《小说月报》社中有此人通讯址，是在北京，似乎可以去信告以《小说月报》即将完全革新，由我主编，并请他写稿并约熟人写稿。我当时不知道王剑三就是王统照。我发了快信，不多几天，却得了郑振铎（当时我不但不认识他，并且不知道有这样一位搞文学而活动能力又很大的人）的来信，大意说他和王剑三是好朋友，我的信他和他的朋友们都看到了，大家愿意供给稿子，并说他们正想组织一个团体，名为"文学研究会"，发起人为周作人等，邀我参加云云。这封信给我极大鼓舞，我即拟写了《本月刊特别启事》五则，……启事第五则是排版后临时加上去的，这里宣布："本刊明年起更改体例，文学研究会诸先生允担任撰著，敬列诸先生之台名如下：周作人、瞿世英、叶绍钧、耿济之、蒋百里、郭梦良、许地山、郭绍虞、冰心女士、郑振铎、明心、庐隐女士、孙伏园、王统照、沈雁冰。"这里的明心，是泽民的化名，他曾用此化名在《时事新报》的副刊《学灯》及《东方杂志》发表过文章。

…………

文学研究会的宣言、简章、发起人名单是在当年十二月中旬方由郑振铎寄来，刚刚赶上十二卷第一期最后一批发稿，就以"附录"形式全部刊出。①

之所以如此大段引用茅盾的回忆，是因为作为主要当事人之一的茅盾颇为全面和详细地追忆了《小说月报》自1921年1月号起全面革新，成为文学研究会机关刊物的全过程。虽然这个过程并不十分复杂，但也不是没有曲折，其中出大力促成者，无疑有郑振铎、茅盾，但关键人物还是商务印书馆的张元济和高梦旦两位。茅盾在这段回忆中再次提到张元济，也明确告诉我们，如果不是张、高两位最后拍板，同意茅盾提出的三个条件，也许与文学研究会合作的就是另一家出版社了。而茅盾能够进入商务

① 茅盾：《革新〈小说月报〉的前后》，见《茅盾全集（34）：回忆录一集》，北京：人民文学出版社，1997年，第179—182页。

印书馆，能够参与《小说月报》编务，能够尝试《小说月报》的"半革新"，并最后与文学研究会合作，主持《小说月报》的"全面革新"，更是张元济等审时度势，一手促成的。张元济因此被研究者视为提携茅盾的"伯乐"，也就一点都不奇怪了。①如果没有这一切，中国现代文学史恐怕就是另一番景象了。

《小说月报》在茅盾的主持下"全面革新"，焕然一新，成为中国新文学运动的标志性刊物，这早已有许多精到的论述，不必再展开。两年之后，即1923年1月，茅盾卸任，自第14卷第1号起，郑振铎接编《小说月报》，后来郑振铎又成为高梦旦的乘龙快婿。②张元济当时作为商务印书馆的监理，应该不可能不与闻此事。因此，虽然主编易人，《小说月报》仍然是文学研究会的机关刊物，仍然在新文学运动进程中发挥着重大作用，一直到1932年"一·二八"事变中商务印书馆被炸，《小说月报》被迫停刊为止。

可以毫不夸张地说，中国新文学第一个十年期间涌现的重要作家，百分之九十以上都在《小说月报》亮过相。鲁迅、周作人、茅盾、郑振铎、耿济之、叶圣陶、许地山、王统照、冰心、庐隐、朱自清、汪静之、徐玉诺、郭沫若、郁达夫、李青崖、鲁彦、李劼人、梁宗岱、徐志摩、俞平伯、夏丏尊、丰子恺、谢六逸、梁实秋、焦菊隐、滕固……都是《小说月报》的作者，这个作者名单可以写得很长很长，实在是举不胜举。后来成为中国共产党早期领导人的瞿秋白、张闻天、陈毅、沈泽民等也都是《小

① 钟桂松：《伯乐张元济》，见《起步的十年：茅盾在商务印书馆》，北京：商务印书馆，2017年，第180—200页。
② 郑振铎1923年1月开始主编《小说月报》，同年10月与高梦旦的女儿高君箴在上海结婚，见陈福康：《郑振铎年谱》，北京：书目文献出版社，1988年，第90页。

说月报》的作者。尤其应该提到的是，20世纪20年代后期，巴金、老舍、丁玲等正式登上新文坛，都是从《小说月报》开始的。自1926年7月第17卷第7号起，《小说月报》开始连载老舍的长篇首作《老张的哲学》；1927年12月《小说月报》第18卷第12号发表丁玲的小说首作《梦珂》；1929年1月《小说月报》第20卷第1号起连载巴金的长篇首作《灭亡》，这些都值得大书特书。茅盾的前期代表作《追求》、叶圣陶的代表作《潘先生在难中》、许杰的代表作《惨雾》、朱湘的代表作《猫诰》、戴望舒的代表作《雨巷》、施蛰存的代表作《石秀》、沈从文的前期代表作《萧萧》、丁玲的前期代表作《莎菲女士的日记》等，也无一不是在《小说月报》发表的，正如后来张爱玲所指出的："五四的收成，可以用头号杂志《小说月报》来分期"，"我们最著名的作家最早写成的短篇小说大多发表于《小说月报》"。① 这一切，固然是《小说月报》编者茅盾、郑振铎、叶圣陶等前后传递、不懈努力的功绩，但若没有当初张元济、高梦旦等当机立断、鼎力支持，也就无从谈起。

不仅《小说月报》的全面革新相当成功，大大推进了"五四"新文学的拓展，而且文学研究会还为商务印书馆主编各种新文学丛书，以更广泛更好地传播新文学。从1921年10月商务印书馆正式推出"文学研究会丛书"开始，直到1947年1月，在长达二十六年的时间里，商务印书馆一共出版了如下5种丛书，规模之大，品种之丰富多样，在中国现代文学出版史上都是名列前茅、影响深远的：

---

① 张爱玲、宋淇、宋邝文美著，宋以朗编：《中文翻译的文化影响力》，见《纸短情长：张爱玲往来书信集1》，台北：皇冠文化出版有限公司，2020年，第194页。

文学研究会丛书（1921 年 10 月—1937 年 4 月）

文学研究会创作丛书（1936 年 3 月—1947 年 1 月）

文学研究会世界文学名著丛书（1930 年 5 月—1939 年
10 月）

《小说月报》丛刊（1924 年 11 月—1925 年 4 月）

文学研究会通俗戏剧丛书（1924 年 3 月—1934 年 7 月）①

不妨以"文学研究会丛书"和"文学研究会创作丛书"为
例，因为这两套丛书的前后承继关系是一目了然的。"文学研究
会丛书"共出版 107 种，其中外国文学译著就有 58 种，足见文
学研究会和商务印书馆对译介外国文学是如何重视的，单是鲁迅
一人，就为这套丛书译出了《工人绥惠略夫》（俄国阿尔志跋绥
夫著）、《爱罗先珂童话集》（俄国爱罗先珂著）和《一个青年的
梦》（日本武者小路实笃著）3 种。而在 49 种新文学创作中，叶
绍钧（叶圣陶）的短篇小说集《隔膜》和童话集《稻草人》，王
统照的长篇小说《一叶》（中国现代文学史上第二部长篇小说），
冰心的新诗集《繁星》和短篇小说集《超人》，落华生（许地山）
的散文集《缀网劳蛛》《空山灵雨》，瞿秋白的散文集《新俄国游
记》《赤都心史》，张闻天的长篇小说《旅途》，茅盾的《幻灭》
《动摇》《追求》三部曲，庐隐的短篇小说集《海滨故人》和长篇
小说《象牙戒指》，朱自清等的新诗集《雪朝》，刘大白的新诗
集《旧梦》，朱湘的新诗集《夏天》，李金发的新诗集《为幸福而
歌》，梁宗岱的新诗集《晚祷》等，这些已在现代文学史上获得

---

① 根据贾植芳等编的《文学研究会资料》下册所列文学研究会《丛书目录》统计。参见贾
植芳等编：《文学研究会资料》下册，北京：知识产权出版社，2010 年。

定评的重要作品，无一不是由于这套丛书而问世的。即便像顾一樵的《芝兰与茉莉》、敬隐渔的短篇小说集《玛丽》、罗黑芷的短篇小说集《醉里》等，曾在相当长的一段时间里被忽视或遗忘，近年也得到了文学史家的重新评价。而"文学研究会创作丛书"尽管数量不及"文学研究会丛书"，质量却也不同凡响。卞之琳、何其芳、李广田的新诗集《汉园集》，朱自清的散文集《你我》，李广田的散文集《画廊集》，沈从文的散文集《湘行散记》，巴金的短篇小说集《沉落》，李健吾的剧本《这不过是春天》等，现代文学史都不可能不写到，不可能不给予高度评价。可以毫不夸张地说，"文学研究会丛书"加上"文学研究会创作丛书"，几乎就是半部中国现代文学史了。

以上当然只是对商务印书馆与文学研究会的合作，做了一个粗略的勾勒，更全面更详细的梳理还得俟之来日。但有一点可以肯定：正是文学研究会与商务印书馆强强联手，促成了《小说月报》的全面革新，促成了"文学研究会丛书"等的陆续出版，从而使新文学进一步勃兴，也为新文学中心的南移打下了扎实的基础。从 20 世纪 20 年代末至 1937 年全民族抗战爆发，上海成为中国新文学的新的中心。诚然，在此过程中，商务印书馆领导层有所变动，商务印书馆与新文学作家们的合作也出现过矛盾和争执，但就总体而言，商务印书馆是中国现代文学出版与传播足具号召力和影响力的重镇，却是不可否认的，其中张元济当年所做的决策实在功不可没。研究商务印书馆的历史功绩，在传播中国优秀传统文化和推介西方先进文化两个维度之外，还应添加推动中国现代文学发展这个新维度，而张元济在这方面的远见卓识，尤其不可忽视，也尤其难能可贵。

新见鲁迅译《小约翰》出版合同

——兼说鲁迅与徐伯昕的关系

　　2023 年 6 月 30 日正式对外开放的上海"中国近现代新闻出版博物馆"的主题馆，公开陈列了一份鲁迅译《小约翰》的出版合同原件。这是令人颇感意外，也十分欣喜的事。其原因在于，2021 年 12 月国家图书馆出版社与文物出版社联合出版的《鲁迅手稿全集》中，并无这份鲁迅亲笔签名的出版合同。

　　《鲁迅手稿全集》皇皇 78 卷，第七编《杂编》的第 77 卷中，收录了现存的鲁迅签名的《〈近代美术史潮论〉出版合同》《〈野草〉〈苦闷的象征〉出版合同》《〈竖琴〉版税合同》《〈一日的工作〉版税合同》等四种鲁迅著译出版合同，以及鲁迅代签的石民译《〈巴黎之忧郁〉出版合同》，[①] 但这份《小约翰》出版合同阙如。这可是一个有意思的发现，是《鲁迅手稿全集》问世以来，继鲁迅 1936 年 8 月 28 日致内山完造的日文函和鲁迅 1926 年 1 月 27 日题赠藤冢邻的《中国小说史略》[②] 之后，新出现的第三种

---

① 分别参见《鲁迅手稿全集》编辑委员会编：《鲁迅手稿全集》第 77 卷，北京：国家图书馆出版社、文物出版社，2021 年，第 303—305、307—308、338—339、340—341、348—349 页。

② 参见沈琦华：《揭秘鲁迅与鹿地亘最后的交往》，《新民晚报·上海珍档 / 星期天夜光杯》2023 年 4 月 2 日。又可参见黄乔生：《新发现鲁迅致内山完造短简考释》、吕慧君：《新见鲁迅致内山完造信札及小田岳夫译鲁迅杂文三篇考索》，均刊于《现代中文学刊》2023 年第 2 期。

鲁迅手迹。

这份出版合同的正式名称为《出版权授与契约》，是上海生活书店使用的标准出版合同。合同印在七折竖排的折叠纸上，第一面为合同名称，第二面有著作人和保证人的基本情况（姓名、职业、住所），出版人商号，著作物名称、册数及卷数，原书名，原著人姓名等栏目。其中除"出版人商号 上海生活书店 住所 上海陶尔斐司路"这一条为铅印外，其余各栏均由鲁迅本人用毛笔亲笔填写，保证人栏未填，住所则填"上海施高塔路十一号内山书店转"，盖当时鲁迅住所不对外公开也。值得注意的是，在"职业"这一栏中，鲁迅只填写了一个字："无"。

第三至第六面系合同正文，为二十六条具体的"授权与条件"。其中最引人注目也最重要的是第二条，"出版人愿本著作出版后之定价每部百分之 贰拾 计算之版税报酬著作人"，"贰拾"两字为毛笔填写。换言之，鲁迅将其所译《小约翰》一书交予生活书店出版，所得版税为20%。这无疑是当时极高的版税，大概也只有鲁迅这样的大作家才能得到这么高的版税，同时也说明生活书店对作者鲁迅的高度尊重。

合同最后一面有著作人鲁迅的亲笔签名，钤阳文"鲁迅"印；又钤有出版人"上海生活书店"的椭圆形蓝印公章，以及生活书店代表人徐伯昕的亲笔签名，并钤阴文"伯昕"印；在"民政局印花税票"上又钤阳文"鲁迅"印，极为郑重其事，合同签署日期填写的是"中华民国二十三年八月三日"。可见这是一份正式的手续完备的鲁迅译著《小约翰》的出版合同。

至此，应该说一说代表生活书店方签署这份合同的徐伯昕（1905—1984）了，合同中的版税"贰拾"两字应是他填写的。

徐伯昕 1932 年在上海与邹韬奋合作创办生活书店。次年，邹韬奋流亡海外，徐伯昕负生活书店全责。他与鲁迅签署《小约翰》出版合同已是生活书店与鲁迅的第二次合作了。第一次合作是生活书店 1934 年 10 月初版的俄国爱罗先珂著、鲁迅译童话集《桃色的云》，鲁迅 1934 年 11 月 14 日日记对此有明确记载："下午河清来。生活书店送来《桃色的云》十本。"[1]

不过，查鲁迅日记，1934 年 8 月 3 日这一天并无与《小约翰》出版合同相关的记载，倒是两个月前，即 1934 年 6 月 6 日的一条记载不应错过："下午北新书局送来《小约翰》及《桃色之云》纸版各一副。"[2]也就是说，鲁迅向北新书局收回了《桃色的云》《小约翰》(《桃色的云》曾由北新书局重版；《小约翰》未名社出版的纸版存于北新，鲁迅或希望北新重印此书，但未果)的出版权，很可能鲁迅那时就有了与生活书店合作的意向。《小约翰》出版合同签署后两天，即 1934 年 8 月 5 日的鲁迅日记有了如下一条：

> 晚得文尹信。生活书店招饮于觉林，与保宗同去，同席八人。[3]

保宗即茅盾，那么参加这次欢聚的，鲁迅、茅盾是肯定的了，徐伯昕也是肯定的，他是代表生活书店做东。除了这三位，还有谁参加了这次宴会？茅盾在他的《茅盾全集（34）：回忆录

① 鲁迅:《鲁迅全集》第 16 卷，北京：人民文学出版社，2005 年，第 485 页。
② 鲁迅:《鲁迅全集》第 16 卷，北京：人民文学出版社，2005 年，第 455 页。
③ 鲁迅:《鲁迅全集》第 16 卷，北京：人民文学出版社，2005 年，第 466 页。

一集》中是这样回忆的："八月五日，生活书店徐伯昕在'觉林'餐馆宴请鲁迅、烈文和我，算是书店方面与我们正式商定出版《译文》。"[1]那么，黎烈文也参加了，其他四人已不可考。这是鲁迅与徐伯昕首次也可能是唯一的一次见面。鲁迅是否当晚把已签署的《小约翰》出版合同面交徐伯昕呢？很有可能。2005年版《鲁迅全集》对这条日记的注释强调了另一件事：生活书店"是日招饮，席间商谈合作编刊《译文》月刊事"。[2]此处正是采纳了茅盾的回忆。这是鲁迅开启与生活书店更广泛合作的一个新项目。这次洽谈很成功，鲁迅1934年8月9日日记云："自晨至晚编《译文》。"[3]鲁迅、黄源先后主编的《译文》月刊果然于1934年9月16日创刊，速度真快。

鲁迅翻译荷兰作家F. 望·霭覃（F. Van Eeden,1860—1932）的长篇童话诗《小约翰》的过程颇长，也较曲折，已有不少研究者做过梳理。简言之，鲁迅留日时即已起意翻译此书，1926年7月6日—1926年8月13日日记提及他与友人齐寿山在北京中央公园合作翻译此书，[4]次年5月26日整理此书译稿毕。[5]鲁迅称誉《小约翰》是"一篇'象征写实底童话诗'。无韵的诗，成

① 茅盾：《茅盾全集（34）：回忆录一集》，北京：人民文学出版社，1997年，第647页。

② 鲁迅：《鲁迅全集》第16卷，北京：人民文学出版社，2005年，第470页。

③ 鲁迅：《鲁迅全集》第16卷，北京：人民文学出版社，2005年，第467页。

④ 鲁迅与齐寿山合作翻译《小约翰》之事，鲁迅日记有明确记载，1926年7月6日云："下午往中央公园，与齐寿山开始译书。"8月13日云：下午"往公园译《小约翰》毕，寿山约往来今雨轩晚餐，同坐有芦龄、季市"。见鲁迅：《鲁迅全集》第15卷，北京：人民文学出版社，2005年，第627、633页。

⑤ 鲁迅日记1927年5月2日云：下午"开始整理《小约翰》译稿"。5月26日云："晴。下午整理《小约翰》本文讫。"见鲁迅：《鲁迅全集》第16卷，北京：人民文学出版社，2005年，第21、23页。

人的童话"。① 这本鲁迅"自己爱看，又愿意别人也看的书"② 终于于 1928 年 1 月由未名社初版，孙福熙作封面画。1929 年 5 月未名社再版时，鲁迅改用自己重新设计的封面，并在封面上端选用德国画家贝林斯·高德福鲁格林的"精灵与小鸟"图，③书名也改为鲁迅自己手书，整个封面浑然一体，充满了童话气息。

未名社再版之后，《小约翰》五年未再印，改交生活书店新版，自然是件大好事。1934 年 11 月生活书店初版的《小约翰》，其封面依据鲁迅自己设计的《小约翰》再版本封面，只把书名和作者名、译者名都改为红色，显得更为醒目，同时删去了再版本所印的"未名丛刊之一"这六个字。鲁迅 1934 年 12 月 4 日日记云："晚河清来并持来《小约翰》十本。"④ 可见鲁迅于是日收到徐伯昕托黄源转交的《小约翰》样书。此后数日，鲁迅把生活书店初版《小约翰》分赠萧军、萧红夫妇和黎烈文等友人，心情是愉快的。

当时的读者欢迎生活书店重版《小约翰》。我手头正好有一本一位不知名的读者购读的《小约翰》生活书店初版本，从扉页开始直到最后一页，有大量的铅笔眉批。他将生活书店初版本与未名社再版本进行对校，几乎每页都留下了校记或注解，还查出《小约翰》的《引言》最初以《〈小约翰〉序》为题刊于 1927 年

---

① 鲁迅：《〈小约翰〉引言》，《鲁迅全集》第 10 卷，北京：人民文学出版社，第 281—282 页。

② 鲁迅：《〈小约翰〉引言》，《鲁迅全集》第 10 卷，北京：人民文学出版社，第 283 页。

③ 据《小约翰》1929 年 5 月未名社再版本版权页的文字说明："书面 M. M. Behrens-Goldfluegelein: Elf und Vogel。"

④ 鲁迅：《鲁迅全集》第 16 卷，北京：人民文学出版社，2005 年，第 489 页。

6月26日《语丝》周刊第137期。由此足见这位无名读者的认真、细致，真是难得啊。而《小约翰》也很快于1935年4月由生活书店再版了。

继《小约翰》之后，生活书店又于1935年7月初版了苏联班台莱耶夫著、鲁迅新译的童话集《表》。《表》的译文和《译者的话》最初作为"特载"一次性揭载于1935年3月《译文》第2卷第1期，不久就由生活书店出版了单行本。至此，从《桃色的云》到《小约翰》再到《表》，鲁迅在生活书店一共出版了三部译著，应该都是徐伯昕直接经手的，双方合作无间。而且，《译文》月刊也在按期出版中，"译文丛书"也已得到徐伯昕口头同意而开始启动，鲁迅与生活书店的合作展开了一个更广阔的前景。

然而，在《表》初版两个月后，即1935年9月17日，生活书店方在新亚公司宴请鲁迅，茅盾和郑振铎作陪，就出版"译文丛书"和续签《译文》月刊等事进行磋商。万没想到的是，双方意见相左，鲁迅认为这是"吃讲茶"，拂袖而去。①虽然徐伯昕当时并不在场，也未参与生活书店的新决策，他事先已因病离沪去莫干山疗养了，但等到他返沪时，鲁迅与生活书店关系破裂已经木已成舟。鲁迅把"译文丛书"改交文化生活出版社出版，停刊后复刊的《译文》月刊则交上海杂志公司继续出版。尽管如此，鲁迅与徐伯昕的关系仍继续维持，1936年6月11日鲁迅日

---

① 茅盾：《茅盾全集（34）：回忆录一集》，北京：人民文学出版社，1997年，第649—651页；黄源：《鲁迅书简追忆》，杭州：浙江人民出版社，1980年，第94—101页。

记云："得徐伯诉［昕］信并生活书店版税泉二百。"① 6 月 15 日
又记云："午后复徐伯昕信附板税收条一枚。"② 这"板税"（版税）
很可能指《表》的版税，《表》自 1935 年 10 月至 1936 年 7 月接
连重印了四版，堪称畅销书了。徐伯昕的名字也接连两次出现在
鲁迅日记中。

对鲁迅与生活书店合作期间徐伯昕所起的作用，黄源在
四十多年后所写的《鲁迅书简追忆》中有一段评价，我觉得是中
肯的：

> 鲁迅先生主持的《译文丛书》，生活书店经理徐伯昕早
> 同意出版，不仅口头答应，而且工作已在进行了。鲁迅先生
> 的《小约翰》《桃色的云》以及鲁迅介绍的石民的《巴黎的
> 烦恼》③在生活书店重印，我都是和徐伯昕接洽的，他对鲁
> 迅先生很尊重，从来都是讲话算数的，以上几本书都没有订
> 合同的。④

这最后一点，与史实有出入，系黄源误记。至少《小约翰》
的出版，是正式订了合同的，可以这次新见的鲁迅亲笔签署的
《小约翰》出版合同为证。还有《巴黎之烦恼》的出版，也存有

---

① 鲁迅：《鲁迅全集》第 16 卷，北京：人民文学出版社，2005 年，第 612 页。
② 鲁迅：《鲁迅全集》第 16 卷，北京：人民文学出版社，2005 年，第 612 页。
③ 鲁迅代签的合同上书名为《巴黎之忧郁》，正式出版时书名改为《巴黎之烦恼》，黄源书
中误记为《巴黎的烦恼》。
④ 黄源：《鲁迅书简追忆》，杭州：浙江人民出版社，1980 年，第 90 页。

鲁迅代签的合同。黄源在 1978 年 3 月亲笔改定的我的采访记录中还说过这样一段话：

> 徐伯昕是亲自看到鲁迅先生在一九三五年"这样拼命，连玩一下的功夫也没有，来支持几种刊物"的，这几种刊物即生活书店发行的《译文》《文学》《太白》《世界文库》。鲁迅先生为这四种杂志写的稿子，都是他经手送审查的。他对《译文》停刊事非常遗憾……[①]

原来鲁迅当时能够冲破层层文网在上述四种刊物上发表著译作品，也得到了徐伯昕的尽力协助，后者不断出面与当时国民政府的书报检查机关周旋。鲁迅与徐伯昕主持的生活书店之间是互相理解、互相支持，配合较为默契的。

因此，鲁迅与徐伯昕签署的这份《小约翰》出版合同的出现提醒我们：鲁迅最后十年在上海，在杂文、小说、散文和文学翻译等方面都取得了巨大的成就，除了鲁迅自己不折不挠、忘我而又庄严地工作，也是与许多敬重鲁迅的出版机构的合作和配合分不开的。这些出版机构包括李小峰等主持的北新书局、陈望道等主持的大江书铺、赵家璧具体负责的良友图书公司、张静庐主持的现代书局及上海杂志公司、费慎祥主持的联华书局、巴金和吴朗西主持的文化生活出版社，等等。除此之外，还不能遗忘徐伯昕等主持的生活书店。历史真相应该尽可能地还原。徐伯昕1934 年至 1935 年短短两年间在出版鲁迅著译作品方面的功绩，

---

① 黄源：《黄源谈〈译文〉停刊的经过》，见上海师大中文系鲁迅著作注释组编：《鲁迅研究资料》，内部发行，1978 年，第 168—169 页。

长期以来鲜有人提及，太令人遗憾了。徐伯昕也应与上述诸位出版家一样，不被文学史忘却。

附记

四十六年前，我为注释鲁迅书信，在京拜访胡愈之先生并请教。在谈到鲁迅当年与生活书店不欢而散时，他建议我再去拜访徐伯昕先生了解情况，我照办了。因此，我与这位出版界前辈有一面之缘，至今不忘。四十六年后的今天，我又有幸观赏鲁迅和他亲笔签署的《小约翰》出版合同，于是写下这篇考证小文，作为对徐伯昕先生的一个纪念。

（原载 2023 年 10 月 20 日《文汇报·笔会》，收录本书时有增订）

鲁迅书赠增田涉《锦钱馀笑》诗幅真迹梳考

　　鲁迅是 20 世纪中国的伟大作家，同时也是独树一帜的书法家。现存鲁迅书赠中外友人和学生的字幅，据最新的《鲁迅手稿全集》[①] 所录，有自作诗三十八题五十二幅，前人诗词和集句等二十二题二十七幅，均应被视为 20 世纪中国作家书法作品中的瑰宝。

　　鲁迅后期在上海生活、写作将近十年，其间来往最多的日本友人，第一位无疑是内山书店店主内山完造，第二位就是年轻的日本学者增田涉。在为数可观的鲁迅书赠日本友人的字幅中，赠增田涉的两幅特别引人注目。其中，1931 年 12 月 2 日所作七绝《送增田涉君归国》，早已是脍炙人口的名作。而另一幅书于 1935 年 3 月 22 日的郑思肖作《锦钱馀笑》第十九首，正是本文所要探讨的，因为这幅珍贵书法的真迹最近在日本奇迹般地出现了。

　　增田涉（1903—1977）原是日本东京帝国大学文学院中国文学系学生，师事日本著名作家佐藤春夫。1929 年 3 月毕业后，协助佐藤翻译中国小说。两年之后，增田涉持佐藤的介绍信游学

---

① 《鲁迅手稿全集》编辑委员会编：《鲁迅手稿全集》，北京：国家图书馆出版社、文物出版社，2021 年。

上海，经内山完造介绍，结识鲁迅。对此，他在 1948 年日本雄辩会讲谈社初版的《鲁迅的印象》一书的《绪言（略述认识鲁迅及受教经过）》中是这样回忆的：

（一九三一年）三月到了上海。最初只打算旅行一个月左右。当时对于中国文坛的事情，并没有特别注意，最初也不知道鲁迅在上海。只是因为得到佐藤春夫先生给内山完造先生的介绍信，一天去访问内山书店，恰好听说鲁迅正住在上海，而且每天都到内山书店来的。

我想，这是了不起的人，什么都得向他学习吧。在前面说过我对于他的尊敬，是由于《中国小说史略》，不过也知道作为作家，他是中国的第一人。因为曾读过上海版的《现代中国小说集》，又稍稍翻阅过上海发行的文学杂志《小说月报》。

最初会见他的印象，现在已经记不清楚。如果那时自己是暂时的旅行者，和鲁迅只会过一两回面，也许到现在还能够鲜明地记起当时的情况吧。但是后来一直经历了十个月，每天都和他接触，所以那第一个印象就自然地消失了。

总之，我怀着向他学习的心情，最初是计算着他出现的时间每天到内山书店去。大约是由于我问他学习中国文学，应该阅读什么书籍才好吧，他便给了我他所写的回忆幼年时代的《朝华夕拾》。我把它带回住所去读，不明白的字句或内容，第二天到内山书店去向他请教——这样继续了一段时间。……①

---

① ［日］增田涉：《鲁迅的印象》，钟敬文译，长沙：湖南人民出版社，1980 年，第 7 页。

然而，增田涉这个名字首次出现在鲁迅日记中，是在 1931 年 4 月 11 日，该日鲁迅日记云：

> 晚治肴八种，邀增田涉君、内山君及其夫人晚餐。①

这比增田涉所回忆的该年 3 月见到鲁迅略晚，但鲁迅已经设家宴款待增田涉和内山夫妇，可见他们之间已谈得很融洽了。

从此以后，增田涉频频出现在鲁迅日记中。鲁迅到同文书院演讲《流氓与文学》，增田涉去旁听（4 月 17 日）；鲁迅专为增田涉购买《板桥道情墨迹》和信笺（4 月 19 日）；还带增田涉至郑振铎公寓一并欣赏"明清版插画"（6 月 9 日）。他们经常互访、互赠礼物，并一起观看电影、歌舞和画展，包括"一八艺社展览会"（6 月 12 日）。增田涉比鲁迅小 22 岁，两人之间的"师生"情谊可谓与日俱增，令人感动。

当然，鲁迅和增田涉之间更为重大的事情，是鲁迅向增田涉讲解《中国小说史略》，帮助增田涉翻译《中国小说史略》。对此，增田涉也有很具体的回忆：

> 跟着开始了对《中国小说史略》的学习，这是本来就打算翻译的（内山完造先生也劝过我），几乎是逐字逐句地听他讲解的。那时候，已经不是在内山书店的店头，而是直接去鲁迅的住宅了。在内山的"漫谈"（当时这样说）一结束，就和他一道去他的住宅（从内山书店到他家约二三分钟

① 本文所引鲁迅日记，均引自人民文学出版社 2005 年初版《鲁迅全集》第 16 卷，下文不另出注。

的距离）。然后，两人并坐在书桌边，我把小说史的原文逐字译成日文念出来，念不好的地方他给以指教，关于字句、内容不明白的地方我就彻底地询问，他的答复，在字句方面的解释，是简单的，在内容方面，就要加以种种说明，所以相当花费时间，大约从午后的两点或三点开始，继续到傍晚的五时或六时。当然也有时转入杂谈，或参加他对每天发生的时事的意见或批评，大概有三个月的时间消费在那本书（《中国小说史略》）的讲读上。[①]

当时，鲁迅住在北四川路194号拉摩斯公寓（今北川公寓）A三楼四号，离内山书店确实很近很近。增田涉回忆的"漫谈"，系当时内山书店经常举行的中日文化人的"漫谈会"，如鲁迅日记1930年8月6日就记云："晚内山邀往漫谈会，在功德林照相并晚餐，共十八人。"可见增田涉也曾是"漫谈会"的参加者之一。

增田涉的回忆是很感人的，鲁迅为向增田涉讲解《中国小说史略》，花费了大量时间和心血。鲁迅日记中并未记录对增田涉开讲《中国小说史略》始于何时，但有结束的明确记载，时在1931年7月17日：

晴。下午为增田君讲《中国小说史略》毕。

此后，鲁迅还为增田涉讲解了《呐喊》《彷徨》等，当然《中国小说史略》讲解得最为详细。我们完全有理由这样说：使

---

① ［日］增田涉：《鲁迅的印象》，钟敬文译，长沙：湖南人民出版社，1980年，第8页。

增田涉在日本学界崭露头角的《中国小说史略》日译本，其实是鲁迅与其合作的结晶。保存下来的《鲁迅增田涉师弟答问集》[①]也是一个生动的证明。

1931年12月初，增田涉满载与鲁迅的深厚"师生"情回国。鲁迅同年12月2日日记云：

> 作送增田涉君归国诗一首并写讫，诗云："扶桑正是秋光好，枫叶如丹照嫩寒。却折垂杨送归客，心随东棹忆华年。"

增田涉回国后，一直与鲁迅鱼雁不断，还曾专诚来沪探望鲁迅。《中国小说史略》日译本也终于在1935年由东京赛棱社初版。鲁迅于1935年6月9日为日译本写了序，其中回忆道：

> 回忆起来，大约四五年前罢，增田涉君几乎每天到寓斋来商量这一本书，有时也纵谈当时文坛的情形，很为愉快。[②]

这正可与增田涉在《鲁迅的印象》中的回忆相映证。

接下来就应该说到鲁迅书赠增田涉《锦钱馀笑》一诗了。正因两人的"师生"情谊很深厚，1935年1月18日，增田涉

---

① 《鲁迅增田涉师弟答问集》1988年由日本汲古书院初版，中译本1989年7月由华东师范大学出版社初版。

② 鲁迅：《〈中国小说史略〉日本译本序》，见《鲁迅全集》第6卷，北京：人民文学出版社，2005年，第359页。

致信鲁迅，在信中提出一个请求，希望鲁迅为其表舅今村铁研（1859—1939）写一幅字。今村铁研是日本岛根县人，当时在乡村行医，他久闻鲁迅大名，很想得到鲁迅的一幅字。鲁迅在 1 月 25 日回信增田涉：

> 写字事，倘不嫌拙劣，并不费事，请将那位八十岁老先生的雅号及纸张大小（宽、长；横写还是直写）见告，自当写奉。①

显然，鲁迅乐意为增田涉表舅写幅字，而且十分周到，关于如何称呼、写多大字幅、横写还是直写，都要问个清楚。其实，鲁迅为他人写字，大致有三种情形：一是主动写赠亲友，如书赠许广平数幅和《送增田涉君归国》等；二是友朋索字，如 1932 年 12 月 31 日一天里就为郁达夫和日本友人书写了五幅字，这是鲁迅所写字幅中的大宗；三是友朋为他人求字，如郁达夫就曾数次请鲁迅为其友人写字。增田涉为表舅求字也属于第三类，鲁迅同样认真对待。

但是，因为事忙，鲁迅没有及时挥毫。想必是增田涉又来信催问，鲁迅在 1935 年 2 月 27 日致增田涉的回信中说：

> 手书两封先后拜读。近来为编选别人的小说，忙极。给铁研翁的字，还未写，以后寄到东京去罢。……
> …………

---

① 本文所引鲁迅致增田涉信译文，均引自人民文学出版社 2005 年初版《鲁迅全集》第 14 卷 "致外国人士部分"，下文不另出注。

"雅仙纸"其名未曾听过，也许是为向日本出售而特制的东西（名称）罢。中国有"画心纸"或"宣纸"（因在宣化府制造的）。《北平笺谱》用的就是这种纸，此次仍将用这种纸。

鲁迅在此信中不但解释了为何字幅未能及时写，也许增田涉在信中询问字幅将用何种纸写，鲁迅又作了详细的解答。一年之前，鲁迅已赠送增田涉一部《北平笺谱》。这也是鲁迅为他人写字，与之讨论最多的一次。

此信发出后不到一个月，鲁迅的字终于写好了。在 1935 年 3 月 23 日的信中，鲁迅通知增田涉：

今天已将我写的字两件托内山老板寄上，铁研翁的一幅，因先写，反而拙劣。

想必增田涉及时收到了内山寄去的字幅，满心喜欢了。有趣的是，这件事并未到此结束，有鲁迅 1935 年 4 月 30 日致增田涉的信为证：

我的字居然值价五元，真太滑稽。其实我对那字的持有者，花了一笔裱装费，也不胜抱歉。但已经拿到铁研先生的了，就算告一段落，并且作为永久借用了事。

原来今村铁研得到鲁迅的墨宝后，十分满意，尽管鲁迅自认"拙劣"。今村不但及时将其裱装，还托增田涉转奉润笔，这大概是鲁迅写字得到的唯一一次润笔，以致鲁迅在信中如此作答，鲁迅的幽默风趣由此可见一斑。

更重要的是，鲁迅托内山寄给增田涉的字是"两件"：一件为今村铁研而书，另一件就是为增田涉而书了。这在鲁迅1935年3月22日的日记中有明确的记载：

> 晴，午后昙。……为今村铁研、增田涉、冯剑丞作字各一幅，徐讦二幅，皆录《锦钱馀笑》。

也就是说，由于今村求字，鲁迅也为增田涉大笔一挥，写了一幅《锦钱馀笑》。对增田涉而言，这真是意外之喜。而对鲁迅而言，则是再次对这位"增田同学仁兄"表示了自己的关爱之情。鲁迅为增田涉书写的郑思肖作《锦钱馀笑》第十九首照录如下：

> 生来好苦吟，与天争意气。自谓李杜生，当趋下风避。
> 而今吾老矣，无力收鼻涕。非惟不成文，抑且错写字。
> 所南翁锦钱馀笑之一录应　增田同学仁兄雅属　鲁迅

这件鲁迅长条直幅，字心130cm×30cm，日式裱装，裱装全幅205cm×40cm，落款钤齐白石女弟子刘淑度所刻的"鲁迅"阴文名印。整幅字完好无损，在现存鲁迅字幅中是极为少见的大幅，足可用珍若拱璧来形容。

增田涉在《鲁迅的印象》之《鲁迅与芥川龙之介及救人精神》一文中也专门谈到了鲁迅这幅字：

鲁迅逝世前一年，我的一位老年亲戚，托付我请他写字，顺便我也请他写一幅，给我的是写在条幅上的郑所南的《锦钱馀笑》中的一首：

　　　　生来好苦吟，与天争意气。
　　　　自谓李杜生，当趋下风避。
　　　　而今吾老矣，无力收鼻涕。
　　　　非惟不成文，抑且错写字。

　　这虽然不是他自己做的，也可以认为是在这儿寄托着他当时心境的一部分吧？幽默里多少有些辛酸的心情。也许是由于身体的老病吧，感觉到他那无力收鼻涕的心境的一部分。我看了忽然联想到芥川龙之介的俳句：

　　　　鼻水呀，总是挂在鼻尖上。（大意）

　　彼此在构想上有着类似的东西，意境也相通。两人看来都有着有劲的鼻梁，但自己意识到鼻梁上时有鼻水的点滴，因而出现了自嘲的心理阴影。——我以为这是人的一个方面。①

　　显而易见，增田涉不但回顾了鲁迅书赠郑思肖诗幅的经过，而且对鲁迅为何选择书写《锦钱馀笑》第十九首也作了他自己的解读，把鲁迅与芥川龙之介作了很有意思的比较，还透露鲁迅晚年仍念念不忘翻译芥川龙之介，这很值得研究者留意。

　　确实，鲁迅在1935年3月22日这一天，一口气接连书写了四首不同的郑思肖《锦钱馀笑》中的诗赠人，这在鲁迅的书法史

_____

① ［日］增田涉：《鲁迅的印象》，钟敬文译，长沙：湖南人民出版社，1980年，第96—97页。

上绝无仅有。除了给今村铁研和增田涉写的两幅，鲁迅还给许广平姑妈之子冯剑丞写了一幅，给《人间世》编辑、作家徐讦也写了一幅。3月21日鲁迅正好收到徐讦一信，很可能是求字，第二天就一并写了。不过，鲁迅3月22日日记有一个小误，日记记"徐讦二幅，皆录《锦钱馀笑》"，一幅直幅确是《锦钱馀笑》第二十首，另一横幅却是李贺《绿章封事》诗之一联，而非取自《锦钱馀笑》。

那么，鲁迅怎么会突发奇想，一天里写下四幅郑思肖《锦钱馀笑》中的诗？毕竟郑思肖不像鲁迅以前书写的《诗经》、《离骚》、陶潜、李白、李贺等那么有名。或可先推测鲁迅是怎么读到《锦钱馀笑》的。鲁迅1934年11月24日日记中有如下记载：

> 夜三弟来并为取得《清隽集》一本，《嵩山文集》十本。

该年日记末尾所附的购书《书帐》中，鲁迅也明确记录道：

> 郑菊山清隽集一本　豫约　十一月二十四日

这就再清楚不过地说明，鲁迅在1934年11月24日购置了郑菊山的诗集《清隽集》。而菊山是郑起的号，郑起即郑思肖之父。关键是，《清隽集》虽是郑起的诗集，但书末附录了其子郑思肖的《一百二十图诗集》和《锦钱馀笑》组诗。因此，鲁迅很可能从《清隽集》中读到了《锦钱馀笑》，且颇喜欢，四个月后就为今村铁研和增田涉等书写了诗幅，这从时间上来看也正好是前后衔接的。

郑思肖（1241—1318），字忆翁，号所南，南宋遗民，诗文均自成一家，尤以《心史》著名于世。《锦钱馀笑》组诗二十四首，[①] 当为思肖晚年之作，大都为抒发胸中块垒，也颇有打油自嘲的意味，在宋元诗中别具一格。鲁迅为比他年长的今村铁研写字，选择《锦钱馀笑》中的诗，固然较为合适，而一口气为增田涉、冯剑丞和徐诩也都写了《锦钱馀笑》中的诗，更表明他对郑思肖其人其诗的欣赏。有论者认为，鲁迅这次挥毫，"大约也有一点借以发泄自家胸中块垒的意思。1935 年顷，上海左翼文坛问题多多，鲁迅的情绪颇为郁闷"。[②] 窃以为这个看法也很值得注意，从这幅字中或可窥见鲁迅晚年心态之一端。

　　鲁迅为增田涉书写的《锦钱馀笑》第十九首字幅，在鲁迅后期的书法作品中占着一个颇为重要的地位。此幅不仅带有些许鲁迅自嘲的意味，不仅是鲁迅与增田涉"师生"情谊的又一次生动体现，其书法艺术本身的价值也是十分突出的。郭沫若论鲁迅书法云：

　　　　鲁迅先生亦无心作书家，所遗手迹，自成风格。融冶篆隶于一炉，听任心腕之交应，朴质而不拘挛，洒脱而有法度。远逾宋唐，直攀魏晋。世人宝之，非因人而贵也。[③]

① 《锦钱馀笑》组诗二十四首，见（宋）郑思肖著，陈福康校点：《郑思肖集》，上海：上海古籍出版社，1991 年，第 232—235 页。

② 顾农：《鲁迅手书之古人诗词》，见《诗人鲁迅：鲁迅诗全考》，北京：人民文学出版社，2020 年，第 414 页。

③ 郭沫若：《序》，见鲁迅：《鲁迅诗稿》，上海：上海人民美术出版社，1961 年，序文第 2—3 页。

这段话是评判鲁迅书法的不刊之论。"融冶篆隶于一炉,听任心腕之交应",在鲁迅书赠增田涉的这幅字中,也得到了充分而有力的展示。这幅字融冶篆隶,笔墨圆润,又一气呵成,理应被视为鲁迅大幅书法作品中不可多得的精品。

增田涉逝世后,他的日、中、英文藏书全部捐赠给其最后任教的日本关西大学,其中包括《鲁迅增田涉师弟答问集》手稿以及鲁迅题赠的五种著译作品。我1997年秋在日本访学时,曾至关西大学"增田涉文库"查阅,又发现了还未著录的鲁迅亲笔题赠增田涉的《引玉集》,并为此撰写了《"增田涉文库"鲁迅题词发现记》。现存鲁迅写给增田涉的58通信札和鲁迅书赠增田涉的《送增田涉君归国》诗真迹,均已珍藏于增田涉出生地日本鹿岛历史民俗资料馆。唯独这幅《锦钱馀笑》第十九首诗幅原件,一直不露真容。

有必要说明的是,鲁迅所书《锦钱馀笑》第十九首直幅不甚清晰的照片,最初出现于1976年8月文物出版社初版《鲁迅诗稿》,①而最新的《鲁迅手稿全集》所收录的则是依据1998年上海人民美术出版社版《鲁迅诗稿》照片再影印,仍非依据原件。至于鲁迅手书的另三件《锦钱馀笑》诗幅,赠今村铁研的第二十二首,《鲁迅手稿全集》也据1998年上海人民美术出版社版《鲁迅诗稿》照片再影印,赠徐讦的第二十首原件已由上海鲁迅纪念馆

---

① 1961年9月上海人民美术出版社初版《鲁迅诗稿》,收录了鲁迅书赠徐讦的《锦钱馀笑》第二十首手迹(格式有变动),但书赠增田涉的这件《锦钱馀笑》第十九首并不在内。1975年1月文物出版社初版的《鲁迅致增田涉书信选》中《说明》一文云:"一九七三年,在日中文化交流协会理事长中岛健藏先生的协助下,增田先生又把这批书信的全部照片、一部分彩色照片底版以及其他有关资料,赠给我国有关部门。"这件《锦钱馀笑》第十九首条幅照片很可能就包括在内。

珍藏，而赠冯剑丞的这幅很可能为第二十一首，至今未见，恐已不存矣。因此，这次赠增田涉的这幅《锦钱馀笑》第十九首真迹重现世间，实在是近年来鲁迅手迹发现上的大事，不能不令我备感振奋，也应该引起鲁迅研究者和鲁迅书法研究者的关注。

与鲁迅赠增田涉诗幅同时出现的，还有增田涉自己的一幅汉字字幅，上书"鸟寂云闲　竹疏风细　黄幻人书"。增田涉有书斋名"黄幻堂"。这幅字共钤有"昭和四年"、"黄幻人"和"增田氏"三方印。增田涉的书法作品极为少见，这也是很难得的。

（原载 2024 年 9 月 6 日《澎湃新闻·上海书评》，收录本书时有增订）

巴金与鲁迅的散文集《夜记》

　　鲁迅晚年出版著译作品，巴金主持的文化生活出版社成为他的首选。1935 年 8 月，文化生活出版社出版高尔基著、鲁迅译《俄罗斯的童话》，列为巴金主编的"文化生活丛刊"第三种，这是鲁迅与巴金合作之始。同年 11 月，文化生活出版社出版果戈理著、鲁迅译长篇小说《死魂灵》，列为黄源主编的"译文丛书"第一种。1936 年 1 月，文化生活出版社又出版鲁迅的最后一部小说集《故事新编》，列为巴金主编的"文学丛刊"第一集第二种。此外，鲁迅编印的《死魂灵一百图》也委托文化生活出版社于 1936 年发行。凡此种种，都说明了鲁迅对巴金和文化生活出版社的欣赏和信任。

　　然而，还有一种鲁迅的散文集，由巴金提议，鲁迅也拟交文化生活出版社出版，因鲁迅突然去世，书未及写成，后由许广平续编才付梓，那就是而今已鲜为人知的《夜记》。

　　对散文集《夜记》，巴金在 1956 年 7 月 13 日所作的《鲁迅先生就是这样的一个人》中有颇为具体而生动的回忆：

（《故事新编》出版）几个月后，我在一个宴会上又向鲁迅先生要稿，我说我希望"文学丛刊"第四集里有他的一本集子，他很爽快地答应了。过了些时候他就托黄源同志带了口信来，告诉我集子的名字：散文集《夜记》。不久他就病了，病好以后他陆续写了些文章。听说他把《半夏小集》《"这也是生活"》《死》《女吊》四篇文章放在一边，已经在作编《夜记》的准备了，可是病和突然的死打断了他的工作。他在10月17日下午还去访问过日本同志鹿地亘，19日早晨就在寓所内逝世了。收在"文学丛刊"第四集中的《夜记》还是许景宋先生在鲁迅先生逝世以后替他编成的一个集子。每次我翻看这两本小书，我就感觉到他对待人的诚恳和热情，对待工作的认真和负责，我仿佛又看到他那颗无所不包而爱憎分明的仁爱的心。[①]

巴金这段话充满了感情，他认为鲁迅的《故事新编》和在写但未及写成而由许广平编定的《夜记》这两本由文化生活出版社出版的鲁迅晚年著作体现了鲁迅"对待人的诚恳和热情，对待工作的认真和负责"，由此可见这两本书在巴金心目中的位置。两个月后，巴金在为苏联《文学报》所作的《鲁迅——纪念鲁迅诞生七十五周年》一文中，又特别提到《夜记》：

又过了几个月，有一次见到鲁迅，我请他再为出版社写点东西，希望"文学丛刊"第四集中能有一卷他的作品。

---

① 巴金：《鲁迅先生就是这样一个人》，初刊1956年8月1日《中国青年报》，见茅盾、巴金等：《忆鲁迅》，北京：人民文学出版社，1957年，第107—108页。

他高兴地答应了。过了些日子，鲁迅托作家黄源转告我，这一卷题名《夜记》。不久他就病了。康复以后，他一连写了几篇。听说他专心致志地编《夜记》……①

巴金这两段回忆之所以重要，是因为它们透露了如下信息：

第一，《夜记》这个书名是鲁迅亲自拟定的，而且这本是"散文集"。

第二，鲁迅答应为巴金写第二本集子是在"一个宴会上"。这个宴会，我以前推断是1936年2月9日黄源在宴宾楼举行的"共同商定《译文》复刊事"之宴。② 现在看来，1936年5月3日"译文社邀夜饭于东兴楼，夜往，集者约三十人"③的可能性更大。因为5月3日译文社宴会后"不久他就病了"。5月18日起鲁迅持续发热，6月6日起日记被迫暂停，7月1日起日记才逐渐恢复，这与巴金的回忆正相吻合。而且，巴金计划把这本新集收录于"文学丛刊"第四集，1936年2月时第一集尚在陆续出版中，5月时考虑第四集篇目才更为合理。

第三，《半夏小集》《"这也是生活"》《死》《女吊》四篇文章，鲁迅特意"放在一边"，准备编入《夜记》。巴金是"听说"，听谁说？正是许广平，下面将具体谈及。《半夏小集》作于1936

① 巴金：《鲁迅——纪念鲁迅诞生七十五周年》，初刊1956年9月25日苏联《文学报》（俄译版），中文版见巴金：《巴金全集》第19卷，北京：人民文学出版社，2000年，第464页。

② 陈子善：《鲁迅与巴金见过几次面》，见《中国现代文学文献学十讲》，上海：复旦大学出版社，2020年，第388—389页。

③ 鲁迅：《鲁迅全集》第16卷，北京：人民文学出版社，2005年，第605页；陈子善：《鲁迅与巴金见过几次面》，见《中国现代文学文献学十讲》，上海：复旦大学出版社，2020年，第389—390页。

年"八月间，也许是九月初"，^①《"这也是生活"》作于 1936 年 8 月 23 日，《死》作于 1936 年 9 月 5 日，《女吊》作于 1936 年 9 月 19—20 日，^② 它们确实都作于鲁迅"病好以后"，也确实都是"散文"，是构成"散文集"《夜记》最基本的内容，也是《夜记》中鲁迅亲自选定的篇目。

《夜记》1937 年 4 月由文化生活出版社初版，列为"文学丛刊"第四集第十种。全书按鲁迅晚年编集以"编年"为序的惯例，分三辑共十三篇，目录如下：

一九三四年：《病后杂谈》《病后杂谈之余》；一九三五年：《在现代中国的孔夫子》《"题未定"草（一至五）》《陀思妥夫斯基的事》《"题未定"草（六至九）》；一九三六年：《我要骗人》《〈出关〉的"关"》《半夏小集》《"这也是生活"》《死》《女吊》《关于太炎先生二三事》。

值得注意的是，书末许广平在"鲁迅先生逝世后三个月又五天"所作的《后记》。她在《后记》中明确表示：

> 文化生活出版社的预告，早已登过有一本《夜记》。现在离开预告好久了，不兑现的事情，是鲁迅先生所不大肯做的。——就在这个意义上，我才敢于编辑这一本书。
>
> 我查那些遗稿，其中《半夏小集》《"这也是生活"》《死》《女吊》四篇，是去年大病之后写的，另外放在一处。

---

① 《半夏小集》初刊于《作家》1936 年 10 月第 2 卷第 1 期，冯雪峰回忆道"这九则杂感写于八月间，也许是九月初"，见冯雪峰：《谈有关鲁迅的一些事情·关于〈半夏小集〉》，见《一九二八年至一九三六年的鲁迅：冯雪峰回忆鲁迅全编》，上海：上海文化出版社，2009 年，第 279 页。

② 《"这也是生活"》《死》《女吊》三篇的写作时间均根据作者在文末的落款时间。

好像听他说过，预备做《夜记》的材料，不幸没有完成。我只好从一九三四年编好而未出版的《杂文集》里选两篇，三五年《杂文二集》里选四篇，三六年《杂文末编》里，除《夜记》四篇外，再加四篇，共十四篇。①

这就告诉我们实际付梓的《夜记》，系鲁迅最初自定的篇目（即《半夏小集》等四篇）和许广平所增补的九篇文章合并而成。接着许广平对为何增补那九篇原本鲁迅本人已编入《且介亭杂文》《且介亭杂文二集》《且介亭杂文末编》的文字作了说明。作为鲁迅的未亡人，许广平这样增补，当然自有其理由，增补后的《夜记》实际已成为散文和杂文的编年体合集，即鲁迅自定的四篇和从"且介亭杂文三集"中所选杂文的合集。

不过，应该强调一下《夜记》最初的定位，即鲁迅把《半夏小集》《"这也是生活"》《死》《女吊》四篇"另外放在一处"的初衷。首先，《夜记》应该是一本散文集，不仅巴金在上述回忆中特别提到，"文学丛刊"第四集共十六册的出版广告中早就是这样告示的：

夜记　鲁迅　散文②

更有力的证据来自冯雪峰的回忆。1937 年 11 月 1 日，即

① 许广平：《鲁迅〈夜记〉编后记》，见《许广平文集》第 1 卷，南京：江苏文艺出版社，1998 年，第 413 页。
② 据芦焚《里门拾记》（"文学丛刊"第四集第四种，1937 年 1 月初版）、巴金《长生塔》（"文学丛刊"第四集第九种，1937 年 2 月初版）和胡风《野花与箭》（"文学丛刊"第四集第十六种，1937 年 1 月初版）等书的书目广告页。

《夜记》初版七个月之后，冯雪峰为纪念鲁迅逝世一周年，以"O.V."笔名在《宇宙风》半月刊第 50 期发表《鲁迅先生计划而未完成的著作》一文，以显著篇幅具体说到《夜记》：

　　鲁迅先生病后写的《"这也是生活"……》《死》《女吊》，都是一类文体的诗的散文，他说预备写它十来篇，成一本书，以偿某书店的文债。这计划倘能完成，世间无疑将多一本和《朝花夕拾》同类的杰作，但他来不及写成了。在《女吊》之后，连他已有腹稿的两篇也来不及写，记得他说过，一篇是关于"母爱"的，一篇则关于"穷"。当他写好《女吊》后，大约是九月二十或二十一的晚间，我到他那里去，他从抽屉里拿出原稿来说："我写好了一篇。就是我所说的绍兴的'女吊'，似乎比前两篇强一点了。"我从头看下去，鲁迅先生却似乎特别满意其中关于女吊的描写，忽然伸手过来寻出"跳女吊"开场的那一段来指着道："这以前不必看，从这里看起罢。"我首先感到高兴的却是从文章中看出先生的体力逐渐恢复了。他还说道："这一篇比较的强一点，还有一个理由，是病后写得比较顺手了。病中实在懒散了。"于是接下去又说："这以后我将写母爱了，我以为母爱的伟大真可怕，差不多盲目的……"鲁迅先生在谈话中讲起母性和母爱，实在不止一次，并且不止好几次，差不多常常提到。我曾这样想：他对于女性的尊视，其中之一的理由是因为母性的爱的伟大罢，这从他常常攻击摩登妇女有乳不给儿子吃的事也可知道。有时也常常从德国社会主义的女画家珂勒惠支而谈到母爱，有时则从中国农村的纯厚的老妇人而谈及。他要写一篇关于伟大的母爱的文章也不止说过一次。其次关于穷，他也说过好几次，以为"穷并不是好，要改变一向以为穷是好的观念，因为穷就是弱。又如原始社会的共产主义，是因为穷，那样的共产主义，我们不要"。我还仿佛记得他说过这样的话："个人的富固然不好；但个人穷也没有什么好。归根结蒂，以社会为前提，社会就穷不得。"……这些仿佛就是先生要写的关于"穷"的文章的题意。①

显而易见，冯雪峰所说的鲁迅"预备写它十来篇""都是一类文体的诗的散文""成一本书"，就是指《夜记》，而"以偿某书店的文债"即指巴金主持的文化生活出版社的约稿。作为鲁迅晚年关系特别密切的知情人，冯雪峰再次明白无误地确认《夜记》是散文集，还预言如写成必将是与《朝花夕拾》"同类的杰作"。他还透露鲁迅准备再写关于"母爱"、关于"穷"的文章。因此，从这个意义上来衡量许广平所编的《夜记》，恐怕与鲁迅最初的设想是存在一些距离的。

有必要指出的是，鲁迅的"且介亭杂文三集"中，《且介亭杂文》《且介亭杂文二集》是鲁迅自己编定，且各写了序和后记，而《且介亭杂文末编》则是许广平代为编定的，"末编"的说法应也是她所拟的，鲁迅不可能预知自己活不过 1936 年。许广平在《且介亭杂文末编》的后记中已告诉我们：

一九三六年作的《末编》，先生自己把存稿放在一起

① 冯雪峰：《鲁迅先生计划而未完成的著作》，见《一九二八年至一九三六年的鲁迅：冯雪峰回忆鲁迅全编》，上海：上海文化出版社，2009 年，第 188—189 页。

的，是自第一篇至《曹靖华译〈苏联作家七人集〉序》。《因太炎先生而想起的二三事》，和《关于太炎先生二三事》，似乎同属姊妹篇，虽然当时因是未完稿而另外搁开，此刻也把它放在一起了。

《附集》的文章，收自《海燕》《作家》《现实文学》《中流》等，《半夏小集》《"这也是生活"》《死》《女吊》四篇，先生另外保存的，但都是这一年的文章，也就附在《末编》一起了。①

也就是说，《且介亭杂文末编》中第一辑最后一篇《因太炎先生而想起的二三事》，加上全部"附集"都不是鲁迅自己编定的。由此设想，至少《因太炎先生而想起的二三事》和"附集"中的《我的第一个师父》两篇如编入《夜记》，也许更为合适。如果再扩大一点，《末编》第一辑中《我要骗人》、《写于深夜里》（这篇不也是"夜记"吗？）、《关于太炎先生二三事》等篇或也可移入《夜记》。这样一部新的编年体散文合集而不是散文杂文合集《夜记》，可能更接近鲁迅的原意。这是我这次重读许广平编《夜记》和相关资料产生的一点新想法，供有兴趣的读者参考。

当然，许广平编《夜记》保存了鲁迅自拟书名和自定篇目，且比"且介亭杂文三集"更早问世，②自有其存在的价值和历史意义。《夜记》初版本分蓝布精装本和普通平装本两种，此后就一

① 许广平：《〈且介亭杂文末编〉后记》，见《许广平文集》第1卷，南京：江苏文艺出版社，1998年，第418页。
② 《且介亭杂文》《且介亭杂文二集》《且介亭杂文末编》三书均于1937年7月由上海三闲书屋初版。

直以平装本行世，封面书名"夜记"两字先后使用过淡绿色、黑色和红色三种颜色。《夜记》初版当月就再版，此月又接连印行了第三版和第四版，到 1948 年 10 月，已先后印行十版，这还不包括 1942 年 7 月重庆文化生活出版社印行的"渝一版"。[①] 由此可见此书问世后一直深受读者欢迎。即便是 1938 年 6 月第一部《鲁迅全集》出版时，《夜记》大概因书中文章已分别收录于《且介亭杂文》初集、二集和末编而未编入，但在此后相当长的一段时间里，文化生活出版社出版的《夜记》仍与《鲁迅全集》及鲁迅其他各种单行本一同发行，并行不悖。直到 1949 年以后，《夜记》才在鲁迅著作出版谱系中完全消失。[②]

然而，《夜记》这个书名毕竟由鲁迅亲拟，《半夏小集》等四篇散文编入《夜记》也是鲁迅亲定，有什么理由让这本书不复存在呢？诚然，鲁迅生前有几个预拟书名，最后都未能出书。如《杨贵妃》，鲁迅想写而未能写出；[③] 如《五讲三嘘集》，也只在《答杨邨人先生公开信的公开信》中提过一笔，并未付之实施；如"起信三书"到底指哪三书？也一直有争议。至于他想写的关于中

---

① 《夜记》"渝一版"抽去《我要骗人》一篇，故此版只收录了十二篇，这无疑系当局审查所为，该版封底书脊边印有"重庆市图书杂志审查处审查证世图字第 2665 号"字样。

② 自 1950 年 10 月起，鲁迅著作的出版由当时的中央人民政府出版总署（1949 年 11 月 1 日至 1954 年 11 月 30 日）统一管理和安排，参见宋强：《〈鲁迅全集〉的"国有化"》，见《人文》学术集刊第 4 卷，北京：中国社会科学出版社，2020 年，第 140—147 页。后来，只有周国伟编《鲁迅著译版本研究编目》（上海文艺出版社 1996 年 10 月初版）列出《夜记》，列为 1949 年前出版的鲁迅"著作"类之最后一种。其前一种为《门外文谈》，上海天马书店 1935 年 9 月初版，系尹庚主编的"天马丛书"之一。此书非鲁迅自编，但征得鲁迅同意和支持，也已于 1958 年、1972 年分别由北京文字改革出版社和北京人民日报社两次重印。

③ 郁达夫在《奇零集·历史小说论》中回忆说《杨贵妃》是小说，冯雪峰在《鲁迅先生计划而未完成的著作》中也持此说，而孙伏园在《鲁迅先生二三事·杨贵妃》中回忆说《杨贵妃》是剧本。

国知识分子的长篇小说和中国文学史，更只是一个设想。^①但是，《夜记》的情况完全不同，此书既有书名，首批四文鲁迅自己又已写就，许广平编《夜记》又曾长期存在并产生社会效应，那么，像现在这样，《夜记》不管是书名，还是一本书（即许广平所编的《夜记》），几乎都已不复存在，各种版本的《鲁迅全集》中均无《夜记》的任何踪迹，而《夜记》所承载的鲁迅的真实想法以及巴金与鲁迅之间的深厚友情，知道的人也越来越少，实在太可惜了。

《夜记》是鲁迅丰富的著述中极有意思的一个集名，意味深长。今年正值鲁迅诞辰一百四十周年，在我看来，原汁原味重版许广平编的《夜记》是别有纪念意义的。那么，我们就期待鲁迅初编、许广平编定而由巴金主持的文化生活出版社出版的《夜记》影印本早日问世。

（原载 2021 年 8 月《新文学史料》2021 年第 3 期，收录本书时有增订）

---

① 冯雪峰：《鲁迅先生计划而未完成的著作》，见《一九二八年至一九三六年的鲁迅：冯雪峰回忆鲁迅全编》，上海：上海文化出版社，2009 年，第 190—192 页。

关于孙伏园的《鲁迅先生的小说》

　　孙伏园（1894—1966）的《鲁迅先生的小说》是一篇长达一万二千余字的鲁迅小说评论，长期以来鲜为人知。在鲁迅逝世八十二周年纪念来临之际，此文的出土，想必为鲁迅研究界和中国现代文学研究界所乐闻。

　　《鲁迅先生的小说》连载于 1951 年 12 月 27 日、1952 年 1 月 3 日和 10 日香港《星岛周报》第 1 卷第 7、8、9 期。首期同时刊出孙伏园此文手稿，每期连载署名都是孙伏园亲笔签名手迹，还配有鲁迅本人照片或画像，以及丰子恺、司徒乔、黄新波等画家有关鲁迅的美术作品，可谓郑重其事。连载伊始，《星岛周报》编者专门写的"编者按"，对了解此文发表经过不可或缺，照录如下：

　　　　这是孙伏园先生三年前应上海《小说杂志》之请写的特稿，见解深邃，分析精辟，实为近年研究鲁迅作品最具权威性的作品。《小说杂志》当年因登记问题未能发刊，因此，伏老的这篇好文章也一直就没有得到一夕发表的机会。本刊同人兹商得该杂志负责人同意，将此稿移交《星周》发表，俾便爱读《星周》的读者能够早日读到这篇难得的佳构。伏老与鲁迅是多年老友，《阿Q正传》即在伏老所编之副刊发表，以伏老之才来论鲁迅的小说，当然是最合适的。

由此可见，孙伏园此文本是"三年前"，也就是1951年的三年前，即1948年为即将创刊的上海《小说杂志》而作，因《小说杂志》胎死腹中而未能发表。当时国民党当局兵败如山倒，文艺界也不断紧缩，翻译家傅雷早些时拟在上海创办《世界文学》，大概也因"登记问题"而未能如愿。① 值得庆幸的是，孙伏园这篇评论手稿被"该杂志负责人"（实际上"该杂志"并未面世）带到了香港，在香港交《星岛周报》"同人"发表了。

"该杂志负责人"是谁呢？也就是拟创办上海《小说杂志》者，是谁？这个查找范围太大了，但也不是一点线索没有，至少《星岛周报》的"本刊同人"，相当一部分来自上海，他们中的某一位很可能就是《小说杂志》的"负责人"。

《星岛周报》属于"星岛"报系，"星岛"在香港主要出版《星岛日报》。该周报版权页注明"出版者 星岛周报社"，"社长林霭民"，"编辑委员"名单照录如下（按原编排顺序）：

李辉英、易君左、徐订、梁永泰、陈良光、曹聚仁、程柳桑、贾讷夫、叶灵凤、邝荫泉、刘以鬯、钟鋆裕

---

① 陈子善：《傅雷编〈世界文学〉》，见《不日记三集》，济南：山东画报出版社，2017年，第109—112页。

"执行编辑"则是下列四位：

邝荫泉、梁永泰、陈良光、刘以鬯

《星岛周报》是综合性周刊，政治、经济、军事、文化，从古到今，从中到外，无所不谈，总的政治倾向是中间偏右。文学和艺术占了一定的比例，也是不争的事实。这点，从十二位"编辑委员"中的一半——李辉英、易君左、徐訏、曹聚仁、叶灵凤和刘以鬯六位——都是文学家即可见一斑，这六位在中国现代文学史上各有其不容忽视的地位，已不必再来饶舌。叶灵凤在全民族抗战爆发后的1938年11月间就到了香港，一直定居于斯；[①] 李辉英1949年前在长春东北大学执教，并不在上海，[②] 他俩当然不可能再在上海创办《小说杂志》。其他四位中，至少徐訏、曹聚仁、刘以鬯三位当时都在上海，因此，他们都有拟在上海创办《小说杂志》的可能。三人中曹聚仁与鲁迅关系最密切，又可能与孙伏园有所交往，也许是他拟创办《小说杂志》而向孙伏园约的稿？但这只是一种推测，到底是哪一位提供了孙伏园此文？已难以确定。

不过，在《星岛周报》的四位"执行编辑"中，只有刘以鬯负责该刊文学部分，倒是确定无误的。不仅如此，整个刊物的版式也是刘以鬯设计的，叶灵凤也提供了意见。而该刊所附的画刊，则由"梁永泰编辑，其中不少珍贵图片都由叶灵凤提供"。[③] 今年

① 叶灵凤：《后记》，见《忘忧草》，香港：西南图书印刷公司，1940年，第129页。

② 马蹄疾：《李辉英年谱简编》，见《李辉英研究资料》，沈阳：春风文艺出版社，1988年，第23—24页。

③ 刘以鬯：《记叶灵凤》，见《畅谈香港文学》，香港：获益出版事业有限公司，2002年，第193页。

刚去世的刘以鬯留下了不少关于《星岛周报》的回忆，他在追述20世纪50年代初期的香港文学时，特别提到了孙伏园此文：

> （当时香港的）文学作品必须向综合性杂志寻求出路，"寄生"于综合性杂志。……情形稍为好一点的，是《星岛周报》。这本刊物于一九五一年十一月十五日创刊，比《西点》在港复刊早十天。我在编辑《西点》的同时，也担任《星岛周报》的执行编辑。《星岛周报》是综合性杂志，虽然编辑委员如曹聚仁、叶灵凤、易君左、徐訏、李辉英等都是文学爱好者，却不能刊登水准较高的文学作品。我曾经因为发了孙伏园的《鲁迅先生的小说》而受责。①

据此，《鲁迅先生的小说》的"编者按"应该出自刘以鬯之手。当然，这段回忆的最后一句更值得注意。平心而论，《星岛周报》自创刊起，每期都拨出一定篇幅刊登或连载新文学作品，小说为主，随笔等辅之，作为综合性刊物已经相当不错。大致可以确定，刘以鬯参与了《星岛周报》前二十余期的编辑（刘以鬯回忆，他编辑《星岛周报》后不久，就应邀去新加坡参与《益世报》的创办。新加坡《益世报》1952年6月7日创刊，除去他到新加坡后的筹办时间，他应在1952年四五月间离开香港。由此推测刘以鬯编辑《星岛周报》的期数约为20期）。② 自创刊

---

① 刘以鬯：《五十年代初期的香港文学——1985年4月27日在"香港文学研讨会"上的发言》，见《畅谈香港文学》，香港：获益出版事业有限公司，2002年，第102—103页。
② 刘以鬯：《忆徐訏》，见《畅谈香港文学》，香港：获益出版事业有限公司，2002年，第209—210页。

号起，《星岛周报》就连载刘以鬯自己的中篇《第二春》和短篇《两夫妇》，还发表了徐訏的新诗《宁静落寞》《此时此地》《已逝的春景》等，李辉英的短篇《一张钞票的故事》《情痴》等，曹聚仁的短篇《李柏新梦》和专论《胡适与胡适时代》等，叶林丰（叶灵凤）的书话《王尔德〈狱中记〉的全文》《〈查泰莱夫人之情人〉的遭遇》和香港掌故《张保仔事迹考》等，易君左的《从人生一角度看诗圣杜甫》《记于右任》，省斋（朱朴）的《张大千二三事》等，甚至还发表了陈独秀的遗作五言诗《告少年》，内容不可谓不丰富。但刘以鬯因发表孙伏园此文而"受责"，却是他本人也始料未及的吧？

　　查连载孙伏园此文的三期《星岛周报》，也可看出一些端倪。《星岛周报》"目录栏"每期所列的目录比较特别，不是该期所刊全部文章的目录，而是"本期要目"，也就是说，一些不那么重要的或者补白性质的文字，都不列入"本期要目"。《星岛周报》连载孙伏园此文时，第7期篇幅两页，第8期篇幅也两页，题目都列入"本期要目"，唯独最后一期即第9期连载此文最后一部分时有三页，篇幅最大，题目反而不再列入"本期要目"，有点出人意料，以至于初看第9期目录，还误以为此文已被腰斩了。这样安排，很可能是刘以鬯"受责"以后被迫采取的变通措施。幸好此文终于连载完毕，否则，如果真的腰斩了，岂不是鲁迅研究史上的一件憾事？

　　孙伏园是鲁迅的同乡，是鲁迅在山会初级师范学堂和北京大学国文系执教时的学生，后又先后主编《晨报副刊》和《京报副刊》，发表了鲁迅的大量作品，催生了《阿Q正传》，还是鲁迅第一部小说集《呐喊》的出版人。他和鲁迅之间这样密切的关系，他写的关于鲁迅的回忆和评论，自然也成为研究鲁迅的重要参考资料。这篇《鲁迅先生的小说》就是他对鲁迅的小说最长也最有见地的一篇评论（在《鲁迅先生的小说》之前，孙伏园已写了对《药》《孔乙己》等鲁迅小说的评论①）。

在鲁迅众多的新文学探索中，他的中短篇小说无疑成就最大，影响也极为深远。鲁迅之所以为鲁迅，之所以在中国现代文学史上享有那么崇高的地位，首先就是因为他是一位划时代的小说家，就是由他的《呐喊》《彷徨》等小说所奠定的。那么，孙伏园又是怎样讨论鲁迅的小说的呢？《鲁迅先生的小说》开篇就高屋建瓴地指出：

> 在小说之国，鲁迅先生实为"国父"。鲁迅先生著中国小说史，起于神话与传说，而讫于清末的谴责小说。中国的小说，已成一完整的段落。自鲁迅先生以后，另起一新局面，是新中国的小说史了。

孙伏园对鲁迅的小说很熟悉，文中提出鲁迅小说具有"伟大的同情"、"浓郁的，优美的，隽妙的诗意"和"轻淡的幽默"三大特色，而"伟大的同情"又与"强烈的正义感，真实的革命性"紧密相连，互为一体，在当时可算别开生面。围绕这三大特色，从《狂人日记》到《阿Q正传》再到《故事新编》中的《奔月》，孙伏园对大部分鲁迅小说都详略不同地展开了讨论。他所

---

① 孙伏园：《鲁迅先生二三事》，长沙：湖南人民出版社，1980年，第9—28页。

大力主张的"伟大的同情是鲁迅先生小说的骨干",他所着重分析的《长明灯》《狂人日记》等鲁迅小说中的"疯子"形象系列，他所特别关注的贯穿鲁迅全部小说的"浓郁的诗意"和"轻淡的幽默"，都令人耳目一新。虽然此文结束前，孙伏园表示还有鲁迅小说中的"地方成分，历史地位，结构布局等等"未及论述，但就总体而言，他对鲁迅小说艺术成就的探讨完全能够自成一说。是否"见解深邃，分析精辟"而成为当时研究鲁迅作品"最具权威性"的文字，自可见仁见智，但在 1949 年以前较有代表性的鲁迅研究文献中，理应有它的一席之地。即使到了对鲁迅小说的研究已经十分深入的今天，他的这些观点仍不无启发性。

不仅如此，由于孙伏园的独特身份，在这篇长文中，他还提供了不少有价值的第一手史料。如鲁迅经常说"我的小说里常常要出疯子"；如《阿 Q 正传》1921 年 12 月至次年 2 月由孙伏园经手在《晨报副刊》的《开心话》专栏连载时，由于署名"巴人"，一度被读者误以为作者是"四川籍"，又由于《开心话》专栏最初是为蒲伯英的文字而设，读者又猜疑作者就是蒲伯英。这些详情，如果不是孙伏园提供，即便是专门的鲁迅小说研究者，恐怕也不会知道。

有必要指出的是，《星岛周报》社方之所以不满刘以鬯发表孙伏园的《鲁迅先生的小说》，恐怕不仅因为此文是理论文字而非文学创作，就像刘以鬯所说的属于"水准较高的文学"的范畴，还因为作者当时人在内地，文章竟然能在《星岛周报》上发表，成了一个异数，更何况此文的观点应该也难以被社方认同。因此，刘以鬯"受责"也就在所难免了。

孙伏园曾经说过："为要纪念鲁迅先生，应该好好的写一本书。"①然而，他留下的回忆和评论鲁迅的文字，以前只有薄薄的一册《鲁迅先生二三事》②，后来又只有引起鲁迅研究者重视的署名"曾秋士"的《关于鲁迅先生》一文。③而今，随着《鲁迅先生的小说》的发现，这个遗憾终于得到了部分新的弥补。若要全面研究孙伏园的鲁迅观和评估 20 世纪 40 年代后期鲁迅小说研究所达到的水平，这篇长文是不能不仔细研读的。

（原载 2018 年 10 月 19 日《澎湃新闻·上海书评》，收录本书时有增订）

附记

此文作于六年前，系为纪念鲁迅逝世八十二周年而作，介绍了孙伏园鲜为人知的《鲁迅先生的小说》全文，并对其来龙去脉加以考证。此文发表后才得知，《鲁迅先生的小说》的前两部分，即分别连载于 1951 年 12 月 27 日和 1952 年 1 月 3 日《星岛周报》第 1 卷第 7、8 期者，早已由香港中文大学小思（卢玮銮）教授提供给北京《鲁迅研究月刊》，并在该刊 1991 年 9 月第 9 期重刊了，只有第三部分，即刊于 1952 年 1 月 10 日《星岛周报》第 1 卷第 9 期者，才是我的独家发现。尽管如此，我的考证仍可成立。此文发表后又得知，当时连载这篇《鲁迅先生的小说》的

---

① 孙伏园：《引言》，见《鲁迅先生二三事》，重庆：作家书屋，1942 年，第 1 页。

② 孙伏园的《鲁迅先生二三事》1942 年由作家书屋出版，收录《哭鲁迅先生》等十篇文字，后又在重庆和上海数次重印。1980 年湖南人民出版社重版时，又增补了《追念鲁迅师》等 1949 年后所作的四篇文字。

③ 曾秋士（孙伏园）：《关于鲁迅先生》，北京《晨报副刊》1924 年 1 月 12 日；拙文《〈呐喊〉版本新考》曾着重引录。

《星岛周报》编者不是别人，正是后来以长篇小说《酒徒》《对倒》享誉世界华文文坛的刘以鬯。刘以鬯 20 世纪 40 年代后期在上海办怀正文化社，拟创刊《小说杂志》，通过姚雪垠向孙伏园约到此稿。可惜后来《小说杂志》胎死腹中。刘以鬯到了香港，也把此稿带到了香港，就在他新任职的《星岛周报》发表了。文前的"编者按"也正是出自刘以鬯手笔①。这样，这篇被刘以鬯称为"见解精辟，堪称权威之作"的《鲁迅先生的小说》的来龙去脉就完全清楚了。故此文全文收录于本书，供鲁迅和孙伏园研究者参考。此文所引鲁迅的作品，均已根据人民文学出版社 2005年版《鲁迅全集》校正，特此说明。

2024 年 8 月 1 日于海上梅川书舍

附录

鲁迅先生的小说

孙伏园

读中国历史到民国阶段必须用另一副眼光，写中国历史到民国阶段必须用另一种笔调。从前的"中国"是对"四夷"而言，居"天下"之中，是天下的首都。到了"民国"，"中"字渐渐专名化，只是一个国名而已，失去"居天下之中"的原义了。同时中国人也以世界各国之一的国民自居，对于"天下"与"四夷"的轻视与"无知识"的态度逐渐改变，而对于世界其他各国的事物存着求知的欲望与比较的眼光了。

---

① 刘以鬯：《孙伏园论鲁迅小说》，见《短绠集》，北京：中国友谊出版公司，1985 年。

中国通史如此，任何部门的专史都如此。鲁迅先生以前的中国小说史是"中国"的小说史，鲁迅先生以后的中国小说史是"新中国"的小说史。鲁迅先生以后的小说，和以前的中国小说太不同了。所以在小说之国，鲁迅先生实为"国父"。鲁迅先生著中国小说史，起于神话与传说，而讫于清末的谴责小说。中国的小说，已成一完整的段落。自鲁迅先生以后，另起一新局面，是新中国的小说史了。

一

鲁迅先生的小说，充满着伟大的同情。这伟大的同情，可以说是鲁迅先生小说内容的全部。

鲁迅先生创作生活的开始已在中年以后，他在《呐喊》的自序里说："在我自己，本以为现在是已经并非一个迫切而不能已于言的人了，但或者也还未能忘怀于当日自己的寂寞的悲哀罢，所以有时候仍不免呐喊几声，聊以慰藉那在寂寞里奔驰的猛士，使他不惮于前驱。"

蓦然一看，对于"那在寂寞里奔驰的猛士"呐喊几声，也就是鲁迅先生"伟大的同情"的一部分；但在事实上，他的同情的伟大，决不是这样的小范围所能解释得了的。

我用"伟大的同情"这个名词，意义上包含着"强烈的正义感"，也包含着"真实的革命性"。这三个名词所指的几乎可以说是同一件事情，无论是强烈的正义感也好，真实的革命性也好，或者说是伟大的同情也好，目标只有一个，就是大多数受苦的人们。正义感是为他们不平，革命性是为他们奋斗，伟大的同情是完全给予他们的。

鲁迅先生中年以前，曾"在寂寞里奔驰"，而中年以后，却只"不免呐喊几声"：这"奔驰"与"呐喊"之间，到底有多少距离呢？据我的看法，方式虽然不同，本质是一样的。"奔驰"的方式是行动，"呐喊"的方式是文艺，而本质都是伟大的同情。

我们看《长明灯》里的"他"和《狂人日记》里的"我"两个主人翁。这两篇是象征性的小说，主人翁"他"和"我"都是"狂人"或"疯子"，象征着革命者，也就是"在寂寞里奔驰的猛士"。

《长明灯》里的革命对象是吉光屯的村庙里那盏从梁武帝时代点起来永未熄灭的长明灯。而《狂人日记》里的革命对象是古久先生的那本陈年流水簿子。这一灯一簿所象征着的都是数千年来的旧礼教。这旧礼教产生于封建时代的思想体系，但是因为中国的生产方式永远停滞在农业社会里，而且因为四面有大山大海与沙漠而少有与其他民族的商业关系与交通机会，内部各民族永远有间歇不断的战争而政权永远握在少数人手里，这少数统治阶级不但要利用而且更加强这一个从封建时代思想体系中产生出来的旧礼教，结果旧礼教的内容越来越繁复而机构越来越致密，使在它底下受重压的大多数苦人们永远翻不过身来。更想稍微动一动的都被认为"狂人"或"疯子"。

《长明灯》里疯子说："我叫老黑开门，就因为那一盏灯必须吹熄。你看，三头六臂的蓝脸，三只眼睛，长帽，半个的头，牛头和猪牙齿，都应该吹熄……吹熄。吹熄，我们就不会有蝗虫，不会有猪嘴瘟……。"

但是《长明灯》里那一群被旧礼教压得贴贴服服的人们，如方期，阔亭，方头，庄七光，三角脸，郭老娃等等，像要围剿大盗似的，想尽了种种方法，要来除灭这个"疯子"，以免他要吹熄长明灯这一个不幸事件的实现。

除灭他的方法，在《长明灯》里有详尽的讨论，一个最厉害的是阔亭说的："这样的东西，打死了就完了，吓！"

但是里面有矛盾："那怎么行？那怎么行！他的祖父不是捏过印靶子的么？"

第二个较温和的方法也是阔亭说的："除掉他，算什么一回事。他不过是一个……。什么东西！造庙的时候，他的祖宗就捐过钱，现在他却要来吹熄长明灯，这不是不肖子孙？我们上县去，送他忤逆！"

但是里面也有矛盾："不成。要送忤逆，须是他的父母，母舅……""可惜他只有一个伯父……"

第三个方法最特别，是一位茶馆子里的"主人兼工人"灰五婶说的："我想：还不如用老法子骗他一骗，……他不是先前发过一回疯么，和现在一模一样。那时他的父亲还在，骗了他一骗，就治好了。……他那时也还年青哩；他的老子也就有些疯的。听说：有一天他的祖父带他进社庙去，教他拜社老爷，瘟将军，王灵官老爷，他就害怕了，硬不拜，跑了出来，从此便有些怪。后来就像现在一样，一见人总和他们商量吹熄正殿上的长明灯。他说熄了便再不会有蝗虫和病痛，真是像一件天大的正事似的。大约那是邪祟附了体，怕见正路神道了，要是我们，会怕见社老爷么？……好，他后来就自己闯进去，要去吹。他的老子反太疼爱他，不肯将他锁起来。呵，后来不是全屯动了公愤，和他老子去吵闹了么？可是，没有办法，——幸亏我家的死鬼（原注：称她的亡夫）那时还在，给想了一个法：将长明灯用厚棉被一围，漆漆黑黑地，领他去看，说是已经吹熄了。"

"骗"是缓和革命的一条最巧妙，最毒辣，最有效的方法。革命史上不知遭逢了多少次"骗"。等到真正骗不住了，革命才真正爆发了。灰五婶的这条她那死鬼的妙计，终于没有被采用，采用了一定可以缓和一时的。

第四个方法是终于被采用的，就是禁闭。他的伯父四爷接受了朋友的劝告以后说："我是天天盼望他好起来，可是他总不好。也不是不好，是他自己不要好。无法可想，就照这一位所说似的关起来，免得害人，出他父亲的丑，也许倒反好，倒是对得起他父亲……。"地点就决定在庙里，阔亭说："进大门的西边那一间就空着，又只有一个小方窗，粗木直栅的，决计挖不开。好极了！"疯子关了进去，"从此完全静寂了，暮色下来，绿莹莹的长明灯更其分明地照出神殿，神龛，而且照到院子，照到木栅里的昏暗。"而疯子则在里面嚷着："我放火！"

作者的伟大的同情寄与那被绿莹莹的灯光所照射的大多数苦人，和主张吹熄这长明灯以消灭蝗虫和猪瘟的"疯子"。

《狂人日记》里的"我"与《长明灯》里的"他"是一个类型；一个要想吹熄长明灯没有成功，一个却"把古久先生的陈年流水簿子踹了一脚"。于是拥护"古久先生的陈年流水簿子"的一群可怜人，想尽方法与"狂人"为敌；"狂人"说："我想我同小孩子有什么仇，……我同赵贵翁有什么仇，同路上的人又有什么仇。""古久先生的陈年流水簿子"把这群人压得服服帖帖喘不过气来了。

有一个人想喘一口气，认他为仇，要关他，杀他，吃他了，何况他竟踹了它一脚呢？

作者的伟大的同情寄与那被古久先生的陈年流水簿子压得服

服帖帖的大多数可怜人，描出他们可怜的形相，说明革命者并不要与他们为仇，只是与旧礼教为仇，而要把可怜的大多数人从旧礼教的重压下解放出来。而这被可怜的大多数人视为"狂人"的革命者，试细绎他的言辞，像《狂人日记》中的"我"所说的，和《长明灯》中的"他"所说的，岂不是朴实近理，并没有大多数人们认为"疯狂"的成分在内？

鲁迅先生对于"变态心理"很有研究，而且继续不断的研究着。他常说："我的小说里常常要出疯子！"现在细细计算起来，除《狂人日记》里的"我"与《长明灯》里的"他"以外，如《白光》中的陈士成，《祝福》中的祥林嫂，都是心理变态的人物。本来心理的病态，与生理的病态一样，正常与不正常只是程度的不同。在一个超卓的天才看来，一般人的言动大都是不正常的；而在一般人看来，这位超卓的天才倒反成为疯子了。鲁迅先生描写心理不正常的人物，都是入情入理，丝毫没有勉强，最重要的是把作者伟大的同情寄与他们，同时也寄与嘲讽他们为"疯狂"的大多数可怜人。

伟大的同情是鲁迅先生小说的骨干。几乎他的每一篇小说，都有他的伟大的同情的热流灌溉着，冲刷着，滋养着。例如《离婚》里面的爱姑，一个乡村间的青年女子，因为丈夫有了外宅，毫无理由地把她休了，她虽然也立志反抗，奋斗挣扎了两年有余，终于对方施了一点小技，得了九十元代价以后轻轻易易的允许离婚了。

又如《明天》里的单四嫂子，一个小城市间以手工度日的青年寡妇，把整个未来的命运寄托在那三岁的独子，不幸独子病死了。自起病直至死后，单四嫂子使尽了她那爱的全力，但是四面无一人对她同情，反之只有人使尽方法对她欺负与剥削。

再如《孔乙己》与《孤独者》里的主角，一个是为人佣书不很温饱的知识分子，一个是慷慨豪迈不随流俗的知识分子，因为都不愿意诌富贵，骄贫贱，贴贴服服地受旧礼教的压迫，于是只有"死"是他们唯一去路。他们东受一次折磨，西受一次折磨，几次折磨以后，便活活地折磨死了。

以上一共举了八篇，作者的伟大的同情，强烈的正义感，真实的革命性，寄与篇中的主人翁，寄与篇中的一切人物，都是很明显的。现在我还要举一篇《药》，它的主人翁瑜儿，他和《狂人日记》与《长明灯》的主人翁都不同，和上举其他六篇的主人翁所遭受的同样压迫，他有《狂人日记》与《长明灯》主人翁同样自觉的和反抗的思想，但是他以行动来实现了。

他的行动所得到的酬报，决不是《狂人日记》与《长明灯》的主人翁所得到的酬报所能比拟的了。"狂人"虽在日记上写着要被吃，但始终没有被吃；"疯子"虽然被建议"这样的东西，打死了就完了"，但始终没有被打死。《药》的主人翁瑜儿所得到的酬报真是厚重的：

一，被认为是"疯子"。这与《狂人日记》及《长明灯》的主人翁是一样的。

二，被禁闭。这与那两个主人翁也是一样的。

三，被打。这却比那两个主人翁所得到的厚重得多了。康大叔叙述瑜儿被狱卒所打的一段故事道："你要晓得红眼睛阿义是去盘盘底细的，他却和他攀谈了。他说：这大清的天下是我们大家的。你想：这是人话吗？红眼睛原知道他家里只有一个老娘，可是没有料到他竟会那么穷，榨不出一点油水，已经气破肚皮了。他还要老虎头上搔痒，便给他两个嘴巴！"听完这一段话以后，壁角的驼背忽然高兴起来："义哥是一手好拳棒，这两下，一定够他受用了。"

四，被杀。这是两个主人翁所恐惧而始终未曾实现的，瑜儿却实实在在的得到了。得到这个，以为"疯子"所应得到的酬报也尽够了，万不了还没有够，竟要加上第五项！

五，被吃。《狂人日记》里说了许多次"吃人"，但始终没有吃到"狂人"头上来，瑜儿却不折不扣的被吃了。

鲁迅先生用了上列的五项来说明一个革命的先知先觉者所身受的苦难。这些苦难是谁给他的呢？他们正是和他同国家同民族而且和他无仇无怨的大多数人们。他们为什么要把这些苦难给他呢？因为他们愚蠢，他们受旧礼教的重压，年深月久，积非成是，生活得服服贴贴，根本不知道解放为何物，也根本不承认解放的可能，自然根本没有梦想到天下竟有人甘心牺牲自己的一切为谋大多数人的解放而革命的事了。他们虽然和他无仇无怨，但是他竟要动摇到他们服服贴贴的生活，他们于是要以上列五项办法对付他。

在表面上看，鲁迅先生用尽力量描写革命者的苦难，以反映大多数人们的愚蠢，伟大的同情似乎专注在革命者一方面。但是实际上，作者对于大多数受旧礼教重压的人们，只是客观地描写他们的愚蠢，并没有从心底里发出愤怒，憎恶，疾恨的情感。反之，他的伟大的同情，决没有因为他们的愚蠢而减少了分享的权利，也就是说，决没有因为他们的愚蠢而贬损了他的同情的伟大。

二

鲁迅小说的内容有如上述。伟大的同情是骨干；除了伟大的同情，也可以说强烈的正义感、真实的革命性以外，更没有什么其他次要的内容。

这样朴质，沉重，严肃的内容，如果没有浓郁的、优美的、隽妙的诗意来衬托，那么他的文章，简直成了经典，语录，或者宣传品了。它那崇高的文艺价值与地位还是靠着"浓郁的诗意"助成的。我们现在来举几个"浓郁的诗意"的例子。

在《长明灯》那样严肃的空气里，作者居然用上了一段乡间小孩猜谜的插曲。这谜的本身便有浓厚的诗意与画意：

> "白篷船，红划楫，
>
> 摇到对岸歇一歇。
>
> 点心吃一些，
>
> 戏文唱一出。"

第一句是两种强烈对比色彩的描写，第二句是一种舒徐与动象的描写，第三句是味觉描写，第四句是听觉之美，合为一首优雅美妙的短诗。但这短诗是有谜底的，我们看那几个男女小孩猜谜时的对话：

> "那是什么呢？'红划楫'的。"
>
> "我说出来罢，那是……"
>
> "慢一慢！我猜着了：航船。"
>
> "哈，航船？航船是摇橹的。它会唱戏文吗？你们猜不着，我说出来罢……"
>
> "慢一慢！"
>
> "哼，你猜不着。我说出来罢，那是：鹅。"

小孩们正在这样猜谜的时候，"疯子"关在庙里却大嚷着"我放火！"

小孩们临走的时候把"放火"，"白篷船"，"吹熄长明灯"这几个观念连在一块儿了，一边走，一边合唱着随口编派的歌：

"白篷船，对岸歇一歇。

此刻熄，自己熄。

戏文唱一出。

我放火，哈哈哈！

火火火，点心吃一些，

戏文唱一出。"

与吉光屯的乡村社会，色彩情调非常配合，又衬托着那样严重的"吹熄长明灯"的一件革命行为，这一个谜的诗意更为浓郁了。

我们再看《药》的第四节就是最后一节的描写。鲁迅先生在《呐喊》自序里说："我往往不恤用了曲笔，在《药》的瑜儿的坟上平空添上一个花环，在《明天》里也不叙单四嫂子竟没有做到看见儿子的梦。因为那时的主将是不主张消极的。"他接下去又说："我的小说和艺术的距离之远，也就可想而知了。"

照作者的意思，花环是"平空添上"的。不为花环，是不是需要叙述扫墓呢？如果不需要扫墓，墓地的描写是不是没有需要了呢？如果连墓地都不需要，那么第四节不是也成了"平空添上"的文字了吗？

鲁迅先生当年思想中的悲观成分，那是很自然的；民国初元一次一次的革命都失败了，眼前常常涌现的是一群革命死友的嘴脸，而腐旧的势力一天一天的继长增高，大有压倒一切革命萌芽的趋势；这不能不使作者感觉着甚至革命者坟上的一个花环也无非空幻，加了上去是不合于事实的。这个问题我们不再多谈。至于加了花环，是不是增远了这篇小说和艺术的距离，我想鲁迅先生原意一定如此。不过作者的手腕实在高明，本不应有的篇章加了上去不但天衣无缝，倒反而增加了浓郁的诗意。

浓郁的诗意第一由于对称的美丽。第四节开头的描写便是一段对称的背景："西关外靠着城根的地面，本是一块官地；中间歪歪斜斜一条细路，是贪走便道的人，用鞋底造成的，但却成了自然的界限。路的左边，都埋着死刑和瘐毙的人，右边是穷人的丛冢。两面都已埋到层层叠叠，宛然阔人家里祝寿时候的馒头。"这一幕凄凉荒寞的背景，以一条小路为界，两边完全是对称的；在这对称的背景上，准备安下两组对称的人物去，两生两死，两母两子，与背景的凄凉荒寞十分相应。

作者描写华家的一组："这一年的清明，分外寒冷；杨柳才吐出半粒米大的新芽。天明未久，华大妈已在右边的一坐新坟前面，排出四碟菜，一碗饭，哭了一场。化过纸，呆呆的坐在地上；仿佛等候什么似的，但自己也说不出等候什么。微风起来，吹动他短发，确乎比去年白得多了。"这是在小路的右边。

作者又描写小路的左边，夏家那一组："小路上又来了一个女人，也是半白头发，褴褛的衣裙；提一个破旧的朱漆圆篮，外挂一串纸锭，三步一歇的走。忽然见华大妈坐在地上看他，便有些踌躇，惨白的脸上，现出些羞愧的颜色；但终于硬着头皮，走到左边的一坐坟前，放下了篮子。"

这两段文字，虽然完全对称，写来一点也不重复。以下一段便是两组人物的动作："那坟与小栓的坟，一字儿排着，中间只隔一条小路。华大妈看他排好四碟菜，一碗饭，立着哭了一通，化过纸锭；心里暗暗地想，'这坟里的也是儿子了。'那老女人徘徊观望了一回，忽然手脚有些发抖，跄跄踉踉退下几步，瞪着眼只是发怔。"这是发现了花环，由对称转入混合的动作了。

浓郁的诗意第二由于敦厚的诗教。作者在前三节里描写得如此紧张，如此苦涩，如此沉闷的一个大场面，到第四节里忽然收缩成如此凄凉荒寞的一幕静景，骨干只是诗人敦厚的存心与用笔。

试想一个是手造中华民国的先烈，庙貌应该如何崇宏，祀典应该如何隆重，他的太夫人应该如何受人敬礼膜拜。另一个是无知小百姓，受旧礼教的重压，愚蠢到深信先烈的血可以治病，居然贴贴服服地吃了先烈的血，吃血以后当然还是逃不了一死，死的不必说了，他的母亲也是罪该万死的。这两组人物，一在天之上，一在地之下，如何能比较呢？

但是我们的作者，竟用完全对称的笔调，描述同样的两座新坟，同样两个花白头发的老妇人，同样用四碟菜一碗饭一串纸锭，同样对她儿子的新坟痛哭一场。说这是作者的悲观意味也好，说这是作者的黄老思想也好，说这是作者的写实作风也好，我想最妥贴的不如说这是诗人敦厚的存心与用笔，因而造成的浓郁的诗意。再加上一个花环，若真若幻，若有意若无意，若可能若不可能，不但不损失诗意的浓郁，反增加了诗意的浓郁。

他如《呐喊》中的《风波》，《故乡》，《社戏》；《彷徨》中的《祝福》，《在酒楼上》，《离婚》，描写乡村景物，诗意都是非常浓郁。

《风波》写张勋复辟的消息到达乡村社会后所引起的风波，都市中的遗老缩为乡村形成了一个字一个字地阅读《三国志》的赵七爷，他认为"张大帅就是燕人张翼德的后代，他一支丈八蛇矛，就有万夫不当之勇，谁能抵挡他？"作者又用七十九岁的九斤老太叹息"一代不如一代"这一句口头语作为从头到尾的穿插，描写乡村景色处处引人入胜。文中有一段说："河里驶过文人的酒船，文豪见了，大发诗兴，说'无思无虑，这真是田家乐呵！'但文豪的话有些不合事实，就因为他们没有听到九斤老太的话。"作者却把九斤老太的话，和文豪们所见到的一切，以及见不到的一切，连文豪及其酒船在内，都变成了诗料，织为《风波》这一篇散文长诗了。

《故乡》是一篇第一人称的抒情诗。民国九年的秋冬，作者返故乡迁全眷到北平。《故乡》记载这次旅行中所得故乡的印象，脱稿于次年一月。童年美景的破灭，农村的凋敝，社会的政治的腐败，都用抒情诗的笔调记述出来，而寄托希望于下一辈的儿童。"我想到希望，忽然害怕起来了。闰土要香炉和烛台的时候，我还暗地里笑他，以为他总是崇拜偶像，什么时候都不忘却。现在我所谓希望，不也是我自己手制的偶像么？只是他的愿望切近，我的愿望茫远罢了。我在朦胧中，眼前展开一片海边碧绿的沙地来，上面深蓝的天空中挂着一轮金黄的圆月。我想：希望是本无所谓有，无所谓无的。这正如地上的路；其实地上本没有路，走的人多了，也便成了路。"这是《故乡》的散文诗式的结末一段原文。

《社戏》描写作者童年在故乡看戏的情景。江南一带的鱼米之乡，在封建社会未现崩溃的时候，如果年景好，村村演社戏，那是极富于自然美与人情美的场面，作者恰恰把它抓住了。作者说："真的，一直到现在，我实在再没有吃到那夜似的好豆，——也不再看到那夜似的好戏了。"

《彷徨》中的第一篇《祝福》，主角是祥林嫂，上面已经谈过，她迷信再嫁的妇女死后要在地狱中被锯成两段，让前夫与后夫各取一段去，种种刺戟使她精神失常，成了疯妇，直到在严冬中死去。这样一个沉重的主题，作者却用江南的年景把它衬托出来。年景是富有宗教性的，但也富有浓郁的诗意的："家中却一律忙，都在准备着'祝福'。这是鲁镇年终的大典，致敬尽礼，迎接福神，拜求来年一年中的好运气的。杀鸡，宰鹅，买猪肉，用心细细的洗，女人的臂膊都在水里浸得通红，有的还带着绞丝银镯子。煮熟之后，横七竖八的插些筷子在这类东西上，可就称为'福礼'了，五更天陈列起来，并且点上香烛，恭请福神们来享用；拜的却只限于男人，拜完自然仍然是放爆竹。年年如此，家家如此，——只要买得起福礼和爆竹之类的，——今年自然也如此。天色愈阴暗了，下午竟下起雪来，雪花大的有梅花那么大，满天飞舞，夹着烟霭和忙碌的气色，将鲁镇乱成一团糟。"

《在酒楼上》又写江南的雪景。主人翁吕纬甫，仿佛《孤独者》中的主人翁魏连殳，原属有为有志的青年，但经民国初元的政治，社会，思想各部门的大反动以后，已变得马马虎虎，随随便便了。他回到故乡去，做了几件不做不安心，做了又无意义的事：为三岁夭亡的小兄弟迁葬，尸身衣物早无影踪，但仍将一抔泥土装入新棺，迁到父亲的墓旁，以期勿违母命。又为邻家少女送两朵剪绒花，继闻少女已逝，其妹既丑又劣，但仍将剪绒花移赠，并将以其姊见花极喜等诳词复母命。他在山西为旧式家庭教子女，教的是"子曰诗云"，因为家长对其子女尚且如此，师长是外人，无可无不可。吕纬甫述说这样一种模模糊糊随随便便既达观又颓废的行径时，衬托着的却全是江南冬日的雪景："楼上'空空如也'，任我拣得最好的坐位；可以眺望楼下的废园。这园大概是不属于酒家的，我先前也曾眺望过许多回，有时也在雪天里。但现在从惯于北方的眼睛看来，却很值得惊异了：几株老梅竟斗雪开着满树的繁花，仿佛毫不以深冬为意；倒塌的亭子边还有一株山茶树，从暗绿的密叶里显出十几朵红花来，赫赫的在雪中明得如火，愤怒而且傲慢，如蔑视游人的甘心于远行。我这时又忽地想到这里积雪的滋润，著物不去，晶莹有光，不比朔雪的粉一般干，大风一吹，便飞得满空如烟雾。"

《离婚》的背景不是冬雪，但如《风波》，《故乡》，《社戏》一般的江南农村诗境。主角是爱姑。故事大概，上面已经提到。全篇都衬以江南乡村景色："只有潺潺的船头激水声"；"船便在新的静寂中继续前进，水声又很听得出了，潺潺的"；"船在继续的寂静中继续前进，独有念佛声却宏大起来"；"木三他们被船家的声音惊觉时，面前已是魁星阁了；他跳上岸，爱姑跟着，经过魁星阁下，向着慰老爷家走；朝南走过三十家门面，再转一个弯，就到了，早望见门口一列地泊着四只乌篷船。"

我所谓浓郁的诗意者，是指的温和仁爱的诗教，蕴含韵律的诗句，与美妙图画的诗境。以上不过举几个例子，其实浓郁的诗意，贯串在鲁迅先生的全部小说中，到处都可以找到。

三

我上面说"伟大的同情"，是指鲁迅先生小说的内容主流，是完全属于内容方面的；又说"浓郁的诗意"，是由内容渐渐转到外形了；现在还要说一点更近于外形的，就是鲁迅先生小说中的"轻淡的幽默"。

幽默在小说中是必需的，但它的轻重浓淡的适当程度，在读者的心里是十分明白的，在作家的手底却是很难测定的。如果小说的内容贫乏，只在外形上以幽默为事，似乎目的专在与读者斗趣，这种幽默在作品中不如没有更好。反之，作品的内容充实，分量沉重，文字的幽默便更显必要了。

鲁迅先生的作品几乎每篇都有充实的内容与沉重的分量，然而"轻淡的幽默"贯串了全部作品，"轻淡"的程度倒不容易看出来，这是幽默的最高境界。幽默超过了适当的程度便成"油滑"。"油滑是创作的大敌"，鲁迅先生在《〈故事新编〉序言》中说。

鲁迅先生认为初版《呐喊》中的末篇《不周山》，后来收入《故事新编》改名《补天》的，"这就是从认真陷入了油滑的开端"。因此作者用了长长四年的时间，以停笔为自做，"我决计不再写这样的小说，当编印《呐喊》时便将它附在卷末，算是一个开始，也就是一个收场。"直到四年以后的一九二六年，才再写第二篇《奔月》，连《补天》一共八篇，名《故事新编》。

《奔月》写婚后生活的单调。虽然丈夫是善射的勇士羿，封豕长蛇都射死了，飞禽走兽都射完了，家常的饭食只是一味的乌鸦肉的炸酱面，偶有一只麻雀算作野鲜放一碗汤已经是很大的变化了，努力到六十里外去射了一只家畜的母鸡倒惹了祸，拿回家以后太太嫦娥已经奔月，来不及吃这只母鸡了。

《故事新编》中的八篇大抵是这样一种写法，作者自己说："其中也还是速写居多，不足称为'文学概论'之所谓小说。"又说："对于历史小说，则以为博考文献，言必有据者，纵使有人讥为'教授小说'，其实是很难组织之作；至于只取一点因由，随意点染，铺成一篇，例无需怎样的手腕。"自然《故事新编》属于后一类，"叙事有时也有一点旧书上的根据，有时却不过信口开河。"因为"随意点染","信口开河",所以更可见出作者的天才，不为历史的事实所拘束。"轻淡的幽默"也从这些处所更看的出来。作者自认为"油滑的开端"的《补天》，由我看来，其实也无非"轻淡的幽默"。

我所谓"轻淡的幽默"，里面包含着"轻淡的讽刺"与"轻淡的诙谐"。诙谐而不轻淡，便近乎油滑。讽刺而不轻淡，便近乎谴责。鲁迅先生小说中全没有这些。

我们再看一看《阿Q正传》。这一篇东西，我放到这里来谈，因为它很能说明"轻淡的幽默"。鲁迅先生自己写过一篇《〈阿Q正传〉的成因》，说明它原发表在"开心话"栏内。"开心话原为蒲伯英先生的文字而辟，用这样一个栏名也是蒲先生的意思，蒲先生很有许多"拿起旱烟之袋，居然老先之生"，"两仪奠定，两定奠仪"等等一套一套说不完的"开心话"，我自己学写了几篇成绩都不佳，于是要求鲁迅先生写，所以《阿Q正传》署名"巴人"，大家看惯了蒲先生作品发表在"开心话"栏内者甚多，"巴人"两字，又使人联想到四川籍，因此大家都猜疑《阿Q正传》是蒲先生作的。

因为《阿Q正传》有这一段"开心话"的背景，所以富于幽默是不成问题的，但是富于幽默并不等于减去了幽默的轻淡，《阿Q正传》收在《呐喊》里面还是与其他各篇一样，有"轻淡的幽默"全篇流贯着，丝毫也不觉得超出了标准。

《阿Q正传》共分九章，每章都有小题。大题本身与每个小题都是一个"轻淡的幽默"。九章小题如下：一，序；二，优胜记略；三，续优胜记略；四，恋爱的悲剧；五，生计问题；六，从中兴到末路；七，革命；八，不准革命；九，大团圆。

第一章解题，说明下笔的困难，种种困难述说完了，末后一节说："我所聊以自慰的，是还有一个'阿'字非常正确，绝无附会假借的缺点，颇可以就正于通人。"

第二章记载阿Q的"一种精神上的胜利法"，虽然打败了"还自以为了不起"，虽然赌输了，他还有自慰的方法："但他立刻转败为胜了。他擎起右手，用力的在自己脸上连打了两个嘴巴，热剌剌的有些痛；打完之后，便心平气和起来，似乎打的是自己，被打的是别一个自己，不久也就仿佛是自己打了别个一般，——虽然还有些热剌剌——，心满意足的得胜的躺下了。"

第三章的"优胜"一共三件事：被他所最看不起的王胡扭住了辫子在墙上碰头五下，又跌出六尺多远去，是第一件；骂"假洋鬼子"为"秃子"，被用黄漆的棍子"拍拍拍"的打了一阵，是第二件；在酒店门口当众调笑小尼姑，并拧了她的面颊，小尼姑带骂的走了，阿Q却认为大胜利了："他这一战，早忘却了王胡，也忘却了假洋鬼子，似乎对于今天的一切'晦气'都报了仇；而且奇怪，又仿佛全身比拍拍的响了之后更轻松，飘飘然的似乎要飞去了。"

这飘飘然在第四章里闯了大祸，他用简单明了的方法，跪在赵太爷家的吴妈面前去求爱，结果被赵太爷的儿子秀才公当头打了一竹杠，还赔了布衫与工钱，还用一斤重的红烛与香到赵家去赔罪。至于他那件布衫的下落，"是大半做了少奶奶八月间生下来的孩子的衬尿布，那小半破烂的便都做了吴妈的鞋底。"

阿Q从此没有人请他做工，衣食住都成了问题，最急要的还是食，他便到静修庵去偷萝卜。第五章记载他从前做工的几处雇主，都被小D抢了去，冤家路窄，两个人扭做一堆，"四只手拔着两颗头，都弯了腰，在钱家粉墙上映出一个蓝色的虹形"，打得一个不分胜败的结果。但是静修庵的萝卜倒偷着了，偷了四个，落下一个来止住黑狗的追逐，一边走，一边吃，"待三个萝卜吃完时，他已经打定了进城的主意了。"

第六章追叙阿Q进城做了小偷，连赵太爷都想买他的赃物，一时举动颇为阔绰，这是"中兴"；后来被人发现，他不但只是一个小脚色，不敢上墙，不敢进洞，而且还是一个不敢再偷的偷儿，于是村人对他连"敬而畏之"也没有了，这是"末路"。

第七章是最幽默的一章，而它的幽默仍未超出轻淡以外。举人老爷是何等高贵阔气的人物，全县一百里方圆不需要姓名，他的姓名便是举人老爷；他居然在黑夜里用了一只乌篷船，把贵重衣物装了几皮箱，偷偷的运到庄上来，寄存在赵太爷的家里。这是辛亥革命那年，小城市都要光复了。传说的革命党是穿着白盔白甲，替崇祯皇帝戴孝的；阿Q又加了许多想象，以为他们都拿着板刀，钢鞭，炸弹，洋炮，三尖两刃刀，钩镰枪的。庄上有三个人的思想是完全一样的：两个是青年学生，一个土学生赵家的秀才公，一个洋学生钱家的假洋鬼子；还有一个是无业游民的阿Q。他们都想投机冒充革命党，而想到的革命对象都是静修庵。阿Q落后了一步，秀才公和假洋鬼子已经从"积不相能"变成"情投意合"到静修庵去革过一次命了。他们的革命方法是：把"皇帝万岁万万岁"的龙牌劈碎，把老尼姑打一通棍子和粟凿，又把观音娘娘座前的一个铜香炉带走。等阿Q赶到，老尼姑只开了一条门缝，问阿Q来干什么，阿Q说来革命，老尼姑说革命革命，革过又革的……你们要革得我们怎么样呢？阿Q诧异的问为什么，老尼姑说你不知道，他们已经来革过了。阿Q的革命勋业便到了这里。

假洋鬼子已经投机成为真革命党，第八章记载阿Q要去向他投降，却被他打出来了。赵太爷的家里藏了举人老爷的贵重东西，一夜竟遭了抢，阿Q认为就是白盔白甲的革命党干的，他自己既被假洋鬼子拒绝加入革命党，所以抢出来的东西毫无他的份儿，他心里很愤恚："不准我造反，只准你造反？"

第九章也处处含着极轻淡的幽默。造成这种大团圆的局面，责任是在我们大家；作者只把事实描画出来，只看事实就是一个大幽默。

以上三点以外，关于作品中的地方成分，历史地位，结构布局等等，都不及说明了。

郁达夫与《时事新报》副刊

——兼谈新见郁达夫佚文 *

翻开一部中国现代文学史，作家发表作品不外乎通过以下几种途径：第一，在杂志上刊登；第二，在报纸副刊上刊登；第三，交付出版社印行单行本，又有先在报刊发表后编集和直接出书之区别；第四，作者自印。以郁达夫为例，他的成名作小说集《沉沦》，就是 1921 年 10 月由上海泰东图书局初版的。《沉沦》收录《银灰色的死》《沉沦》《南迁》三篇小说，其中《沉沦》和《南迁》都是在小说集中首次发表，此前并未在报刊上刊登。

然而，《银灰色的死》就有所不同了。这篇小说先于 1921 年 7 月 7 日—9 日、11 日—13 日在上海《时事新报·学灯》连载。《学灯》与北京的《晨报副刊》《京报副刊》及上海的《民国日报·觉悟》并称为"五四"时期的"四大副刊"，名气很大，它与创造社另一元老郭沫若的密切关系，也早为人知，不必再多做介绍。其时《学灯》的编者是李石岑，但《银灰色的死》的发表并不一帆风顺，其曲折经过，郭沫若曾在《我的作诗的经过》中

---

* 本文承赵国忠兄提供帮助，谨此致谢！

有所交代，①郁达夫本人后来谈到此篇投稿半年之后方才刊出也表示过不满。②但这是郁达夫与《时事新报》副刊关系之始，不能不提。

接着，郁达夫在 1921 年 9 月 27 日、29 日的《时事新报·学灯》连载新诗《最后的慰安也被夺去》，又在同年 11 月 3 日的《时事新报·学灯》发表散文《芜城日记》，与《学灯》的合作是一而再再而三了。不过，此后郁达夫的作品就不再在《时事新报》副刊上出现。这是郁达夫与《时事新报》副刊关系的第一阶段，也是我们早已熟知的阶段，《郁达夫全集》③和《郁达夫年谱》④均可复按。

郁达夫再在《时事新报》副刊亮相已是十一年之后。1932 年 10 月 23 日《时事新报》"第四张第二版"刊登了署名"达夫"的书评《一个女剧员的生活》。《时事新报》"第四张第二版"虽无具体名称，其实是文学书评版。除了郁达夫此文，还有张资平的《日本文学之新趋势》、谢六逸的《北欧民间文学》、崔万秋的《英国桂冠诗人曼斯斐尔悬赏征诗》、赵景深的《清平山堂话本》

---

① 郭沫若回忆："李在编《学灯》，达夫在 1921 年初头做了那篇处女作（？）《银灰色的死》，寄给石岑，要他在《学灯》发表，然而寄去三个月，作品不见发表，连回信也都没有。鼎鼎大名的郁达夫先生在未出名时也受过这样的冷遇，这是富有教训意义的一段逸事。这事是那年的六月我们为创造社的组织聚首在东京时，他亲自向我提起的，并叫我回上海后从李处把那篇小说稿取回。然而在我六月尾回上海后，不久那篇小说却在《学灯》上和世人见面了。"见郭沫若：《我的作诗的经过》，《质文》1936 年 11 月 10 日第 2 卷第 2 期。

② 郁达夫 1938 年春在武汉对王平陵说："《银灰色的死》，耗费一年多的时间才写成，竟毫无消息，几乎失却写作的自信心，真想洗手不干，从此改行了。可是在一年多以后，忽然露面了。又鼓励我抛了在帝大学习的经济学程，钻向文艺的牛角尖。"转引自王平陵：《三十年文坛沧桑录》，北京：海豚出版社，2016 年，第 38 页。

③ 郁达夫：《郁达夫全集》第 1 卷，杭州：浙江大学出版社，2007 年。

④ 李杭春、郁峻峰：《郁达夫年谱》，杭州：浙江大学出版社，2021 年，第 92—97 页。

等，以及现代、光华、开明、大东书局的新书广告。先把郁达夫这篇佚文照录如下：

　　《一个女剧员的生活》，表现和结构是很特殊的，就是内容的倾向，是一种不平衡的恋爱的转变，理想与环境的冲突：它表现的外形，是把女主角的生活组为剧体的描写。

　　女主角萝，是剧员中一个典型的人物，她以天生的骄傲和机警的智能，她想要演出很多戏，相信都能变成一种力量，放到年青人身上去，掀动那些软弱的血同软弱的灵魂。

　　因此，她对于追逐她的士平先生和男剧员陈白，善于在他们的弱点上嘲笑他们，她不是为同情这种苦恼的人抢着"恋爱同演戏完全是两件事"的主观，她说："我因为不承认爱我的男子，用得着妒忌，使我负一种条约上的义务，所以同陈白分手了的。现在士平先生最不幸，又为了这点事，把我对于他的幻想失去了。"

　　这是《一个女剧员的生活》的思想的重心结果！女主角萝的生活，竟在"一个不合理的败仗"下而完结了。这种结构正如剧场的转变，如我们读屠格涅夫的《烟》后而感往事如烟的心情一样。

　　从文的文章是有深邃沉抑的意味，本篇表现中的人物心理，多是选择复杂的象征，这一种象征选择的苦闷，就是文学家人生观的苦闷，而成为它的高级的艺术。

　　沈从文的中篇小说《一个女剧员的生活》最初连载于1930年10月至1931年5月上海《现代学生》第1卷第1—6期，

1931 年 8 月由上海大东书局初版单行本。这部中篇出版一年后被郁达夫注意到，写了这则书评。郁达夫为何对沈从文这部中篇感兴趣？或许因为他自己也写过反映"女伶"生活的中篇《迷羊》。无论如何，对沈从文这部中篇，当时及后来均未见评论，迄今只有郁达夫这篇《一个女剧员的生活》书评，颇难得。"从文的文章是有深邃沉抑的意味"云云，口气很亲切，只有对沈从文其人其文有真切的了解，才能这样写。郁达夫认为这部中篇以表现剧中人物心理而表现文学家苦闷的人生观，评价也不低。对郁达夫与沈从文的关系，我们以前只知道郁达夫写过有名的《给一位文学青年的公开状》，还推荐道沈从文的长篇小说《阿丽思中国游记》是他"所喜爱的文艺读物"，①而随着这篇《郁达夫全集》失收、《郁达夫年谱》也未著录的书评佚作的发现，郁达夫对沈从文的推重得到了新的证明。

自 1932 年 12 月 24 日、25 日在《申报·自由谈》连载《说死及自杀情死之类》起，郁达夫成为黎烈文主编的《自由谈》的主要作者之一，他还介绍鲁迅为《自由谈》撰文，而他为《时事新报》副刊的撰稿就再次中断。一直到 1935 年 3 月 21 日、22 日在《时事新报·青光》连载《两位英国的东方学者》，郁达夫才又恢复为《时事新报》副刊撰稿，不久他又为 1935 年 9 月 4 日和 9 月 20 日的《时事新报·青光》接连撰写了《文坛的低气压》和《出版界的年轮》两文。当年我找到这三篇郁达夫未收集的文字，确实十分高兴，它们也早已被编入《郁达夫全集》。而

---

① 郁达夫：《我所喜爱的文艺读物》，福州《小民报·新村·每周文坛》1936 年 9 月 6 日。郁达夫在此文中开列了沈从文的《阿丽思中国游记》、鲁迅的《野草》和茅盾的《子夜》三部作品。

郁达夫之所以又重新为《时事新报》的副刊撰稿，或与《时事新报·青光》此时由朱曼华主编有关。朱曼华曾是创造社"小伙计"之一，曾在《洪水》《新消息》等创造社刊物上发表诗文。①所以，若他向郁达夫约稿，郁达夫当然盛情难却。

原以为郁达夫1936年2月赴福州出任福建省政府参议后，他为《时事新报·青光》的撰稿就真的停止了，不料还有新的惊喜。1937年2月17日《时事新报·青光》刊出郁达夫的《游记云乎哉》。文虽不长，却挺有意思：

在三个月中间，走路总走尽了万余里的光景！不是为名，不是为利，自然更谈不到是为了写游记。

人生的中岁，是最危险的时期。遁入虚无，醉心神秘，或者热中名利，把身外之物，看得重于生命，都是中年人易染的恶疾。为防避这些症状起见，沉思默考，当然也是一种预防的治疗，但是行旅涉险，借健全的空气来洗涤身心，更是极有效验的抗毒金针。门枢不朽，流水长清，若欲以这两句古语来说明转换空气的好处，一部分原也可以适合。

人之所以异于禽兽者，第一是为了他有思想，第二是为了他有意志。三军可以夺帅，而匹夫却不能夺他的志。这志字云云，是在合理的思想下之意志，是自己完成的唯一推动力量。要而言之，自己完成，是我们努力的目标；推己及

① 朱曼华分别在1927年4月《洪水》第3卷第31期发表《诗三首》，在1927年3月26日《新消息》第2号发表《断歌》《莫要》，在1927年4月《新消息》第3号与周灵均发表"合记"《广州分部的第一周年》。关于朱曼华主编《时事新报·青光》一事，见陈子善、王自立：《"左联"的最后一个机关刊》，《中国现代文艺资料丛刊》1980年4月第5辑。

人及物，以完成的自己，来完成周围上下，留光芒余泽于时间与空间之外，是我们的理想。

一时的毁誉褒贬，极微的利害得丧，比起自己完成的大来，真觉得是泰山之于蚁垤，蜉蝣之于长桥；蜗牛角上，所争究为何事？至如昧却良心，造谣作怪，损人之大则不足，证己之奸则有余，日孜孜于小利，夜炎炎于浮名，形同鼠窃的那些自称名士之所为，更是说不上的那话儿了。

古人说，读万卷书，行万里路，养气十年，贵在一得，完成自己，大道坦坦，此外我就不知道更有些什么。

一九三七年二月十二日

此文发表后才四天，1937 年 2 月 21 日《时事新报·青光》又接着发表郁达夫的《俗吏么！》一文，更有意思了。虽先已有研究者发现了此文①，为论述方便，仍全文引录：

最近，接到南京的一张剪报，说是报尾的一段言论。尾名"射蝇集"，题名"俗吏郁某"，作者为李墨先生。内容系述沫若近来发表了一篇《达夫的来访》，中间曾婉讽我应辞去俗吏，而努力完成文艺作家的使命。原文虽未及见，而好友的规劝，以及爱我的远近各友生的至意，我却感激涕零，恨不得插翅飞去，当面去拜谢他们一番。别的人更不必说，就说沫若，我和他在千叶，在东京，虽只短短的会见了三四次面，但老友的相见，所感到的，真是怎么样的一种意境？这我怕就是做那篇文字的李墨先生，也不容易猜到。他

---

① 见肖伊绯：《"俗吏"郁达夫》，《书屋》2021 年第 9 期。

规劝我的话，此外还多得很，而最使我感动的一点，却是在这阔别十来年的中间，他对我的行动，我的写作，从来也不曾抛弃过注意，时时刻刻处处，他无不在期望着我的长成。可惜我意志不强，才力有限，在和他别后的三千六百日中间，竟没有一篇差强人意的东西做出来，可以使他感到期望的不虚。当然，我还没有头白，而他也还在壮年，今后的成就，都是个未知之数，这都不必先说。所要解释的，倒是俗吏二字。沫若的全文，虽还未见，不过他的真意，我却完全明白。可是由做那一篇文字的李墨先生看来，总以为：（一）沫若在婉讽，而（二）我却自以俗吏为得意，捧牢了这捞什子而不肯放手（原文是如此）。

当然李墨先生的说此，也许并非是出于恶意，但对于俗吏的解释，我倒还有一点疑问。吏之为俗为雅，不知有没有一定的界说？凡吏皆俗，不吏便雅，这逆说是否可以成立？处理俗吏式的事务，是不是也可以作一种作家的经验？某人该作某事，某人不该作某事，又是否是前生注定，这世不易的勾当？党权原高于一切，文艺不知是否也高于一切？

凡此种种，我都还不曾参透，所以暂时的俗吏，终究也还得干干。总之，风雨晦明，鸡鸣不已，圣人满地，大盗无踪。侯之门，仁义存焉，吏之身，俗恶佥之，虽曰天命，岂非人意哉？

二月十八日

《游记云乎哉》和《俗吏么！》这两篇也均为《郁达夫全集》所失收，《郁达夫年谱》未著录，而且发表时间又相隔这么近，完全可以联系起来考察。郁达夫到福建出任省政府参议，接着又兼任省秘书处公报室主任，其间曾游历福建山水，作有《闽游滴沥》系列游记，不过更重要的是他于 1936 年 11 月 11 日离沪赴日，对日本"学校、图书馆以及其他文学方面之现状进行游历考察，并兼作有关支那文化、哲学和文学方面的讲演"，① 其间曾多次会晤在日本避难的郭沫若。12 月 19 日郁达夫又从日本赴台湾考察、演讲并进行学术交流，② 12 月 30 日自台湾返厦门。在厦门拜访弘一法师和游历后，于 1937 年 1 月 30 日经莆田返回福州，风尘仆仆，历时将近三个月。这段旅行应该就是《游记云乎哉》一文开头所说的"在三个月中间，走路总走尽了万余里的光景！"显然，郁达夫在这篇文章中强调他人到中年，乐于"行旅涉险"，而他的"行旅""不是为名，不是为利，自然更谈不到是为了写游记"，暗示他的"行旅"是负有某种使命的，③ 不计"一时的毁誉褒贬"。总之，郁达夫借这篇文章，以抑扬顿挫的文字向读者解释，剖明心迹，这是耐人寻味的。

接下来发表的《俗吏么！》则起因于南京"李墨先生"的"一段言论"。李墨在《俗吏郁某》中借郭沫若《达夫的来访》一文中的话讽刺郁达夫为"俗吏"。④ 郭沫若的《达夫的来访》发表

---

① 郁达夫抵达日本长崎时的入境检查记录，转引自武继平：《1936 年郁达夫访日史实新考》，《中国文化研究》2010 年第 1 期。

② 郁达夫访问台湾详情，见武继平：《郁达夫访台史实考订》，《东岳论丛》2011 年第 3 期。

③ 关于郁达夫赴日时建议郭沫若归国一事，已有不少研究。郁达夫本人在五年之后是这样回忆的："在抗战前一年，我到日本去劝他回国，以及我回国后，替他在中央作解除通缉令之运动，更托人向委员长进言，密电去请他回国的种种事实，只有我和他及当时在东京的许俊人大使三个人知道。"见郁达夫：《为郭沫若氏祝五十寿辰》，新加坡《星洲日报·晨星》1941 年 10 月 24 日。

④ 李墨此文原刊于 1937 年 2 月南京何日何报，待查。

于 1937 年 2 月 16 日上海《宇宙风》第 35 期，此文详细回顾了郁达夫在日逗留期间与他的六次见面，写得很感人。文中有这样一段话：

> 我看达夫的使命依然是做个文艺作家，与其为俗吏式的事务所纠缠，宁应该随时随地去丰富自己的作家的生命。凡是达夫的友人，怕应该注重在这一点，玉成达夫的志愿的吧。

近在南京的李墨应该第一时间读到郭沫若此文，马上引用"俗吏"之说嘲讽郁达夫。而远在福州的郁达夫虽还未读到《达夫的来访》，也立即作出反应，写下这篇《俗吏么！》[①]，一方面向郭沫若对自己的关心和"规劝"作了实事求是的说明，另一方面对自己为何在陈仪治下的福建省政府任职作了澄清，强调自己当然是一个文艺作家，"暂时的俗吏""是不是也可以作一种作家的经验"？这两篇文字对了解和研究郁达夫这一时期的心态和作为无疑是第一手的新文献。

郁达夫的文学生涯其实是与报纸副刊的关系共始终的，从最初在上海《神州日报》副刊《神皋杂俎》上发表旧体诗开始，一直到在新加坡《星洲日报》的副刊不断发表作品止，其间他自己也先后编过上海《中华新报·创造日》和《星洲日报·晨星》、

---

① 郁达夫此文落款时间为"二月十八日"，离《达夫的来访》发表于 2 月 16 日只相隔两天，他怎么来得及读到李墨的《俗吏郁某》一文呢？一种合理的解释是刊登《达夫的来访》的《宇宙风》第 35 期提前数天出版，在南京的李墨又及时看到，人在福州的郁达夫才有可能在 2 月 18 日读到李墨此文，并立即作出回应。

《星洲日报·繁星》（晚版）、《星洲日报·文艺周刊》三个副刊。而郁达夫与《时事新报》副刊的因缘，从大名鼎鼎的《学灯》到后来的《青光》，时断时续，以前已知前后维持了十四年，随着《一个女剧员的生活》《游记云乎哉》《俗吏么！》三篇佚文的出土，又延续到十六年之久。这不仅在郁达夫个人的创作史上绝无仅有，在中国现代文学史上一个作家与一份大报的数个副刊前后保持那么长时间的关系也是不多见的吧？

最后应该指出的是，新版《郁达夫全集》问世后，郁达夫的集外文字仍时有发现，但大都是诗词、佚简（当然，书信中也有十分重要的）、题词和他人记录的演讲等，属于公开发表的正式文章其实并不多，除了拙编《全集外》已经收录的《福建的文化》《读浙江战时政治纲领后的感想》等三篇①，2018 年发现的《反帝国主义运动之前途》②和去年新发现的《杂感一二》③之外，似乏善可陈。因此，这三篇郁达夫佚文能够同时重见天日，是令人欣喜的，希望能够有助于郁达夫研究的深入。

（原载 2022 年 5 月《新文学史料》2022 年第 2 期，收录本书时有增订）

---

① 见郁达夫著，陈子善编：《全集外》，北京：海豚出版社，2016 年。

② （郁）达夫：《反帝国主义运动之前途》，《武汉评论》1925 年第 23 期，见曾祥金：《新发现郁达夫佚文考释》，《新文学史料》2018 年第 2 期。

③ 郁达夫：《杂感一二》，湖南《国民日报》副刊 1938 年 9 月 26 日，见王金华：《郁达夫湘行漫记》，《书屋》2021 年第 5 期。

徐志摩题赠任叔永的《志摩的诗》及相关史实考

近日，笔者有幸见到一册徐志摩亲笔题赠任叔永的《志摩的诗》线装本。这篇考释此册《志摩的诗》题词的文字，就从回顾《志摩的诗》的来龙去脉开始。

《志摩的诗》是徐志摩的第一本新诗集，也是中国新诗史上第一本线装本，还是中国新文学史上第一本线装本。这三个"第一"，无疑奠定了这部《志摩的诗》在中国现代文学史上举足轻重的独特地位。

徐志摩研究界早已知道，《志摩的诗》系徐志摩于 1925 年自印。1925 年 3 月 4 日，北京《晨报副刊》中缝刊出《志摩的诗》出版广告，照录如下：

志摩的诗——现代文艺丛书之一

这是徐志摩亲自选定的一本诗集，在这小本子里，就只光光的几十首自制的新体诗，书头没有序言，书背没有跋文，诗行间没有注解，就有一两处免不了用上几个洋字得求读者的宽恕。这本书的定价有人或许嫌高，但这卖价较高，我们得声明，却并不因为他的诗特别的贵重，这倒的确是因为印书成本的关系——呕心血做诗赚不了钱，印出去还得自己贴钱，那可是太惨了，这层也得请买主们原谅。这诗集是上海中华书局代印的，约一个月内可以出版，印得的本数不多，外埠最好预定，省得支配不均匀。有信可以迳寄北京大学现代评论社刘光一君。

由此可知，《志摩的诗》虽是作者自费出书，列为现代评论社主编的"现代社文艺丛书"之一，却是毫无疑义的。然而，因后来出版的《志摩的诗》系传统的线装本形式，无版权页，并未标明列入何种丛书，以致直至今日，徐志摩研究界都未注意到《志摩的诗》原是"现代社文艺丛书"之一种。"现代社文艺丛书"第一种是杨振声著中篇小说《玉君》，第三种是丁西林著独幕剧集《一只马蜂及其他独幕剧》，都是一时之选，都在中国现代文学史上占有一席之地。而《志摩的诗》虽然更为有名，其被列为"现代社文艺丛书"第二种这个重要信息反而长期不彰，现在是到了为其归属正名的时候了。

这则《志摩的诗》出版广告在《晨报副刊》上自 1925 年 3 月 4 日起，连续刊登了七天，至 3 月 10 日才告一段落。那么，这则广告出自谁的手笔呢？拙见以为不是别人，正是徐志摩自己。因为只有作者自己才会对《志摩的诗》这部新诗集知晓得如此清楚，才会撰写如此幽默风趣的广告，也才会对诗集何以没有序跋做出恰当的解释。无论从内容到语气，这则广告是徐志摩自拟的可能性极大。何况我们从《徐志摩全集》可以知道，后来徐志摩曾多次为自己和他人的著作撰写广告语。[①]

《志摩的诗》广告一经刊出，徐志摩就踏上了欧游旅程。1925年3月10日，[②] 徐志摩离京经西伯利亚欧游，途中为《晨报副刊》撰写了连载的《欧游漫录》。同年7月下旬，[③] 徐志摩回到北京，《志摩的诗》却并未按他在《晨报副刊》上预告的"约一个月内可以出版"，而是尚未问世，但也快了。8月10日上海《小说月报》第16卷第8号刊出署名"记者"的《文坛杂讯》，其中有这样引人注目的一条：

> 北京的现代社又出版了"文艺丛书"两种，一种是《一只马蜂》，是西林作的独幕剧集，共包含《一只马蜂》、《亲爱的丈夫》及《酒后》三篇独幕剧；一种是《志摩的诗》，是徐志摩君的诗集，其中有好几首不曾发表过，书用中国宣纸印，聚珍仿宋字排，完全是一部线装书。近来出版物，装订得如此考究的极少，志摩君的诗也确可以配得上这样考究的装订。

当时郑振铎是《小说月报》主编，"记者"很可能就是郑振铎。半年前，徐志摩的名文《济慈的夜莺歌》在1925年2月《小说月报》第16卷第2号刊出时，郑振铎就在"最后一页"栏

---

① 北京商务印书馆2019年10月初版《徐志摩全集》所收就有他为自己著译《落叶》《自剖》《卞昆冈》《玛丽玛丽》等所撰的广告，还有他为沈从文著《阿丽思中国游记》《蜜柑》两书所撰的广告。

② 陆小曼：《小曼日记》（1925年3月11日），见陆小曼编：《志摩日记》，上海：晨光出版公司，1947年，第183—184页。

③ 徐志摩1925年7月31日致刘海粟的信写于北京，可见他在7月底以前已经回到北京，见韩石山编：《徐志摩全集》第7卷（书信一），北京：商务印书馆，2019年，第45页。

内给予高度评价，也称作者为"徐志摩君"。这则《文坛杂讯》之所以值得注意，在于它首先报告了《志摩的诗》的面世，并对《志摩的诗》"考究"的线装本形式给予了充分的肯定。线装本《志摩的诗》开中国新文学作品集线装形式的先河。此后，俞平伯的新诗集《忆》、刘半农的新诗集《扬鞭集》（上、中卷）和滕固的短篇小说集《迷宫》等也都采用了线装，虽然数量并不多，但还是显示了新文学书籍在装帧形式上向中文线装书传统回归的努力，尽管也有一些年轻的新文学作家表示反对。

《志摩的诗》是由"上海中华书局代印的"，新书由沪运京尚需时日。果然，十九天后，即 1925 年 8 月 29 日《现代评论》第 2 卷第 38 期又刊出了如下广告：

现代社文艺丛书第二种　　志摩的诗

出版了，印刷愆期，抱歉得狠，正在赶制封套，下星期起在现代评论社（北大第一院）发卖。书印两种，宣纸厚本定价一元四角，白连史的定价一元，却是聚珍宋字精印的线装书，狠不讨厌，到书不多，买客从速。志摩的诗，无须介绍，这集子是他自己选定的，有不曾发表过的多首。

广告中说得很清楚，《志摩的诗》自 1925 年 9 月初起正式在京发行。从广告中"狠不讨厌"这样的用词，也有理由推测这则广告仍极有可能出自徐志摩之手。

《志摩的诗》线装本甫一出版，徐志摩即分赠各方友人和相关者，现在我们所知道的就有 1925 年 9 月题赠前妻张幼仪和诗人冰心的两本，一长一短两则题词均已收录于 2019 年 10 月商

务印书馆初版《徐志摩全集》第 3 卷（散文三），落款时间均为
"九月上海"。而这次新发现的《志摩的诗》题签本，是徐志摩题
赠友人任叔永的，极为珍贵，题词内容更极为重要。

新发现的这册《志摩的诗》题赠本，系白连史纸线装。全
书完整，包括封面签条完整，书脊护角完整，书品甚好，触手如
新。书中还有编号"693"的半截浮签，应为此书主人任叔永所
藏第 693 种线装书。值得注意的是，与已知的《志摩的诗》线
装本衬页只有一张筒子叶不同，此册衬页共两张筒子叶。先说筒
子叶二，正面有"志摩的诗"四个竖写毛笔字，从字迹推测应出
自任叔永之手；反面则印有女作家凌叔华手书的"献给爸爸"四
字。对这句献词，凌叔华在 1982 年 10 月 15 日致陈从周的信中
已有明确的说明。①

再说关键的筒子叶一，正面就是徐志摩的大段题词，反面
无字。徐志摩的毛笔题词写满整整一页，一气呵成，虽是即兴挥
毫，仍给我们以出人意料的惊喜，照录如下：

> 叔永，老实说，我们胡乱写新诗的真有些愧对你们正宗
> 的旧词家，我总觉得天下事情不能那么容易，就我自己说，我
> 那配做诗，别说做诗，就是文学都不是我的本行，这回倒来屎
> 壳螂戴花，刊本集子，可不是臭美！真的不是装腔，叔永，我
> 真不愿意拿这样芜陋的烂东西亵渎你们真纯词家的法眼！
>
> 志摩　八月北京

---

① 凌叔华在信中说："我手中还保留志摩第一本诗集（是连史纸印的），上面题字'献给
爸爸'，也是他请我代题的！"见陈从周：《谈徐志摩遗文——凌叔华致陈从周的信》，《春苔
集》，广州：花城出版社，1985 年，第 220 页。

叔永，即任鸿隽（1886—1961），叔永是他的字。任叔永是现代著名科学家、教育家和社会活动家，是中国科学社的创始人之一。他和夫人陈衡哲是胡适的好友。徐志摩何时开始与他交往，尚不清楚。《徐志摩传》中开列了徐志摩交往较为密切的四十位友人，任叔永并不在内，但至少1923年9月28日，徐志摩在上海组织友人到浙江海宁观潮，任叔永、陈衡哲夫妇欣然参加了，胡适日记有明确的记载，晨光版《志摩日记》还刊登了当时的照片。[①]同年10月11日，徐志摩又出席任叔永夫妇的宴请，胡适日记也有明确的记载，提及"谈的很有味"。[②]因此，1925年8月，任叔永到北京出任中华教育文化基金会董事会秘书，徐志摩当月见到任叔永，即持赠自己的第一本作品集《志摩的诗》，也就顺理成章了。

徐志摩赠任叔永《志摩的诗》上的这段谐趣横生的题词，是新见的徐志摩手稿，总共一百二十余字，其实已可视为一篇短小的妙文了。在题词中，徐志摩坦陈自己"那配做诗"，"就是文学都不是我的本行"。确实，徐志摩留美，写的硕士论文是《论中国妇女的地位》；接着留英，先读的也是伦敦政治经济学院。搞文学对他而言，并不是"本行"，而是半路出家。当然，他最终在新诗和文学上闯出了一条新路，在现代文学史上留下了深刻的印记。

---

① 胡适：1928年9月28日日记，见胡适著，曹伯言整理：《胡适日记全编》（1923—1927），合肥：安徽教育出版社，2001年，第59页；徐志摩：《海宁观潮图》，见陆小曼编：《志摩日记》，上海：晨光出版公司，1947年，第25—26页。

② 胡适：1923年10月11日日记，见胡适著，曹伯言整理：《胡适日记全编》（1923—1927），合肥：安徽教育出版社，2001年，第71页。

徐志摩在题词中尊称任叔永为"正宗的旧词家"，自然也有其原因。任叔永与胡适在上海中国公学时就是同学，时相唱和。任留美时又与胡适、杨杏佛、梅光迪等经常探讨白话文和白话诗，胡适的《尝试集》第一编就是"贡献给叔永们五个人"的。①任叔永对白话文和新诗持保留态度，他后来在《五十自述》中明确表示："平心而论，当时吾等三人②虽同立于反对白话之战线上，而立场殊不尽同。迪生之反对白话盖为全般的，凡以白话为文者皆在其反对之列。吾则承认白话有其用处，但不承认除白话外无文学，且于白话诗之能否成立，为尤断断耳。"③这段回忆不是正可拿来作为徐志摩这段题词的一个注脚吗？

　　这段题词还显示，徐志摩对自己这本新诗首作存在的一些不足，有着清醒的认识。中国古诗已有近三千年的历史，而白话新诗若从胡适的《尝试集》算起，只不过短短五年，因此，徐志摩在题词中认为"我总觉得天下事情不能那么容易"，新诗还有漫长的路要走。后来他在对读者评论《志摩的诗》的附注中又说："我这第一本当然是一碗杂碎，黄瓜与西瓜拌在一起，羊肉与牛肉烧成一堆，想着都有些寒伧。"④在生前出版的最后一部新诗集《猛虎集》的序中，他又说："我的第一集诗——《志摩的诗》——是我十一年回国后两年内写的；在这集子里初期的汹涌

① 胡适：《〈尝试集〉第二编初稿本自序》，见陈子善：《中国现代文学文献学十讲》，上海：复旦大学出版社，2020年，第125页。

② 指任叔永、杨杏佛和梅光迪三人。

③ 任鸿隽：《五十自述》，见《科学救国之梦——任鸿隽文存》，上海：上海科技教育出版社，上海科学技术出版社，2002年，第684页。

④ 徐志摩：《〈志摩的诗〉附注》，初刊于1925年10月17日《晨报副刊》，见韩石山编：《徐志摩全集》第3卷（散文三），北京：商务印书馆，2019年，第191页。

性虽已消灭，但大部分还是情感的无关阑的泛滥，什么诗的艺术或技巧都谈不到。"[①]其含意与这段态度谦虚、并非心血来潮也非一般应酬的题词，都是一脉相承的。对新诗的进程，对新诗如何逐步走向成熟，徐志摩显然有他自己的独立思考。

总之，徐志摩这册《志摩的诗》线装本及线装本上这段精彩的徐志摩亲笔题词，在题写将近一百年之后终于"出土"，实在太难得了，用"凤毛麟角"四个字来形容也不过分吧。另外，加上被研究者长期忽视的关于《志摩的诗》的那两则也是新"出土"的徐志摩亲撰的广告，不仅增补了《徐志摩全集》，也为徐志摩研究提出了新的话题。

2023 年 11 月 12 日于海上梅川书舍，12 月 5 日改订

（2023 年 11 月 16 日发表于上海博古斋网站，收录本书时有增订）

---

① 徐志摩：《猛虎集》，1931 年 8 月上海新月书店初版，见韩石山编：《徐志摩全集》第 4 卷（散文四），北京：商务印书馆，2019 年，第 421 页。

《北晨学园哀悼志摩专号》浅说

这是一部正文内容仅七十三页，外加二页目录和封面封底的薄薄小册，书名为《北晨学园哀悼志摩专号》，版权页印"中华民国二十年十二月二十日北平晨报社印行"，距今已整整九十年矣。

《北晨学园》是当时在北平发行的《北平晨报》的副刊，创刊于 1930 年 12 月 17 日，由瞿冰森（世庄）编辑。主要发表新文学创作和中外文学研究文章，这是该刊的一个特色。

徐志摩 1931 年 11 月 19 日在济南近郊所乘飞机失事的噩耗一经传出，全国文坛震惊悲恸，自认是徐志摩的"一个小朋友"的瞿冰森立即着手约请徐志摩友好和学生撰文纪念。12 月 5 日，瞿冰森在《北平晨报·剧刊》[①] 刊出"北晨学园哀悼志摩 特刊明日发行"的预告。12 月 6 日，《北晨学园哀悼志摩专号》开始刊出，刊名由胡适题签。首日的哀悼专号，以胡适之的《追悼志摩》领衔，瞿冰森写了《献辞》，（凌）叔华写了《志摩真的不回来了吗？》，还发表了胡适起草的《"徐志摩纪念奖金"章程草案》以及哀悼专号的目录，十分引人注目。由于"志摩是人人的

---

① 　此刊由熊佛西编，当日无《学园》版。

朋友"（方令孺语），哀悼文络绎不绝，以至于哀悼专号连载至12月14日才告一段落（12月13日因刊出《剧刊》暂停）。之后，又有零星悼念诗文刊出，12月25日才最终刊完。《北平晨报》其他副刊版面如12月11日、12月19日的《北晨艺圃》也有悼诗发表。

《北晨学园》在陆续发表这些悼念文字时，还不时刊出徐志摩遗影，计有：12月6日的"志摩遗影 胡适之先生赠刊"，此遗影后用在《北晨学园哀悼志摩专号》书里；12月7日刊出的"志摩去冬抵平第一日之摄影，在欧美同学会哲学评论社开会时所摄。（冰森）"；12月8日的"志摩一九二六年，在翡冷翠。摄影照片后面题有'翡冷翠山居小影给菊农 志摩'。此片系瞿菊农先生赠刊。（冰森）"；12月9日的"志摩去冬摄影"和"志摩一九一八年摄影，以上两片均系林徽音先生赠刊"；12月10日的"太戈尔一九二四年来华，抵沪后赴商务印书馆欢迎会摄影。自右至左朱经农、王云五、徐志摩、太戈尔、瞿菊农。此片系瞿菊农先生赠刊。（冰森）"；12月11日的"志摩十年前摄影"，总共七帧。且不必说当时接连刊出这么多徐志摩遗影，而《北晨学园》是当时唯一一家副刊，九十年后的今天看来更是极为难得，尤其是林徽因提供的徐志摩1918年和1930年的两幅单人照。

不仅如此，12月12日的《北晨学园》还以《志摩遗墨》为题刊出了一通徐志摩致瞿菊农函手迹。此信被瞿冰森誉为"那文章够多美"，虽已收录于《徐志摩全集》，[①]却不知是原发现者梁锡华兄误认，还是收书时刊误，迻录颇多错讹，故重新迻录如下，只要与商务印书馆版《徐志摩全集》所收加以对照，就可明了此

---

① 韩石山编：《徐志摩全集》第8卷（书信二），北京：商务印书馆，2019年。

举之十分必要了：

　　菊农：

　　　　信到，书未到。其实我这里已觅到一册《赣第德》，正在续译，至多再有十天，总可译完。近来做事的效率，大不如前，也不知为什么！从前我译那本《涡隄孩》，只费六晚工夫就完事。这本《赣第德》也不见长多少，难译多少，但我可算整整译了一年还没有译成！这样看来，做事情，不论什么，总该是一鼓作气，才有成效，一暴十寒的办事，总是难的。

　　　　家里住着，静是够静的，早晚除了雨声，更听不到什么。凭窗本来望得见东山的塔，但这几天教雨雾给迷住了，只偶尔透露一些棱廓，依稀就认得是山身塔影。我回家来唯一的大志愿是想改造屋后身的一个菜园子，但不幸这两星期来接连的淫雨，无从工作起，只好等晴放。再谈。

　　　　　　　　　　　　　　　　　　　　志摩

　　　　我要"晨副"的稿子，请寄些来。

　　再回到哀悼徐志摩这件事上来。面对如此之多且感人的悼念文字，瞿冰森当机立断，决定把发表在《北平晨报》上的所有悼念文字汇集成书出版，那就是这本《北晨学园哀悼志摩专号》。

　　1931年12月22日，瞿冰森在《北晨学园》刊出"追悼志摩专号单行本日内出版"的消息，透露《哀悼专号》单行本又增加了八篇悼诗，"还有许多篇没有来得及排入，真是美中的不足"，还透露单行本除了"赠给撰稿的诸位先生留作纪念，印的数目很少，只留了一百多本发卖"，这也是《北晨学园哀悼志摩专号》在九十年后的今天稀少难见的原因。

有意思的是，《北晨学园》虽然不是发表纪念徐志摩文章最早的刊物，却是发表纪念徐志摩文章最多的刊物。《北晨学园哀悼志摩专号》收录纪念诗文、启事等共四十篇，含悼文二十一篇，悼诗十二首，挽联一篇，梁实秋和沈从文致编者《关于哀悼志摩的通讯》及程朱溪致编者《想到志摩的归宿》通信、《"徐志摩纪念奖金"章程草案》、《编后》和《更正》各一篇。作者既有徐志摩的生前好友，如胡适、林徽因、陶孟和、凌叔华、西谛（郑振铎）、瞿菊农、余上沅、梁实秋、刘廷芳、孙大雨等，也有得到过他提拔和帮助的青年作家，如沈从文、陈梦家、方玮德、于赓虞、蹇先艾等；既有他的亲戚，如吴其昌、吴世昌兄弟，更有我们并不熟知的普通学生和读者，如钟辛茹、莽莽、宴池、谢飞、吴士星（吴仕醒）等；还有并不属于新文学阵营的学衡派主帅吴宓和并未与徐志摩见过面的"神交之友"、通俗文学大师张恨水。虽然作者大都集中于北平，但具有相当的代表性和广泛性自不待言。其中不少作者后来对徐志摩还一忆再忆，一写再写，但这是对徐志摩不幸遇难的最初反应，其即时性和真实性的文献价值也不待言。

《北晨学园哀悼志摩专号》的所有作者都为徐志摩的文学成就和个人魅力所吸引所倾倒，所有诗文均从不同的角度和侧面再现了徐志摩的文采风流，这是毫无疑问的，而胡适、林徽因和郑振铎三人所写之文尤其值得重视，也是显而易见的。作为徐志摩的诤友，胡适的《追悼志摩》不仅在《北晨学园哀悼志摩专号》一书中，在所有纪念徐志摩的文章中也占着一个突出的位置。胡适把徐志摩形容为"一片最可爱的云彩"，永远给朋友以热情和温暖，赞扬徐志摩的一生"真是爱的象征"。此文也被姜德明认为是胡适"散文中较动感情的文字",后来又刊于《新月》第4卷第1号《志摩纪念号》。林徽因的《悼志摩》是她第一篇纪念徐志摩的文章,情真意切,字字是泪,又披露了许多不为人知的史实,包括徐志摩最后一次离开北平前种种生动的细节,均极具研究价值。长期以来,撰写徐志摩传记的作者似乎都未曾好好利用,实在可惜。郑振铎的《悼志摩》忆及徐志摩希望"左翼文人们"和"礼拜六派的通俗文士们"都能参加他创办的"中国笔会",充分显示了徐志摩"融洽一切"的风度,而文中揭橥的徐志摩的诗也跟着时代在变,徐志摩本有成为"更为远大,更为伟大的诗人的可能",也足资启迪。而吴其昌的《志摩在家乡》、毛子水的《北大求学时代的志摩》、瞿菊农的《"去罢!"志摩》、刘廷芳的《追悼志摩》和许君远的《怀志摩先生》等文,不仅都是"情动而辞发"之文,联系起来看,又何尝不是徐志摩为人处世、谈文说艺和指点江山的一幅幅逼真的画像?至于那些悼诗中,孙大雨的《招魂》、陈梦家的《吊志摩》和方玮德的《哀志摩》等,也都是追思绵绵、颇为沉痛的悼念之作。

徐志摩之殁是当时中国文坛和中国新文学的重大损失。然而,尽管一些文学刊物如《新月》第4卷第1号刊出了《志摩纪念号》,中国笔会中心计划出版《纪念徐志摩先生特刊》却未果,真正以单行本形式问世的徐志摩纪念集只有《北晨学园哀悼志摩专号》这一本,而且《北晨学园哀悼志摩专号》也是问世后半个多世纪里唯一一本纪念徐志摩的诗文集。因为印数太少,吾友邵华强兄所编《徐志摩研究资料》①就漏收此书。最早注意到此书的是新文学藏书家姜德明先生,他的《纪念徐志摩》②一文首次推介

---

① 徐志摩著,邵华强编:《徐志摩研究资料》,西安:陕西人民出版社,1988年。
② 姜德明:《余时书话》,成都:四川文艺出版社,1992年。

这部纪念集。近年来，已有徐志摩和中国现代文学史研究者陆续关注此书，也不断从中有所发现。可以毫不夸张地说，无论研究徐志摩的生平和思想，还是探讨徐志摩的诗文创作，这部《北晨学园哀悼志摩专号》都是不可或缺的珍贵的第一手史料。

今年是徐志摩逝世九十周年，杭州徐志摩纪念馆决定影印这部而今已很鲜见的《北晨学园哀悼志摩专号》，一为真诚纪念，二为以广传播，真是善莫大焉。回到历史现场，发掘和提供原汁原味的徐志摩研究资料，一直是该馆的办馆宗旨，创办刊物《太阳花》出于这样的目的，影印《北晨学园哀悼志摩专号》同样出于这样的目的，希望这部小册的影印对推动徐志摩研究的进一步深入有所裨益。最后，我以为，正是由于瞿冰森的远见，才诞生了这部《北晨学园哀悼志摩专号》，使当年哀悼徐志摩留下了这么一个值得称道的文字纪念，今天的徐志摩研究者和爱好者都应该感谢瞿冰森和《北晨学园哀悼志摩专号》的所有作者。且录书中所收吴宓的七律《挽徐志摩君》作为本文的结语：

牛津花国几经巡，檀德雪莱仰素因。
殉道殉情完世业，依新依旧共诗神。
尚留北海鸳鸯会，忍忆东山风火尘。
万古云霄来片影，欢愉潇洒性情真。

2021 年 10 月 2 日于海上梅川书舍

（原载 2021 年 11 月杭州徐志摩纪念馆《北晨学园哀悼志摩专号》影印本）

不该漏了施蛰存先生

——写在《施蛰存译文全集·小说卷》出版前夕

  读《文汇报》8 月 27 日《丽娃河畔的翻译家们》专版，颇受启迪。然而，"丽娃河畔的翻译家们"，远不止专版已经介绍的周煦良、罗玉君等诸位先生。翻开 20 世纪中国的文学翻译史，有一个显著的特点，即许多作家、诗人、评论家乃至古典文学研究家，同时也是出色的翻译家，这种文学现象在 20 世纪上半叶尤为突出。不妨举一例，毕业于华东师大前身大夏大学的周扬，不也是一位出色的文学翻译家吗？他所翻译的托尔斯泰的《安娜·卡列尼娜》和车尔尼雪夫斯基的《生活与美学》，都是名著名译。单以华东师范大学中文系而言，在 20 世纪文学翻译史上青史留名的，以年齿为序，至少还有徐震堮、余振、王元化等诸位先生。而在译坛辛勤笔耕半个多世纪的施蛰存先生更是不该遗漏，他多方面的翻译成就是应该重点推介的。

  施先生的文学翻译起步虽然比他的好友戴望舒晚，但他在 1927 年夏天就翻译了爱尔兰诗人夏芝的诗和奥地利作家显尼志勒的《倍尔达·迦兰夫人》。[①] 次年，他又开始对英美意象派诗

---

① 施蛰存：《最后一个老朋友——冯雪峰》，见《沙上的脚迹》，沈阳：辽宁教育出版社，1995 年，第 122 页。

和法国象征派诗产生浓厚兴趣，尝试翻译，但他自认为法文不好，法文诗不敢从原作直译。施先生最早出版的译著就是《倍尔达·迦兰夫人》，1929年1月由上海尚志书屋初版，书名却被出版社改作"非常庸俗"①的《多情的寡妇》。尽管如此，施先生是向国人引进显尼志勒的先行者这一点是肯定的。四个月后，他翻译的意大利作家薄伽丘的《十日谈选》又由上海光华书局推出。施先生把薄伽丘译为濮卡屈，自己则署名柳安，这应该是《十日谈》这部世界名著较早的中译选本。施先生的文学翻译生涯就这样通过薄伽丘和显尼志勒两位大作家正式揭开了序幕。

　　人们早已熟悉施先生的一个生动的比喻，就是他把自己的一生喻为开了四扇窗，即东窗中国古典文学研究，南窗新文学创作，西窗外国文学翻译和研究，以及北窗金石碑帖研究。每扇窗都开得有声有色，精彩纷呈。那么，四窗的说法到底起于何时？日前从友人处得知，施先生1945年1月3日在赣南《正气日报·文艺专刊》的《新年特刊》专栏上发表《岁首文学展望》一文，文章开头就说：

　　　　我的书室有三个窗，我常常把一个窗开向本国古文学，一个窗开向西洋文学，最后一个开向新文学。这样地轮流欣赏窗外的风物，在这里过了四年抗战年头。

　　当时施先生正在福建长汀厦门大学执教，"三个窗"的提法清楚地表明他那时已形成了"四窗"之说的雏形。而且，在施先

---

① 　此处为施先生对本书作者说的话。

生看来，"西洋文学"这扇窗十分重要，或翻译或研究都不可或缺。他对"西洋文学"这扇窗窗外的风景一直很入迷，对翻译外国文学像周氏兄弟一样，始终不遗余力。1949 年以前，他的文学创作集出版了 13 种，而他的翻译作品集出版了 16 种，从数量上来说，翻译作品也已经超过了个人创作。20 世纪 50 年代以后，施先生的文学创作几乎完全停止，但他文学翻译的这扇窗始终没有关上，他仍在克服各种困难认真翻译，还译出了丹麦作家尼克索的《征服者贝莱》四部曲这样的大部头作品。直到晚年，他翻译出了短篇小说《聪明的尼姑》这样有趣的作品。[①] 这些都是不能不提到的。

还应指出的是，施先生所翻译的外国文学，其国别之多、时间跨度之长和体裁之广，都出乎我们的想象，在 20 世纪中国的文学翻译界是极为少见的。单就小说而言，他就先后翻译了奥地利、意大利、德国、法国、英国、西班牙、俄国、挪威、丹麦、波兰、匈牙利、捷克、保加利亚、以色列和美国等国作家的作品，尤其注重弱小民族和国家的作家作品；时间跨度从欧洲文艺复兴时期开始一直持续到 20 世纪上半叶；而作品体裁，除了长中短篇小说，还有诗歌、散文（含散文诗）、剧本、儿童文学和文艺评论等，可谓琳琅满目，应有尽有。这也说明施先生的文学视野非常开阔，也很独到。虽然不无为稻粱谋的急就章，但只要他认为值得介绍给国内文学工作者和爱好者的作品，他都乐意翻译。1987 年他翻译结集的《域外诗抄》出版后在新时期文学进程中广受欢迎，就是一个有说服力的例证。

---

① 《聪明的尼姑》，法国特·拉·罗希爵爷作，刊于 1998 年 11 月《万象》创刊号。

施先生如此重视翻译并努力实践之，当然与他的翻译理念密切相关。20世纪80年代，上海书店出版社编辑出版《中国近代文学大系》，施先生力排众议，坚持此书系必须要设翻译卷，并亲自担任翻译卷的主编。他认为中国文化史上有两次翻译高潮，1890—1919年这一时期是继翻译佛经之后，中国的第二次翻译高潮。无论是唐代翻译佛经，还是近代翻译外国文学和文化典籍，都对中国人的思想和文化产生了极为深远的影响。而施先生自己也从这样的高度出发认识文学翻译，从事文学翻译，他是真的热爱翻译，他的翻译是高度自觉的，是他的主动选择。至于他的文学翻译与他的文学创作之间的互动关系，更是值得我们深入研究的。

今年是华东师范大学建校七十周年，皇皇12卷的《施蛰存译文全集·小说卷》将隆重出版，既是对校庆的贺礼，也是对施先生小说翻译成就首次较为全面的展示，其中包括鲜为人知的在香港翻译出版的短篇小说集《转变》和不少新发现的集外散篇。之后，诗歌卷、散文评论卷、戏剧卷、史传卷等也将陆续推出。届时我们将会越来越强烈地感受到施蛰存这个名字在"丽娃河畔的翻译家们"中是特别光彩夺目的。

（原载2021年9月3日《文汇报·文艺评论》，收录本书时有增订）

孙大雨译莎士比亚

　　莎士比亚是如何进入中国的？这是一个大课题，可以写一本厚厚的研究专著。如果把考察视野缩小到新文学范围之内，那么，田汉、张采真、邓以蛰、顾仲彝、朱湘、徐志摩、曹未风、曹禺、杨晦、吴兴华、林同济等译者或大或小的贡献都应该提到。朱生豪、梁实秋和孙大雨这三位的大名更是非提不可，他们三位可称 20 世纪中国翻译莎士比亚的三大家，鼎足而立，至少我是这样认为的，而孙大雨是三位中唯一坚持用韵文体翻译莎士比亚的译者。

　　在追溯孙大雨先生的莎译经历之前，不妨先回顾一下胡适主持的"中华教育文化基金董事会（即美国庚子赔款委员会）编译委员会"对翻译莎士比亚的大力推动，这与大雨先生投身于莎士比亚翻译事业也有直接关系。胡适 1930 年 12 月 23 日致梁实秋的信中说得很清楚：

　　　　编译事，我现已正式任事了。公超的单子已大致拟就，因须补注版本，故尚未交来。项与 Richard 谈过，在上海时也与志摩谈过，拟请一多与你，与通伯、志摩、公超五人商酌翻译 Shakespeare 全集的事，期以五年十年，要成一部莎氏集定本。此意请与一多一商。

最重要的是决定用何种文体翻译莎翁。我主张先由一多、志摩试译韵文体，另由你和通伯试译散文体。试验之后，我们才可以决定，

或决定全用散文，或决定用两种文体。①

胡适这封信真是太重要了，他提出翻译莎士比亚全集的设想，又提出是韵文体还是散文体翻译，应先行"试译"。但他提出由闻一多、徐志摩、梁实秋、陈西滢（通伯）和叶公超五位合作，共襄盛举，却未如人意。陈西滢马上打退堂鼓，只答允担任"校对"。②闻一多和叶公超后来也未参与。徐志摩倒真的作了尝试，可惜他只翻译了《罗米欧与朱丽叶》的一小部分（第二幕第二景），虽然是引人注目的韵文体，却因飞机失事而无以为继。③五人之中，真正把翻译莎士比亚作为毕生志业的是梁实秋。在胡适的鼓励和支持下，经过三十年的努力，梁实秋终于成为中国第一位完整译出莎翁所有剧本的翻译家。④

然而，胡适支持的翻译莎士比亚的译者，不仅仅是梁实秋一

① 梁实秋：《怀念胡适先生》附录《胡适致梁实秋信》，见《梁实秋文学回忆录》，长沙：岳麓书社，1989 年，第 152 页。

② 梁实秋：《怀念胡适先生》附录《胡适致梁实秋信》，见《梁实秋文学回忆录》，长沙：岳麓书社，1989 年，第 153 页。

③ 徐志摩译：《罗米欧与朱丽叶》，刊于《新月》1932 年 1 月第 4 卷第 1 号，又刊于《诗刊》1932 年 7 月第 4 期，均在徐志摩殁后作为"遗稿"发表。

④ 梁实秋在《怀念胡适先生》一文中说："领导我、鼓励我、支持我，使我能于断断续续三十年间完成莎士比亚全集的翻译者，有三个人：胡先生、我的父亲、我的妻子。"见《梁实秋文学回忆录》，长沙：岳麓书社，1989 年，第 149 页。

位，还有孙大雨。胡适 1931 年 3 月 21 日致梁实秋的信中表示，已拟定了翻译莎士比亚的十条计划，第十条就是"预备收受外来的好稿"。[①] 孙大雨应该就是不属于最初所拟五位的"外来的好稿"译者，而居中起了重要作用的是徐志摩。

1931 年 4 月，徐志摩主编的上海《诗刊》第 2 期发表了孙大雨的《译 King Lear》（第三幕第二景）。必须指出，这是孙大雨节译的莎士比亚剧本的首次公开发表。徐志摩在该期《诗刊》的《前言》中特别对此作了说明：

> 孙大雨的 King Lear 试译一节也是有趣味的。我们想第一次认真的试译莎士比亚，此后也许借用《诗刊》地位发表一些值得研究的片段。[②]

徐志摩所说的"我们想第一次认真的试译莎士比亚"，不就是胡适所提出的翻译莎士比亚全集的计划吗？而请孙大雨用韵文体试译《李尔王》片段，不就是胡适设想的用韵文体试译莎士比亚的最初实施吗？与此同时，徐志摩自己也在用韵文体试译《罗米欧与朱丽叶》，只不过他生前未及发表。

徐志摩比孙大雨大八岁，但他对孙大雨一直刮目相看。早在 1926 年 4 月 11 日，他就在自己主编的《晨报副刊·诗镌》上发表了孙大雨第一首格律谨严的十四行诗《爱》。到了 1931 年 1 月，他又在《诗刊》创刊号上以头版篇幅刊出孙大雨的三首十四

---

① 梁实秋：《梁实秋文学回忆录》，长沙：岳麓书社，1989 年，第 153 页。
② 徐志摩：《〈诗刊〉前言》，见《徐志摩全集》第 4 卷（散文四），北京：商务印书馆，2019 年，第 403 页。

行诗代表作——《诀绝》《回答》《老话》。同年 4 月《诗刊》第 2 期又以头版篇幅开始连载孙大雨的长诗《自己的写照》。由此可见，徐志摩对孙大雨的中、英文诗造诣充分肯定，请孙大雨用韵文体试译莎士比亚，可谓所选得人。

1931 年 10 月，徐志摩主编的《诗刊》第 3 期再次以头版的显著篇幅发表孙大雨翻译的《罕姆莱德》（第三幕第四景），这可进一步说明徐志摩对孙大雨的格外器重，特别礼遇。在该期《诗刊》的《叙言》中，徐志摩再次对孙大雨译莎士比亚不吝赞词：

> 本期的编者又得特别致谢孙大雨先生，因为他不仅给我们他的"声容并茂"的《自己的写照》的续稿，并且又慷慨的放弃他在别处可换得的颇大的稿费，让给我们刊载他的第二次莎士比亚试译，这工作所耗费的钟点几乎与译文的行数相等。这精神是可贵的，且不说他的译笔的矫健与了解的透彻。我们敢说这是我们翻译西洋名著最郑重的一个尝试；有了他的贡献，我们对于翻译莎士比亚的巨大的事业，应得辨认出一个新的起点。①

孙大雨这两次试译《黎琊王》和《罕姆莱德》片段，② 是他翻译莎士比亚剧本的开始，初露锋芒，比梁实秋出版所译莎士比亚剧本早了整整五年，③ 自有其别样的意义。经过这两次试译，

---

① 《徐志摩全集》第 4 卷（散文四），北京：商务印书馆，2019 年，第 425—426 页。

② 《黎琊王》和《罕姆莱德》是孙大雨对这两部名剧剧名的定译，本文由此起沿用。

③ 梁实秋所译首批莎士比亚剧本两种：《威尼斯商人》和《马克白》，1936 年 6 月同时由上海商务印书馆初版。

孙大雨最后确定先用韵文体全译"莎氏的登峰造极之作"①《黎琊王》，这从他后来写的《译莎剧〈黎琊王〉序》中可以得到证实。孙大雨回忆道：

> 我最早蓄意译这篇豪强的大手笔，远在十年前的春天。当时试译了第三幕第二景底九十多行，唯对于五音步素体韵文尚没有多大的把握，要成书问世也就绝未想到（如今所用的第三幕第二景当然不是那试笔）。七年前机会来到，竭尽了十四个月的辛勤，才得完成这一场心爱的苦功。②

孙大雨这篇译序的落款时间为 1941 年 10 月 26 日，"十年前的春天"正好是 1931 年春，与《诗刊》第 2 期发表他翻译莎士比亚的首作《译 King Lear》（第三幕第二景）时间完全吻合。而"七年前""竭尽了十四个月的辛勤"译完《黎琊王》全剧，应是 1934—1935 年。③ 这有一个有力的旁证，1936 年 1 月上海《宇宙风》第 8 期刊出《二十四年我的爱读书》，孙大雨给出的答案如下：

1. Shakespeare: *King Lear*

2. Marcel Proust: *The Remembrance of Things Past*

3. 庄子

4. 楚辞

---

① 孙大雨：《译莎剧〈黎琊王〉序》，《民族文学》1943 年第 1 卷第 1 期。

② 孙大雨：《译莎剧〈黎琊王〉序》，《民族文学》1943 年第 1 卷第 1 期。

③ 孙大雨晚年回忆道："我开始尝试用音组这一格式对应莎剧诗行中的音步，作了莎剧翻译的实践，那是在 1934 年 9 月。我首先翻译了莎氏著名悲剧《黎琊王》（*King Lear*），至 1935 年译竣。"孙大雨：《莎译琐谈》，见《孙大雨诗文集》，石家庄：河北教育出版社，1996 年，第 259 页。

这就告诉我们，在整个 1935 年，孙大雨应都在钻研《黎琊王》并加以翻译。这一年，他还用功阅读了法国作家普鲁斯特的名著《追忆逝水年华》英译本，以及两部中国古典文学经典《庄子》和《楚辞》，[①] 由此足见其文学视野之宽广，涵盖古今中外。

孙大雨苦心孤诣翻译的《黎琊王》（上、下卷），后又"经两度校改修订"，[②] 至 1941 年 10 月才最终完成译稿，和译序、注解以及附录一并交付商务印书馆。1943 年 7 月，《译莎剧〈黎琊王〉序》在重庆《民族文学》先行发表，但由于抗战战事的影响，整部《黎琊王》迟至 1948 年 11 月才由上海商务印书馆推出。孙大雨在写于 1947 年 12 月 15 日的译序"附言"中，特别对"中华教育文化基金董事会"和董事会的胡适之、任叔永两位表示了感谢。

徐志摩关于莎剧翻译的"一个新的起点"的预言没有落空，《黎琊王》译本的问世，不仅是孙大雨翻译莎士比亚的第一个完整的成果，也是莎士比亚作品汉译史上的一件大事。因为这是第一部用白话韵文体翻译的莎士比亚诗剧中译本，正如梁实秋后来所承认的："孙大雨还译过莎士比亚的《琅邪王》，用诗体译的，很见功力。"[③]

此后，孙大雨对莎剧的翻译因政治风暴而被迫中断多时，直到 20 世纪 60 年代初，他才重执译笔，译出了《罕姆莱德》。上海译文出版社出版《罕姆莱德》集注本则迟至三十年之后的

---

① 孙大雨后来有《屈原诗选英译》行世。

② 孙大雨：《莎译琐谈》，见《孙大雨诗文集》，石家庄：河北教育出版社，1996 年，第 259 页。

③ 梁实秋：《略谈〈新月〉与新诗》，台北《联合报》副刊 1976 年 8 月 10 日。转引自《梁实秋文学回忆录》，长沙：岳麓书社，1989 年，第 122 页。

1991 年 5 月，换言之，与他最初试译《罕姆莱德》已相隔了整整六十年！不幸之中的大幸是，他的另外四部莎剧即《奥赛罗》《麦克白斯》《暴风雨》《冬日故事》集注本译稿也劫后幸存，加上改革开放后他老骥伏枥，新译出了《萝密欧与琚丽晔》《威尼斯商人》两部简注本，它们均于 20 世纪 90 年代陆续问世。这八部孙译莎剧都是韵文体，体现了孙译莎士比亚的鲜明特色，在中译莎剧的百花园中独树一帜，并给后来的莎剧翻译者提供了启示。

必须着重指出的是，与其他一些莎剧译者不同，孙大雨不仅有莎剧翻译实践，还有自成一说的翻译理论，而这理论与他的新诗格律说即他始终主张的"音组"理论是一致的。孙大雨那篇近五万余字的长文《论音组》，副题就是《莎译导言之一》，本拟置于《黎琊王》译本之首，① 而他晚年回忆，最早"公开实践了我以语辞音组的进行造成诗歌节奏的具体行动"，就是"一首意大利式的商乃诗（十四行诗）《爱》"，至于在理论上"作出'音组'（字音小组）那个定名乃是以后的事，我记得是于 1930 年在徐志摩所编新月《诗刊》第 2 期上发表莎译《黎琊王》一节译文的说明里"。② 但是，查《诗刊》第 2 期上《黎琊王》译文前后并无这则说明，出人意料的反而是在《诗刊》第 3 期《罕姆莱德》译文末尾有段《跋》讨论了这个问题。可见时隔多年，孙大雨把

① 孙大雨的《论音组》本拟作为《黎琊王》译本的导言，应在 1935 年《黎琊王》译本初稿完成前后即动笔，最晚在译稿 1941 年 10 月定稿时已完成，但因"太长而须独立成书"，又因战乱延宕，故迟迟无法问世。第一部分文稿清样于改革开放后才发现，另一部分文稿清样在大雨先生逝世后又从其遗物中发现，现已合璧收录于《诗·诗论》，2014 年 1 月由上海三联书店出版。

② 孙大雨：《格律体新诗的起源》，《文艺争鸣》1992 年第 5 期，转引自《孙大雨诗文集》，石家庄：河北教育出版社，1996 年，第 317—318 页。

《〈罕姆莱德〉跋》误记成《黎琊王》的"说明"了。这段《〈罕姆莱德〉跋》从未收录于孙大雨的集子，是他的一则集外文，应可算作一个小小的发现，[①] 照录如下：

> 我用的是牛津大学图书局 W. J. Craig 的版本，因为手头没有集注本（*Variorum Shakespeare*），不曾仔细参考；以后有机会翻译全剧，当重校一遍。我的方法不是直译，也不象意译，可以说是"气译"：原作的气质要是中国文字里能相当的保持，我总是尽我的心力为它保持。Literal meaning 稍微出入些，我以为用诗行翻译诗行是可以允许的。举两个例：原文"Would from a paddock, from a bat a gib..."，我译成"……那样一只懒蛤蟆，一只偷油的蝙蝠，一只野公猫"。又原文"call you his mouse"，我译为"称你作他的小猫小狗"。我希望抛砖能够引玉。

在这段文字里，孙大雨不仅交代了他试译《罕姆莱德》所使用的英文版本，更重要的是，首次对他试译莎士比亚诗剧所遵循的基本原则作了说明。虽然《〈罕姆莱德〉跋》没有直接出现"音组"这样的提法，但应可视为孙大雨"音组"理论的滥觞：所谓"气译"即原作的气质在中国文字里能相当的保持，可以理解为把英文诗中的"音步"转换成中文诗里的"音组"；所谓"用诗行翻译诗行是可以允许的"，再往前推一步，也就是主张用中译诗中的"音组"来对应莎剧诗行中的"音步"。因此，应可

---

① 三十年前，拙作《硕果仅存的"新月"诗人孙大雨》（刊台北《文讯》1990 年 3 月号）就已引用过《〈罕姆莱德〉跋》，但未能把此《跋》与孙大雨的"音组"说联系起来考察。

这样认定：孙大雨从一开始就自觉地尝试用格律韵文来翻译莎士比亚的素体韵文诗剧。到了《论音组》《译莎剧〈黎琊王〉序》等文中，孙大雨正式提出"音组"说，对"韵文为有音组的文字"和莎剧翻译中"音组的形成"及其特点从理论上加以阐发，则是其翻译理论的进一步系统化。从《论音组》开始，经过《诗歌的内容与形式》，直到晚年的《关于莎士比亚戏剧的几个问题》《莎士比亚戏剧是话剧还是诗剧》等一系列论文，孙大雨不断论证、深化和完善自己的"音组"说，从而在理论上与他的八部莎剧译作相互辉映。

综上所述，不妨用孙大雨自己深入浅出的阐释对他翻译莎士比亚最了不起的贡献作个小结：

> 莎剧原作每行五个音步，我的译文每行也正好是五个音组。总之，我认为：既然莎剧原文大体上是用有格律的素体韵文写的戏剧诗或诗剧，那么，译成中文也应当呈现他的本来面目，译成毫无韵文格律的话剧是不合式的，应为原文韵文行的节奏，语言流的有规律的波动，若变成散文的话剧，或莫名其妙的分行的散文的话剧，便丧失掉了原作的韵文节奏，面目全非了。①

我与孙大雨先生可算是忘年交。自 20 世纪 80 年代中期他老人家调入华东师范大学之后，为研究"新月派"，我常去拜访这位硕果仅存的"新月派"诗人。记得他那时已搬进华山路吴兴

---

① 孙大雨：《暮年回首——我与梁实秋先生的一些交往》，见梁实秋著，陈子善编：《雅舍小说和诗》，台北：九歌出版社，1996 年，第 10 页。

路口的"高知楼"小区，与王元化先生、赵清阁先生等同住一幢楼。大雨先生虽已年过八秩，仍每晚勤奋工作，次日上午休息，所以我一般是下午三时以后到访。每次见面，往往开始时我问他答，后来就是他说我听了。他臧否人物，从来不留情面，但每当谈起胡适和徐志摩，他都会激动，连声称赞他们是好人。

记得台湾学者秦贤次兄和吴兴文兄拜访大雨先生，都是我引领的，后者当时任职于台湾联经出版公司，由此促成了大雨先生的莎译剧本在台湾出版繁体字版。北京刘福春兄编现代诗人手稿集，[①] 也是我去请大雨先生抄录了十四行诗《诀绝》的前几句。特别应该提到的是，我编选梁实秋早期新诗和小说集，[②] 大雨先生不顾九十高龄，应我之请撰写了《暮年回首——我与梁实秋先生的一些交往》作为代序，使我衷心感铭。他对自己屡遭迫害，以致未能译出更多的莎剧，一直深以为憾，曾不止一地向我表示：如果他译完全部莎剧，就不让实秋这位同道专美于前了！但我想，即便只译出八部，大雨先生也已彪炳莎士比亚翻译史了。

上海译文出版社即将推出8卷本《孙大雨译文集》，这是对大雨先生英译中、中译英丰硕成果的新的大检阅。改革开放以后，获得平反的大雨先生在施平先生安排下，调入华东师范大学外文系，得以潜心于他的翻译和研究工作。现在，由上海译文出版社出版搜集完备的大雨先生的译文集，以这部大书的问世来纪念这位杰出的翻译家诞辰一百一十五周年，真是再合适不过，也实在是嘉惠学林的大好事。我当然拍手称好，乐观其成。

① 刘福春编：《新诗名家手稿》，北京：线装书局，1998年。
② 梁实秋著，陈子善编：《雅舍小说和诗》，台北：九歌出版社，1996年。

我自知才学不逮，不是为大雨先生译文集作序的理想人选，但孙近仁先生力邀，却之不恭，只能把大雨先生翻译莎士比亚尤其是翻译《黎琊王》的经过略加梳理如上，以表示我对他的敬重和深切怀念。

2020 年清明后一日于海上梅川书舍

（原载 2022 年 4 月上海译文出版社初版《孙大雨译文集》）

序《许幸之全集·文学作品卷》

　　在 20 世纪中国文艺史上，许幸之是一个不容忽视的突出存在。他的文艺跋涉长达七十多年之久，在美术、文学、戏剧、电影和音乐等众多领域均有卓越的建树。这样杰出的多面手，不要说在现在，就是在当时，也是颇为鲜见的。本卷是文学作品卷，拟对许幸之在文学领域的重要贡献略加申说。[①]

　　许幸之正式登上中国新文学文坛，应在 1924 年。该年 9 月，有名的上海《东方杂志》第 21 卷第 18 期发表了许幸之在日本留学时创作的小说《海涯》，标志着他新文学生涯的开始。虽然早在 1921 年 12 月，年仅 17 岁的许幸之就以许达的名字在其就学的上海美术专科学校的《美专月刊》第 1 期发表新诗《西湖偶作》（二首），崭露了他的文学才华，但是，他的名字出现在全国性的广有影响的综合性刊物上，则要到三年以后了，其时他已在日本潜心攻读美术。在学习运用画笔之余，许幸之又拿起了另一支表达情感的文笔。

---

① 《许幸之全集》另有戏剧艺术卷、电影艺术卷和回忆录卷等，许幸之及其相关的文学成就，本文就不再论及。本书出版时，《许幸之全集》还未正式出版，因此暂无出版信息。

又过了三年，1927 年 1 月 16 日上海《洪水》第 3 卷第 25 期刊出许幸之写给创造社"三巨头"——郭沫若、成仿吾和郁达夫——的《通信》，这也是许幸之在专门的新文学刊物上首次亮相。这期《洪水》是刚从广州回到上海的郁达夫接手主编的，能发表这封"七月十八日夜 幸之自东京寄"的信，应该是郁达夫的决定。① 这封写于 1926 年 7 月 18 日的长信其实是一篇激情洋溢的散文，许幸之以通信的形式，向一直关注和鼓励他的郭、成、郁"三位先生"倾吐自己"心里闷塞着的一束热火"。在回顾了自己留日学习美术两年来的艰苦经历后，许幸之表达了自己对艺术应该是战斗的姿态，应该是时代精神的体现及向往，最后发出了"先生！我真想啊，想在战场上描画！"的呐喊，从这封长信中可以清晰地看到一个热血的钟情于文学与艺术的青年许幸之。

两个月后，1927 年 3 月 16 日《洪水》第 3 卷第 29 期又发表了许幸之翻译的日本近代自然主义文学先驱国木田独步的短篇小说《第三者》，这是许幸之在创造社刊物上的第二次亮相。许幸之也因此成为继周作人、夏丏尊、徐蔚南等之后，中国翻译国木田独步的先行者之一。可惜由于他当时的日文底子还不够深厚，生涩之处在所难免。此外，许幸之还在新创刊的创造社《新消息》周刊 1927 年 3 月 26 日第 2 号上发表文艺随笔《艺术家与农民革命》，主张"我们诗人和艺术家们"应和农民"共同的工作"，"以农民生活的情感描写""农民自然也都能理解"的"艺术"。特别应该提到的是，《创造月刊》1927 年 7 月 15 日第 1 卷第 7 期又隆重推出许幸之的组诗《牧歌》（十一首），许幸之自认

---

① 郁达夫 1926 年 12 月 27 日自广州回到上海，接管创造社出版部。其《日记九种》中《村居日记》记载，自第 3 卷第 25 期起，由其主编《洪水》。

为是"处女作"。①就这样，在短短半年时间里，许幸之以自己的创作、评论和翻译，通过当时创造社的几乎所有刊物，进一步在中国新文学文坛扬名。

如果不是1927年"四一二"事件一时改变了已经回到上海的许幸之的生活轨迹，②他很可能会在后期创造社刊物上有更显眼的表现。尽管许幸之经历了风险，但惊涛骇浪更坚定了他投身于左翼文艺运动的决心。自1930年年初起，他先与沈叶沉、王一榴联名发起"中国的最先的一个普罗美术的集团"——时代美术社，③后又出席了1930年3月2日在上海召开的中国左翼作家联盟（简称"左联"）成立大会，成为"左联"的首批会员。同时，他仍紧握手中的笔，先后在《大众文艺》《艺术月刊》《文艺讲座》《沙仑月刊》《文学月报》等"左联"机关刊物上发表译著，为左翼文艺运动倾注全力。此后不久，即1930年7月下旬，他又当选为中国左翼美术家联盟主席。

许幸之一直对新诗情有独钟，虽然他自己说过："我要做的事情太多了，我想画画，我想写诗，我不但爱好戏剧，更喜欢研究电影。"④他的文学创作确实是从写新诗起步的，而且他的新诗吟唱，持续时间最长，产量最多，影响也最大。我们今天评估许幸之的文学成就，主要就是讨论他从20世纪20年代以来的新诗创作。

与创造社的众多新诗人相比，许幸之出版诗集的时间实在不

---

① 许幸之：《诗歌时代·总序》，见《许幸之全集·文学作品卷》。
② 许幸之：《和郁达夫患难与共的时刻》，见《许幸之全集·回忆录卷》。
③ 《时代美术社的宣言》，《拓荒者》1930年第1卷第3期。
④ 许幸之：《诗歌时代·总序》，见《许幸之全集·文学作品卷》。

算早。直到 1941 年 11 月，上海海石书店才出版了他的第一本新诗集《诗歌时代》。这部诗集的写作时间跨度很大，收录了他 20 世纪 20 年代初至 1941 年几乎整二十年间的新诗，较为全面地展示了许幸之前期新诗创作的实绩。整部诗集分为"牧歌""大板井""中国的母亲"三辑，许幸之自己在《诗歌时代》总序中对这三辑正好对应他"个人的生涯、思想和事业"的三个阶段作了生动的说明，不妨摘要如下：

> 第一阶段，约 1927 年至 1930 年前后诗中，"多半是歌吟恋爱的哀伤，人情的变幻，和历史的悲运"；第二阶段，约 1931 至 1935 年前后，"诗中所描写的多半是旱灾、水灾、兵灾的恐怖，野心家与资产者的贪婪和堕落，勤劳大众和天真的孩子们的苦闷与痛楚，以及纯朴的田园，和农村中所产生的刺心的悲剧"。第三阶段，约 1936 至 1939 年前后，"我开始为祖国的自由和解放而歌"，"我的感情，要比以上两部分作品格外真实而狂热，有时，简直如洪水如火焰似的不能制止"。①

《诗歌时代》的三辑新诗，无论哪一辑中，都有值得肯定的佳作。第一辑中，《牧歌》自然可以作为代表。爱情组诗《牧歌》（Ⅰ）最初在《创造月刊》发表时，由《Prologue》（序曲）、《初语》、《晚钟》、《归舟》等十一首诗组成，收录于《诗歌时代》时增补《墓铭》一首，其他各首，包括部分诗题和个别字句也做了

---

① 许幸之：《诗歌时代·总序》，见《许幸之全集·文学作品卷》。

修订，又增写了《牧歌》（Ⅱ），从而使全辑更为完整，也更为凄婉哀伤。这组爱情诗充分体现了青年许幸之对青春年华的咏赞和对真挚爱情的向往。

第二辑中的诗作清楚地展示了许幸之新诗视野的拓展和艺术追求趋向成熟。创造社代表诗人、后来又成为中国诗歌会发起人的穆木天曾为第二辑诗写了一篇颇有见地的长序，序中明确指出，"在'大板井'里边的诸作中，固然有一些是离完成尚远，但是，至少，在《扬子江》《铁蹄下的歌女》《悼聂耳》《割麦鸟》《卖血的人》《大板井》诸篇中，是完成到相当的程度的"，可以"作为作者的典型的代表作"。①

"大板井"这一辑的一个明显的特点是，许幸之的新诗创作自抒情诗向叙事诗的过渡。他对写作叙事诗表现出越来越浓厚的兴趣。《一月二十八日》写上海"一·二八"事变，《五月的太阳》写工人阿金出狱又入狱的经历，都是他在长篇叙事诗写作上的尝试。经过郭沫若修改的《卖血的人》描写卖血的"小林"的悲惨命运，已经很感人，而《大板井》就是许幸之的一首令人欣喜的叙事诗力作，这首长诗描述在"蕴藏着丰富的水粮，/四千的居民，都哺饮着她的乳浆"的大板井旁，两家皮匠铺子里两个年青学徒的不幸遭遇，情节跌宕而完整，字字血泪，颇具感染力，应可视为20世纪30年代左翼诗歌中的叙事诗代表作之一。

与此同时，许幸之的抒情诗也有了长足的进步。《割麦鸟》象征辛勤的"农夫"的悲苦，已自有特色，而《铁蹄下的歌女》更是他的抒情诗代表作，这首寓沉痛于通俗易懂的诗句的短诗，

---

① 穆木天：《读〈大板井〉》，《东方文艺》1936年第1卷第3期，后收录于《诗歌时代》，作为该诗集第二辑"大板井"的序。

系作者自己导演的中国最早的抗战题材故事片《风云儿女》的歌词（由聂耳作曲）。影片上映之后，更是传唱大江南北，风靡全国，成为新诗与通俗歌曲成功结合的一个范例，在 20 世纪 30 年代新诗史上留下浓重的一笔。

《诗歌时代》最后一辑"中国的母亲"所展示的是，在时代风云的急剧变动下，许幸之作为一个面向现实、努力反映现实的左翼诗人，在新诗创作上新的奋力表现。《万里长城》《孤军魂》《中国的母亲》《路灯台》等诗，均心潮澎湃，慷慨激昂，他讴歌抗战的艰苦卓绝，纪念八百壮士的英勇不屈，这些诗无论是叙事还是抒情，正如《我要为祖国而歌》所宣示的，"我爱我的祖国，/ 我要为祖国而歌"是贯穿其中的一根鲜明的主线，诗歌技巧上的追求则已是其次了。

此后，虽然许幸之没有再出版新诗集，但在新四军根据地生活的日日夜夜，在国民党统治区的四处奔波中，在迎接中华人民共和国诞生的日子里，许幸之始终没有放下手中的诗笔。他的诗兴不断勃发，新作源源不断，值得庆幸的是，他所作诗的大部分手稿都保存下来了。他这一时期的创作，仍以气势磅礴的长诗为主，如《雾夜》《不平等的列车》，曾在新四军苏北文联成立大会上朗诵的《春雷》更是像他自己所揭示的"全诗如像一曲大型交响乐或大合唱似的，呈现出一种雄壮有力的音乐美"①，使听众和读者热血沸腾。同时，他也留下了《枪头的玫瑰》这样温柔深情的爱情诗，歌颂战火中的热烈而真挚的爱情，十分难得。此外，抒情味特别浓厚的《在祖国的摇篮里》《守夜》，两句一段、形式

---

① 引自许幸之 1980 年春所作的《〈春雷〉后记》。

独特的《黄金谷》《牧笛鸣》，也都值得一提。

除了新诗，许幸之在小说创作上也作过有益的探索，虽然数量并不多。1929 年 1 月，上海乐群书店出版了许幸之的中篇小说《海涯》。这部小说作于东京，也改于东京，采用书信体形式，记叙"我"远渡重洋到日本留学的经历和思绪，带有浓厚的自传体色彩。小说中的"我"给好友稚麇写了九封信，第九封信最长。"我"有生以来的第一次航海经验，抵达日本之初的所见所闻，紧接着的送报、当广告推销员的勤工俭学生活等，在小说里均有生动的描绘；游子的孤单，求学的不易，对慈母的思念，在小说里也有真切的倾诉。小说明显受到郁达夫自叙传小说的影响，同时从内容到形式又有许幸之自己的追求，初稿能够发表于有名的《东方杂志》就是一个明证。此外，由于许幸之自己是个画家，所以他发表于 1934 年《当代文学》创刊号的短篇《两个画家》和 1936 年《中华》第 47 期的短篇《生存线上》等，都以进步美术青年的艰辛生活为题材，也就不足为奇了。而短篇《奇妙的梦境》以高尔基逝世引出"我"的三个奇妙的"梦"，也可谓别具一格。

散文创作是许幸之文学创作的又一个领域。1940 年 4 月，上海文化生活出版社初版他的散文、小说合集《归来》；1945 年11 月上海联合出版社初版他的散文集《万里长城》，以及许多集外篇章，这些都是许幸之散文创作的可喜成果。其中，《鹿的父亲》写日本奈良的鹿和养鹿人，后来曾入选多种现代散文选本；揭载于新文学重要刊物《现代》的《渔村》，以及《乡中情札》也都清新可诵。就总体而言，许幸之的散文以关注现实、文笔活泼、情思绵远见长。

至于许幸之的文学批评，从最初的《艺术家与农民革命》到《大众语问题批判》，再到《农村文化和都市文化的交流》，一以贯之的是他对文艺大众化和文学普及的关注与追求，内容同样可圈可点。

　　以上只是对许幸之丰富多彩的新诗、小说和散文创作等作了一个粗略的鸟瞰，难免挂一漏万。许幸之曾经这样表示，"我酝酿我的诗／像蜜蜂酝酿它的蜜／吮吸花的心／接吻花的唇／我要／我的诗／如同蜜蜂一般甜蜜／酿出甘美而馥郁的诗情"，[①]这是他毕生文学追求的真实写照。简言之，许幸之以他数十年坚持不懈的新文学创作实践，积极参与了20世纪20年代至80年代（中间有迫不得已的间断）的中国新文学的建构，他的不少作品又有自己的风格和追求，是中国左翼文学中不可多得的优秀之作。梳理中国左翼文学的文学遗产，许幸之的诸多建树不可或缺。

———————————

① 　许幸之：《酿诗》，《国文评论》第1卷第1期。

读《陈西滢日记书信选集 1943—1946》札记

　　傅光明先生编注的《陈西滢日记书信选集 1943—1946》（上、下）2022 年 12 月由上海东方出版中心初版。我对这部书期待已久，快读一过，果然有不少有意思的发现，于是写了以下三则札记。

一

　　陈西滢（1896—1970）这个名字在中国现代文学史上并非可有可无，他作为"现代评论派"的代表人物，20 世纪 20 年代中期与鲁迅展开过激烈论战；他的《西滢闲话》是现代散文史上的重要作品；他是出色的翻译家，译过俄国屠格涅夫的《父与子》和英国梅立克的《梅立克小说集》等。中国现代作家大都有记日记的习惯，陈西滢也不例外，虽然他认为自己的日记"只是备忘录而已。"

　　这部日记集所记的这几年，陈西滢先在美国，后在英国担任"中英文化协会"主任，与在英美的各界华人和关心中国文化的英美人士广泛接触，颇多交往，往往会在日记中记下中外各路豪杰的妙言隽语，先说其中摘录的沈从文的一通信。

1944 年 11 月 24 日，陈西滢在伦敦香港楼宴请喜欢徐悲鸿之画的英国人梅杰·朗登（Major Longden），由《大公报》驻欧记者萧乾等作陪。萧乾与沈从文关系密切，饭后萧乾把一通沈从文最近的"长信"交给陈西滢"带回寓来看，里面说到的人很多"。然后陈西滢就在日记中详细摘录了沈从文这封信：

　　　　对于冰心、老舍，挖苦特甚。说老舍"写诗过千行，唯给人印象更不如别人三五行小诗动人"。从文说"京油子"，花样多，即此一事也可知国内文坛大略矣。

　　　　他说"之琳最有成就。对四小姐恋爱不成功，保留一股劲儿，一股生命力，转而为译著，成绩超越可以预料"。

　　　　他们自己生活还好。"同时都嚷着生活挡不住，我们情形似乎还可支持到战争结束为止，不必借债，不必卖东西和书籍。"

　　　　他称赞萧乾说"在此常常与三姐谈及，生命发展得宽，还数你（不仅脚走的新地方多，心走到什么女孩子心中的机会也多！），之琳虽能向深处思索，但生命窄，经验少，成就也必受限制。他也许能写精致作品，可未必能写真正大作品。巴金不大求深，文章读者多，是否经久还看机会。健吾易受幽默分心，且工作杂，不集中。在国内聂耳明日成就也必可观。……这里有个小朋友金隄，还只二十三岁……英文很能用，人极可爱……清华有个王佐良，书读得极好，见解也好。北大又出个杨周翰，也特别有希望"。

　　　　他的小说有英人白英与金隄同译。他梦想"我这本书若在国外出版成功，有相当销路，还可继续译其他的。我打算让三姐用我应得版税出国读几年书，我也希望有个机会来住两年"。

这封信的信息量真大，引号中的话应该都是沈从文信中的原话。沈从文对萧乾可谓推心置腹，信中对冰心、老舍评价不高，却很推崇诗人卞之琳，"四小姐"指"张家四姐妹"中年龄最小的张充和，卞之琳苦恋张充和未果，现在当然已人所皆知，当时沈从文信中这样透露大概是很早的，而"三姐"则是指沈从文的夫人张兆和。在此信中，沈从文一口气评论了萧乾、卞之琳、巴金、李健吾等有名作家，以及金隄、王佐良、杨周翰等文坛后起之秀，虽然未必句句精当，但他对金、王、杨的期许，证之以他们后来的成就，足见沈从文眼光的独到，只可惜他们都未能看到沈从文对他们的赞赏。

更值得注意的是，沈从文对金隄与白英（Robert Payne）合译的他的小说集《中国的大地》（后于1947年在英国出版）寄予厚望，希望能够借此书版税送张兆和出国留学，而他自己也很想出国住两年，这些都是我们以前所根本不知道的。

二

这部日记集的精彩之处当然还有许多。不妨讨论一个有趣的问题，那就是既然20世纪20年代中期陈西滢曾与鲁迅论战一场，在他1940年至1949年期间的日记中会不会也出现鲁迅呢？

不出所料，从1943年6月到1946年8月，陈西滢日记中曾数次写到鲁迅。1943年7月2日日记云，因金岳霖到华盛顿，"适之请我们到一家头等的法国饭店Voisin吃饭"，席间，金岳霖说了如下一段话：

> 岳霖说胡步曾还是佩服适之，因为他说只有四个人写
> 白话文写通了，适之是其一。其他三人为鲁迅（？记不清
> 了），潘兔公与张恨水！

胡步曾即"五四"时期反对白话文的"学衡派"主要人物
之一胡先骕，步曾是他的字。金岳霖转述的胡先骕这段话很有意
思，胡先骕虽然不赞成白话文，但也承认有四个人把白话文写通
了，其中就有鲁迅，虽然陈西滢在日记中打了一个问号，还加说
明"记不清了"。这就有点微妙，按例鲁迅名字不会在当天记日
记时就那么快记不清的，但他还是记下了"鲁迅"。

鲁迅第二次在陈西滢日记中出现是同年 8 月 17 日。那天
陈西滢与周鲠生等去胡适处，一起"在 Longchamp 吃饭。后来
又在他那里谈至十一时许方散"。这场长谈中的一个内容，日记
中是这样记的：

> 适之收到书店送他尚未出版的 Smedley: *Battle Hymn of
> China*。五百余页，他读了些部分给我们听。有些故事是不可
> 能的。我也翻阅了一会。里面称颂鲁迅，Bob Lim，Stillwell，
> Chenault，朱，毛，张学良很多。

原来陈西滢与胡适讨论史沫特莱即将出版的《中国的战歌》
一书，史沫特莱 20 世纪 30 年代在上海与鲁迅有过不少交往，
"称颂鲁迅"并不奇怪，陈西滢这是客观记录。

同年 9 月 3 日陈西滢日记中也写到鲁迅。那天下午"五时半与鲠生去适之处","饭后仍回适之处谈话至十一时余"。正是在那次谈话中，陈西滢发现：

> 他①有《鲁迅全集》。我取出翻看。他要我带回看，我没有接受。

胡适处的《鲁迅全集》无疑是 1938 年首版的《鲁迅全集》，以胡适在《新青年》时期与鲁迅的关系，他有《鲁迅全集》很自然。陈西滢"翻看"得大概较为投入，以至于胡适建议他把《鲁迅全集》"带回看"，但陈西滢到底还是没有借阅。这就又一次有点微妙了。

1944 年 3 月 9 日，陈西滢访在哥伦比亚大学东亚研究所任教的王际真，日记中云："他说他译的阿 Q，只销了七百本。"阿 Q 当然指《阿 Q 正传》，这是间接写到鲁迅。同年 5 月 22 日，陈西滢日记又云："到东方学校的小图书馆，想找几本鲁迅的小说史略之类的书。"23 日日记即云："赵德洁为我借了小说史略等书。"24 日云："看鲁迅《中国小说史略》数十页。"25 日又云："晚饭后看小说史略。"27 日再云："十一时上楼。看小说史略。"30 日还云："我看小说史。"由此可见，陈西滢在 1944 年 5 月间读了鲁迅的名著《中国小说史略》。他十九年前在《现代评论》的《闲话》专栏中曾指摘鲁迅此书"整大本的剽窃"，引起鲁迅极大的愤怒，虽然事后陈西滢得知误信了他人的谣言，但这次为何又读？很可能与他将要在英国作一次关于中国古典小说的

---

① 指胡适。

演讲有关，他还读了《金瓶梅》《今古奇观》等。

到了 1946 年 3 月 4 日，在瑞士参加"第九届公共教育国际会议"的陈西滢，在日记中又不经意地写到鲁迅。友人胡天石在家中设午宴招待陈西滢，出席者还有正在瑞士留学的戏剧史家齐如山的女儿"齐小姐"，日记中是这样记的：

> 胡家有肉，有大锅鸡汤。齐小姐是崇拜鲁迅的，发现我是谁，大有趣。胡夫妇实在并不知道。

"齐小姐""发现"陈西滢是什么人，陈西滢为什么感到"大有趣"？显然因为陈西滢曾是鲁迅的论敌。"大有趣"虽然只有三个字，联系上下文语境，颇有深意。倘若再联系陈西滢 1946 年 5 月 24 日致女儿陈小滢信中所说的"姆妈能告诉你，我因写文章骂过人以至吃了不知多少亏"，或还有另一层含义在。

三

这部日记集中对陈西滢与英国学人以及在英华人作家交往的记载颇多，也十分有趣。

陈西滢与英国汉学家阿瑟·韦利（Arthur Waley）曾有多次交流。日记记载，1945 年 1 月 6 日萧乾设宴，陈西滢与韦利交谈，"他说他对于中国近代小说看了不喜欢，所以也不想翻译。中国现代小说都有 propaganda 或 sentimentalism，他都不喜欢。与过去小说大不同"。认为中国现代小说都属于宣传和多愁善感之列，这是韦利的一家之言。另一位年轻的哈罗德·阿克顿（Harold Acton）也是中国文学和文化迷，曾在北京住了八年，并与陈世骧合译了《中国现代诗选》(*Modern Chinese Poetry*, London: Duckworth, 1936)——这是中国新诗的第一部英译本。1945年6月12日，陈西滢请阿克顿与自己的学生叶君健吃午宴，日记这样记载：

> 他劝我们多介绍中国东西，可是他又不赞成中国人自己翻译。他说王际真的太不成。他说Edgar Snow的小说选，选择既不凭文学，译文也毫无文学气息。《金瓶梅》的译本也太糟。我问中国人译文有没有要得呢，他说梁宗岱的法译陶渊明诗极好。孙大雨译的孙过庭《书谱》也要得。温源宁的小文，用字用句颇佳，只不知他能否翻译，后来他说公超译的之琳一篇小说，也要得。

这段记载信息量也很大。前已写到王际真译过《阿Q及其他：鲁迅小说选集》，他还译过《现代中国小说选》，但阿克顿对之评价不高，对埃德加·斯诺（Edgar Snow）编译的《活的中国：现代中国短篇小说选》(*Living China: Modern Chinese Short Stories*)的批评更是严厉。《金瓶梅》的英译本当时已出版了两种：一种是克莱门特·埃杰顿（Clement Egerton）译的 *The Golden Lotus*（《金莲》），翻译曾得到老舍的帮助；另一种是伯纳德·米艾尔（Bernard Miall）据德译本转译的 *Chin P'ing Mei: The Adventurous History of Hsi Men and his Six Wives*（《金瓶梅：西门庆和他六个妻子的历险史》）。两书均问世于1939年，尚不知阿克顿认为"太糟"的指哪一种或两种都是。梁宗岱译法文版《陶潜诗选》曾得罗曼·罗兰激赏，阿克顿英雄所见略同。孙大雨译唐代孙过庭的书法名著《书谱》刊于 1935 年 9 月上海出版的英文《天下》第 1 卷第 2 期，阿克顿不仅读到了，而且还很肯定。"温源宁的小文"当指温源宁在上海英文《中国评论周报》的专栏文字选集《不够知己》（又译为《一知半解》），阿克顿的意思是温源宁的英文人物素描固然"用字用句颇佳"，但他能否胜任中译英的任务，还是未知数，后来温源宁好像确未从事中译英的工作。至于"公超译的之琳一篇小说"，当指卞之琳 1939 年 1 月作于延安的短篇小说《红裤子》，它被誉为卞之琳写得最好的小说，后由叶公超译成英文，刊于英国的 *Life and Letters*（《人生与文学》）杂志。

当时在英国长住或短期逗留的中国作家不少，蒋彝（仲雅）、熊式一、萧乾（炳乾），以及杨振声（今甫）、孙毓棠等，陈西滢均有不同程度的交往，日记中也多有详略不一甚至不足为外人道的记载。如 1945 年 6 月 4 日，陈西滢与蒋彝同车自剑桥返伦敦，日记中所记两人车中的一席对话就别有意味，当中说到的英文戏剧《王宝川》正是熊式一的代表作：

与他一路谈到伦敦，他谈海粟、悲鸿、语堂、式一。他对于式一极不满意。说欧战初起，李亚夫、陈（真如子）、Tan 等合资演《王宝川》。式一是导演，一切由他调度。结果大失败。如一二周即收束，亏累当不太大。不意他们维持了二个月，每人亏累一二千磅。他们三人是年轻人，没有经验，而且陈是熊的 ward，以为式一自己也是一股，谁知式一非但没有担任损失，而且向他讨上演税。

（原载 2023 年 7 月《书城》总第 206 期，收录本书时有增订）

南星三题

未刊之书和集外文《丁香雨》

现代散文家、诗人、翻译家南星（1910—1996）的《寂寞的灵魂：南星作品全集》（下文简称《寂寞的灵魂》）由花城出版社于2023年7月出版了。这是1949年以后出版的第二部南星著作集，第一部是拙编散文集《甘雨胡同六号》，2010年8月由海豚出版社初版，距今已十三年矣。不消说，作者本人都不可能看到了。

《寂寞的灵魂》"附录"中收录另一位现代散文家纪果庵1944年所作两文：一为《诗人之贫困》，文中透露南星的新诗集《山蛾集》，经其"介绍到上海出版社且要作一篇序的"；另一为《跋〈寄花溪〉》，又透露南星的"《寄花溪》诗一册，不久可以出版"。可惜的是，这两部新诗集均未能问世。

不仅如此，南星还有一部散文集《菩提树》，也未面世，仅留下一个出版广告，刊于1945年8月上海《文帖》月刊第1卷第5期的封底：

> 南星先生的散文，清柔而朴素，向为全国读者所重视。这集子收散文二十篇，全书分为四辑，篇篇精彩，句句可诵。其中除一部分已在国内各大刊物登载者外，尚有一部分

未曾发表的新作，尤为难得。全书原稿，业已由平寄沪，即将付排。现已开始预约，暂以百册为限，额满即截止，欲则从速。

从中可知，即便《菩提树》顺利出版，也只印行区区"百册"，至今也是凤毛麟角了。《菩提树》列为上海知行出版社出版的"文学丛书"第七种，前六种依次为：张资平长篇小说《新红Ａ字》、杨桦散文集《浮浪绘》、路易士散文集《柠檬黄之月》、南星新诗集《山蛾集》、周越然书话集《版本与书籍》和予且小说《心底曲》。这在当时的"沦陷区文学"中是较为显眼的。可惜只有张资平、杨桦、周越然这三位的书出版了，其他四种都胎死腹中。

杨桦应是这套"文学丛书"的主持人，他也是《文帖》的编辑。《文帖》第1卷第5期刊有知堂（周作人）的《再谈禽言》、张资平的《以色列文学》、周越然的《白雪遗音》、施蛰存的《致望舒》等名家之作。还有一篇南星的《丁香雨》也颇引人注目，此文不短，文末注"（下期续完）"。然而《文帖》出到第1卷第5期就戛然而止，没有下期了，《丁香雨》也只有上半篇，这又是一件憾事。且录开头几段：

　　我的朋友Ｙ住在一座多花木的古庙里。他的窗前有两棵丁香，丛杂的枝柯已经生了长芽，因为这是四月了。它们就是他在给我的信中常常提到的，他唯恐它们偷偷地发芽偷偷地开花，从二月初起他已经每天在窗外久立，对那些淡黑色的花枝一一审视了。

　　"它们究竟是哪一天发的芽呢？"我说。

"四月三日。"

我笑了一笑，说我也很想在他的丁香花枝下坐一坐，不过天阴着，院里有些寒意，我宁愿在他屋里的躺椅上吸一支烟等候阳光透出来。他的屋子照常收拾得整整齐齐，书架上许多行列的书没有一毫尘土，同时每一册都有温暖舒适之意，显然是每天受主人的手的抚爱的。

"丁香"是南星散文中一再出现的意象，既写实又富寓意。北京甘雨胡同六号原先是座古庙，现代诗人辛笛、沈启无（开元）和南星先后在此租住，留下了不少动人的诗文。就南星而言，院里的丁香树不但出现在这篇《丁香雨》中，也出现在他后来写的《甘雨胡同六号》中，而《丁香雨》中所写的"Y"，应是"CY"，即"开元"英文名字的缩写。

我怀疑《丁香雨》应是《菩提树》书稿中的一篇，杨桦选出先在《文帖》上发表了。虽只留下了上半篇，却已十分难得。有必要补充一句：《寂寞的灵魂》失收了《丁香雨》。

至于南星未刊之书，还有一部，也是新诗集，书名《响尾蛇集》。1937年1月《新诗》第1卷第4期刊有"新诗社拟刊诗书预告"，其中就有"《响尾蛇集》 南星"这一部。到了同年4月《新诗》第2卷第1期中附赠的"新诗社丛书目录"广告页中，南星的《响尾蛇集》已在"编辑中"。但《响尾蛇集》最终也未能出版，只剩下题为《响尾蛇》的这首诗收录于《寂寞的灵魂》"诗·集外"。

南星大概是中国现代文学史上只留下书名而未能出书最多的作家之一。

《新诗》中的集外诗

《寂寞的灵魂》所收南星的诗，包括"石像辞""月圆集""山灵集""三月·四月·五月"四辑，再加一组"诗·集外"。"石像辞"系据 1937 年 6 月上海新诗社初版《石像辞》编入；"月圆集"和"山灵集"系据 1940 年 6 月上海的中国图书杂志公司初版《离失集》编入，是《离失集》中的两个部分；"三月·四月·五月"则是 1946 年 8 月北平《文艺时代》第 1 卷第 3 期发表的一组总题为"柳丝辑"的诗；之后是一组未注明出处的集外诗。这种编法比较特别姑且不论，重要的是，还有许多南星的集外诗散落在《寂寞的灵魂》之外，有待发掘。编集现代作家的作品集，所谓"全集"往往不全，《寂寞的灵魂》就是一个最新的例子。

1936 年至 1937 年是南星新诗创作的一个喷发期。1936 年 10 月创刊的上海《新诗》月刊就是南星当时发表诗作的一个极为重要的阵地。创刊号上就发表了南星的《春晚三章》，即《城中》《遗忘》《河上》三首诗作。《城中》《河上》已编入《石像辞》而收录于《寂寞的灵魂》；《遗忘》也已收录于《寂寞的灵魂》"诗·集外"，虽然未注明出处。接着从同年 11 月第 1 卷第 2 期起，《新诗》每期都刊出南星的新作，从而使他成为在《新诗》上发表诗作最多的两位诗人之一（另一位是路易士）。能在名家云集的《新诗》作者群中有如此出色的表现，南星是了不起的。在此不妨列出他自《新诗》第 1 卷第 2 期至最后一期即第 2 卷第 3、4 期合刊发表的诗作：

薄怨四章	1936 年 11 月第 1 卷第 2 期
九歌（组诗九首）	1936 年 12 月第 1 卷第 3 期

远别离（《木马》《壁虎》《响尾蛇》三首）1937 年 1 月
第 1 卷第 4 期

信念	1937 年 2 月第 1 卷第 5 期

第二个冬天（《雇客》《读者》二首）　1937 年 3 月第
1 卷第 6 期

黎明	1937 年 4 月第 2 卷第 1 期
三月（长诗）	1937 年 5 月第 2 卷第 2 期
留别正定	1937 年 7 月第 2 卷第 3、4 期合刊

这些诗作中，除了《壁虎》《响尾蛇》两首已收录于《寂寞的灵魂》"诗·集外"，其他诸首均是集外诗，均未编集，也均未能收录于《寂寞的灵魂》，这真是一件遗憾的事。限于篇幅，只能转录一首《黎明》：

隔壁的人，/雪天的报告者。/你的隔壁有甚么声音呢？/你在北方，/我也在北方，/而你会做一个南方的孩子，/让我在这儿感受南方的天气，/于是雪的早晨的情调被遗失了。

三个音符的鹧鸪叫，/梦寐的，欢快的，跳动的。/鹧鸪会叫雪么，/我不相信。/随之而来的是早晨的叫卖，/那声音中有负着水珠的菜蔬，/暖湿的带着薄泥的街道。/谁想到雪呢？没有人。

你笑我早晨的听觉么，/我醒了，你来。/鹧鸪是你，叫卖是你，/你这双重的声音占据了我，/而我说我的隔壁人说谎了。/你走近了么，/我要起身，我要起身，/你的春天的衣襟之飘动是静静的。

南星的《石像辞》出版时，《新诗》第 2 卷第 1 期上的广告这样写道："崭新的诗人南星的第一个诗集《石像辞》，可以说是一部现代的牧歌。细腻的情绪，敏感的心灵，秀丽的文体，微微哀怨的调子：这便是我们的这位崭新的诗人特长之处。"拿这段话来评价《黎明》，也是恰切的。

失散的《石像辞》后记

《石像辞》是南星的首部新诗集，1937 年 6 月由上海新诗社初版，列为艺术水准颇高的"新诗社丛书"第二种，第一种是赵萝蕤翻译的英国大诗人艾略特的名著《荒原》，第三种是玲君的新诗集《绿》，第四种是路易士的新诗集《火灾的城》。由于全民族抗战爆发，已列入出版计划的李白凤、陈江帆、徐迟、金克木等的新诗集，戴望舒、周煦良等的译诗集，最终都未能问世，只留下了一个个书名，十分可惜。

一般而言，作者出版自己的首作，往往会写序或作跋，交待缘由，抒发感想，但《石像辞》单行本并无序跋，只收录了三辑总十八首诗。难道《石像辞》真的无序跋么？答案是否定的。我以前撰文介绍过罗念生的散文集《芙蓉城》的短序与单行本"身首异处"，南星的《石像辞》又出现了相同的情形，真是无独有偶。也就是说，南星曾为《石像辞》写了后记，然而，这篇后记未能编入《石像辞》一书，而是单独发表了，即刊于 1937 年

1月《新诗》第1卷第4期的《〈石像辞〉后记》。有必要指出的是，南星在这期《新诗》上一口气发表了四篇作品，除了这篇后记，还有新诗《远别离》三首，以及翻译的《AE 诗选》和温源宁的评论《AE 的诗》，这在《新诗》上是绝无仅有的。

南星这篇《〈石像辞〉后记》写得很长，对《石像辞》的成书过程作了详细而又动人的描述：

> 这一些零碎的诗篇能给我甚么呢？两个月以前我想把它们扔掉或长久地搁置起来的，现在又珍重地收集在一起了。可怜的小东西们，无定的命运。可怜的它们的作者，无定的命运。当我抄着它们的时候，才觉得从前对它们太冷漠了，我们直到今天才能开始亲近，想来令人安慰而又悲伤。现在我才发现了人群中的自己，广大的世界上的自己，我应当隐瞒这事实吗：我所亲近的都向我没有原因地告别了，不，有我不知道的原因。……只有这些诗篇仍在身旁，我珍视它们，不因为它们的内容，只因为它们的本身。卧在陈旧纸页上的我的憔悴的朋友们。但它们的声音清楚，记忆也健全，引我到遥远的"我的"庭院里去。丰富的庭院。两株丁香，一株榆叶梅，一株单薄的桃花，两株槐树，下面有鸽子和兔子的住处。平安！就在那庭院里我开始练习写诗……

然后，南星把收录于《石像辞》的《石像辞》《巡游人》《忧虑》《访寻》《别意》，直到《五月》《静思》《一念》《蛰居》《寄远》等诗写作时的生活、心绪和思考，尤其是与几位"诗中的友人"的友情和心灵交流，都娓娓道来，文中出现了恋人 PH 即唐宝心、友人 HT 即王辛笛，还不时穿插一段新作的可爱的诗句，如作者写"庭院"即甘雨胡同六号的庭院云：

> 这庭院仿佛是我的旧相识，/ 对我现出极谙熟的神色，/ 弯腰的老树日日夜夜在那儿 / 看守着下面的阴湿的土地，/ 没有戚容也没有一声诉语。

于是我们知道了《石像辞》收录南星 1936 年从暮春到寒冬一年里所作的诗，也知道了作者"集起这几篇诗来的时候，心里空漠，只有一些淡影，一些回忆"。这篇《〈石像辞〉后记》是如此重要，不啻一把解读《石像辞》的钥匙。

奇怪的是，这篇后记竟未能编入《石像辞》。后记落款为"一九三六年十二月"，这个写作时间比《石像辞》出版早了整整半年。后记既然于 1937 年 1 月已在《新诗》上先行发表，按理，新诗社有足够的时间将其编入《石像辞》，却不知何故未能编入，以致其与《石像辞》失散达八十六年之久。要不是由于《寂寞的灵魂》问世而触发，这篇后记恐怕还得在《新诗》中沉睡。收录于《寂寞的灵魂》的《石像辞》仍然缺了后记，固然令人遗憾，而后记终于出土，还是值得庆幸的。

（原载 2024 年 6 月齐鲁书社初版《藏书家》第 26 辑，收录本书时有增订）

上海北新书局《青年界》刍谈

1931 年 3 月，上海诞生了一份面向全国青年读者的综合性刊物，虽曰"综合性"，其实新文学占有相当的比例及突出的位置，水准并不亚于当时那些新文学名刊。而且，该刊出版时间前后长达十一年之久，共出八十六期（其间，因全民族抗战爆发而被迫停刊八年又四个月），版式则从最初的 32 开横排本改到 16 开竖排本再到复刊后的 32 开竖排本。这在 20 世纪 30 年代至 40 年代出版的刊物中是颇为少见的。这份刊物就是上海北新书局的《青年界》月刊。

要讨论《青年界》的历史功绩，还得从出版《青年界》的北新书局说起。李小峰（1897—1971）主持的北新书局 1924 年 5 月创办于北京，[①] 以出版周氏兄弟、郁达夫、冰心等现代著名作家的作品而驰名文坛。1926 年 6 月，北新书局在上海设立分

---

① 　关于北新书局的成立时间，有论者据疑为李小峰 1947 年 7 月填写的《中中交农四行联合办事总处工矿事业调查表》、李小峰夫人蔡漱六晚年写的《北新书局简史》等，认定是 1925 年。但鲁迅的《呐喊》第三版是 1924 年 5 月由北京北新书局出版的，以第三版版权页为准。在当事人多年后的回忆与当时的实物产生矛盾时，自然应以实物为证。故笔者此文采用北新书局 1924 年 5 月（或更早些）成立于北京一说。

局，同年 8 月《北新》周刊（后改为半月刊）在上海创刊，可视为北新书局南下上海的先声。北新书局编辑部全体迁移到沪，则在 1927 年 9 月之前。①1927 年 11 月，原由北京北新书局发行的《语丝》周刊第 155 和 156 期改由上海北新书局印行，自同年 12 月 17 日第 4 卷第 1 期起，《语丝》改由鲁迅、柔石先后编辑。这样，就形成了上海北新书局同时出版《语丝》和《北新》两大新文学杂志的新局面。这在 20 世纪 20 年代末的新文学刊物出版中是很少见的，可见北新书局当时的出版雄心。

然而，到了 1930 年 3 月，已改由李小峰主编的《语丝》在出版了第 5 卷第 52 期后停刊；同年 12 月，《北新》出版了第 4 卷第 23、24 期合刊后停刊。1930 年 7 月才创刊的由赵景深主编、北新印行的《现代文学》月刊也在出版了第 6 期后的同一个月（12 月）停刊。《语丝》《北新》《现代文学》先后停刊的具体原因，不在本文讨论的范围之内，但北新书局试图重新整合刊物出版的良苦用心是显而易见的。半年之后，随着《青年界》的问世，北新出版新文学刊物的空窗期结束了。

当时，上海滩除了开明书店已在出版夏丏尊、叶圣陶等先后主编的《中学生》，还没有一种面向更广大的青年读者的综合性刊物，而《青年界》的出现，正好填补了这个空白。《青年界》创刊号上的《编辑者言》就这样开宗明义：

此本刊第一期也，编完了之后，想一想，觉得还不错。

①　1927 年 9 月，上海北新书局出版了钟敬文的散文集《荔枝小品》；又据 1927 年 10 月 3 日鲁迅日记，李小峰于当天接待刚到上海的鲁迅。据此判断，北新书局总部迁移到沪应在 1927 年 9 月之前。

门面话——"扉语"？——是没有的。简单地说一句：只是想给一般青年供给一些精神的食料而已。然而这句人云亦云的话也就够理想了。正如人们所需要的物质的食料一般，精神的食料也就有几多种。而"杂"，本是杂志的特征。青年们所需要的食料固不限于一种也。

由此可见，《青年界》出版宗旨是为当时的"一般青年"提供"精神的食料"，这是毫无疑问的了。当然，在多种多样的精神食粮中，文学历来占有相当的比重，所以《青年界》侧重于新文学创作和评论，以及外国文学译介，也就顺理成章，正如《编辑者言》中"具体地说一说"的几条里，第一条就是"为增进读者对于国外作家之认识起见，特设'作家介绍'一栏，每期介绍一人"；而第五条又强调"久已广告而终未与读者相见的长篇小说《蜃楼》，从本期起，按期发表。堪慰郁（达夫）先生的爱读者之渴望"。

对于综合性的《青年界》的创刊，编者之一的赵景深（1902—1985）在1946年1月《青年界》新1卷第1号的《复刊词》里又是这样回忆的：

因为《青年界》是以大中学生为对象的，所以，读者时常更换，诸位也许不知道这个刊物是历史悠久的。民国二十年三月十日，是《青年界》创刊的日子。创刊号很厚，有四百二十四面，也是现在这样的二十五开本，编者是石民、袁嘉华、李小峰和我自己。实际上负编辑责任的头几期是石民，以后一直都由我编辑。从第五卷起，改出大本十六开，一直出到十二卷一号，那时是廿六年六月，编辑仍署四个人的名，不过把袁嘉华改成了姜亮夫，记得当时有一个"日记特辑"，撰稿者有一百二十余人，可谓极一时之盛。……

今后的《青年界》当仍是综合的，对于国际问题、社会科学、自然科学以及文学各方面的知识，尽量灌输，并且尽量选用新鲜活泼的材料。

从中可知，《青年界》最初的编辑是石民（1903—1941）。创刊号上的《编辑者言》很可能出自石民手笔。由于出版时间很长，《青年界》可以分为前后期：1931—1937年为前期，1946—1949年为后期。因此，《青年界》编辑部人员也多次调整。其中与力最大者，莫过于李小峰、石民和赵景深，先后参与其事的还有袁嘉华、姜亮夫、杨晋豪、历厂樵等位，[①]他们大都是在中国现代文学史上留名的作家或学者。我们今天回顾《青年界》的历程时，不应遗忘他们的名字和他们当年为办好《青年界》所做出的努力。

《青年界》既然定位于"不限于一种"精神食料的"杂"之又杂的综合性杂志，当然在内容上也有相应的精心设计。从创刊

---

① 《青年界》1931年3月第1卷第1号至1932年12月第2卷第5号，版权页署编辑人"石民 赵景深 袁嘉华 李小峰"；1933年3月第3卷第1号起，版权页未署编辑人，但编辑人应为赵景深、石民、李小峰、姜亮夫；1933年8月第4卷第1号至1935年2月第7卷第2号，版权页署编辑人"李小峰 赵景深 姜亮夫"；1935年3月第7卷第3号至同年10月第8卷第3号，版权页署编辑人"李小峰 姜亮夫 杨晋豪 赵景深"；1935年11月第8卷第4号至1936年1月第9卷第1号版权页署编辑人"李小峰 历厂樵 杨晋豪 赵景深"；1936年2月第9卷第2号至1937年6月第12卷第1号版权页署编辑人"李小峰 姜亮夫 石民 赵景深"；1946年1月新1卷第1号至1949年1月新6卷第5号版权页署主编"赵景深"。

号开始，《青年界》就设置了许多定期或不定期或不断有所更替的专栏，其中有《社谈》《给青年》《一般讲话》《时事讲话》《国际问题讲话》《社会科学讲话》《新闻讲话》《自然科学讲话》《科学新谈》《常识讲话》《医学讲话》《新术语解释》，以及《论文》《学术讲话》《国文讲话》《艺术讲话》《电影栏》《英文讲话》等，几乎涵盖了人文社会科学和自然科学的方方面面，延请学有专长的专家学者为之撰稿。又当然，《青年界》既以新文学为重要指归，关于新文学方面的专栏设置同样精心安排，包括了《创作小说》《小品》《随笔》《诗选》《书评》《作家介绍》《文坛消息》《海外通信》《青年文艺》，以及古典文学方面的《杂纂》和综合性的《青年论坛》等，更是应有尽有。

不妨以1931年3月出版的《青年界》创刊号为例略作考察。创刊号发表了岂明（周作人）的小品《草木虫鱼》、郑振铎的《罗贯中》、郁达夫的连载小说《蜃楼》（一至六）和书评《读刘大杰著的〈昨日之花〉》、郢生（叶圣陶）的童话《绝了种的人》、许钦文的短篇小说《新同学》、白薇的短篇小说《一个台湾女子的谈话》、徐霞村的新诗《给——》、杨骚的新诗《临终》、刘大杰的《刘易士小论》以及钱歌川翻译的刘易斯短篇《马车夫》等，还有梁遇春、谢六逸、石民的翻译作品。除了新文学创作、评论和翻译，创刊号还刊出了倪贻德的《近代绘画代表作》、杨东莼的《一九三〇年国际情势概观》、漆琪生的《世界列强市场争夺战之近况及与我国之关系》等，自然也有直接面向青年读者的杨人楩的《现在青年的苦闷》、章衣萍的《青年应该读什么书？》等。创刊号内容之丰富多彩，就是在九十多年后的今天来看，也是值得称道的。

从《青年界》创刊号的作者就可清楚地看到，该刊的作者阵容强大，不仅是一般强大，还可以说是十分强大，至少从新文学这个方面来说是如此的。在前期《青年界》中，"五四"以降的新文学名家，从周氏兄弟和胡适开始，相当一部分是《青年界》的作者，人数之多出乎我们的想象。试看如下这份骄人的前期《青年界》作者名单：郁达夫、叶圣陶、郑振铎、冰心、王统照、鲁彦、田汉、洪深、胡山源、汪静之、朱湘、许钦文、许杰、凌叔华、苏雪林、废名、于赓虞、罗念生、钱歌川、阿英、老舍、沈从文、黎锦明、白薇①、谢冰莹、叶灵凤、叶鼎洛、梁遇春、张天翼、穆时英、戴望舒、施蛰存、李健吾、曹聚仁、臧克家、艾芜、李长之……这份名单还可开列很长很长。这些作者发表在《青年界》上的作品，许多都是他们鲜有人知的集外文。在前期《青年界》上，周作人发表的作品有《金枝上的叶子》《塞耳彭自然史》《自己的文章》等二十多篇，郁达夫则有《学生运动在中国》《批评的态度》《文艺与道德》等十多篇，就影响力而言，他们两位可视为前期《青年界》的台柱。而即便只发表过一篇作品的，也有不能不提和值得注意的作者，如胡适在 1931 年 6 月第 1 卷第 4 号发表的《周南新解》和巴金在 1937 年 1 月第 11 卷第 1 号发表的《关于〈春〉》。到了后期《青年界》期间，除了前期作者中不少位继续为之撰稿，又新增了丰子恺、陈翔鹤、朱维基、于伶、陈灵犀、吕白华、赵清阁、罗玉君、田禽、刘北汜、欧阳

---

① 女作家白薇在《青年界》上发表了不少作品。特别是《青年界》1933 年 3 月第 3 卷第 1 期至同年 7 月第 3 卷第 5 期连载了署名 Zero 的中篇小说《重逢》，Zero 正是白薇的一个鲜为人知的笔名。《中国现代文学作者笔名大辞典》（钦鸿等编，2022 年 9 月南开大学出版社初版）虽已列出 Zero 是白薇的笔名，但注明"署用情况未详"。《青年界》刊登的这篇《重逢》提供了白薇使用 Zero 这一笔名的实证。

翠等新老名家。当然，这份名单仍是举不胜举，挂一漏万。

在《青年界》作者群中，鲁迅是应该特别说一说的。《青年界》创刊以后，三年多的时间里，鲁迅未曾为之写过一篇稿。众所周知，自小说集《呐喊》《彷徨》起，鲁迅的大部分作品集都在北新书局出版，鲁迅也经常为《语丝》《北新》撰稿，以鲁迅与北新书局这么密切的关系，这是出人意料的，当然，也不是无迹可寻。1929 年 8 月，因为北新多次拖欠鲁迅版税，鲁迅欲诉诸法律，幸而有郁达夫等从中调解，此事才得以妥善解决，但双方的芥蒂并未完全消除。此后《青年界》出刊，鲁迅未为之撰文，也就在情理之中了，尽管鲁迅与《青年界》首任编辑石民私交并不错。同时，也不排除另一层含义，即当时官方的文网已越来越严酷，鲁迅不为《青年界》撰文，或也有为北新着想的用意在。

机会终于来了，虽然是由刘半农的英年早逝引起的。1934年 7 月 14 日，鲁迅《新青年》时期的"老朋友"刘半农因在绥远一带考察方言时染病，逝世于北平。噩耗传出，全国文化界悲悼。《青年界》即着手组织纪念专辑，李小峰理所当然地想到了鲁迅。同年 7 月 31 日鲁迅日记云："午后得小峰信并版税泉二百。"[1]应是李小峰向鲁迅邀稿，鲁迅当天就作复："关于半农，我可以写几句，不过不见得是好话，但也未必是坏话。"[2]这就是鲁迅名文《忆刘半农君》的由来，此文落款"八月一日"，由此可知鲁迅真的是有话要说，一天就一气呵成。鲁迅在文中深情回忆了与刘半农交往的始末，有赞扬有批评，并特别强调："不错，半农确是浅。但他的浅，却如一条清溪，澄澈见底，纵有多少沉

① 　鲁迅：《鲁迅全集》第 16 卷，北京：人民文学出版社，2005 年，第 464 页。
② 　鲁迅：《鲁迅全集》第 13 卷，北京：人民文学出版社，2005 年，第 191 页。

渣和腐草，也不掩其大体的清。"①8月12日，鲁迅把此文寄给李小峰时又说："关于半农的文章，写了这一点，今呈上。作者的署名，现在很有些人要求我用旧笔名，或者是没有什么大关系了。但我不明白底细，请兄酌定。改用唐俟亦可。"②鲁迅的考虑是很周到的。《忆刘半农君》在1934年10月《青年界》第6卷第3号刊出时，署名是"鲁迅"，这也是鲁迅的名字首次出现在《青年界》。

到了1936年2月，鲁迅的名字再次出现于《青年界》，而这次又是北新书局主动邀稿的。1935年12月21日鲁迅日记云："得赵景深信。得小峰信……"③当时赵景深正是《青年界》的编辑。显然，《青年界》为1936年新年号，致信鲁迅请其撰稿。鲁迅日记1935年12月23日云："复小峰信，附与赵景深笺，并稿一。"④正是寄给《青年界》新稿《陀思妥夫斯基的事》，系鲁迅为日本三笠书房《陀思妥夫斯基全集》普及本而作，原文日文，鲁迅亲自译为中文。但鲁迅在致赵景深的信中明确提出"畏与天下文坛闻人，一同在第一期上耀武扬威也"，⑤故此文刊于1936年2月《青年界》第9卷第2号，可见鲁迅对《青年界》一方面给予支持，另一方面仍不无保留。这是鲁迅生前与《青年界》的两次成功的合作，是必须提到的。

鲁迅逝世后，鲁迅的作品又先后两次出现在《青年界》上。

---

① 鲁迅：《忆刘半农君》，见《鲁迅全集》第6卷，北京：人民文学出版社，2005年，第74页。
② 鲁迅：《鲁迅全集》第13卷，北京：人民文学出版社，2005年，第196页。
③ 鲁迅：《鲁迅全集》第16卷，北京：人民文学出版社，2005年，第567页。
④ 鲁迅：《鲁迅全集》第16卷，北京：人民文学出版社，2005年，第567页。
⑤ 鲁迅：《鲁迅全集》第13卷，北京：人民文学出版社，2005年，第611页。

第一次是《青年界》1937 年 6 月第 12 卷第 1 号推出《日记特辑》，许广平提供了鲁迅 1936 年 10 月 10 日和 11 日这两天的日记。这是鲁迅逝世前不久的日记，也是鲁迅日记在他逝世之后首次公布于世，11 日的日记明确地记载道"同广平携海婴往法租界看屋"，①足以证明鲁迅逝世前已在考虑迁居这件大事。第二次是 1948 年 12 月新 6 卷第 4 号和 1949 年 1 月新 6 卷第 5 号，即《青年界》的最后两期，又连载了《鲁迅书简补遗：给李小峰的三十六封信》。这篇长文又一次提供了研究鲁迅、研究鲁迅与北新书局之关系的第一手史料，这也是不可不注意到的。

由此，又应该提到《青年界》另一个显著且卓有成效的特色，那就是不断地推出特辑。特辑又大致分为两大类：第一类是纪念已逝作家的特辑，第二类是某个专题的特辑。先说第一类。《青年界》1934 年 2 月第 5 卷第 2 号是《朱湘纪念专号》，用接近整期的篇幅沉痛哀悼英年早逝的诗人朱湘。《朱湘纪念专号》分《朱湘纪念》和《朱湘遗著》两大部分。纪念部分刊出了苏雪林的《论朱湘的诗》、柳无忌的《我所认识的子沅》、顾凤城的《忆朱湘》、何德明和吕绍光所作的两首同题诗《悼朱湘》等，以及郑振铎、闻一多、饶孟侃、柳无忌、黄翼、苏雪林等"哀悼朱湘的信"，还有赵景深的《朱湘著译编目》。而遗著部分，则刊出了朱湘的回忆录《我的新文学生活》，评论《诗的用字》，散文《江行的晨暮》《投考》《说诙谐》等，译文《索赫拉与鲁斯通》（英国安诺德作），以及"遗书摘选"等。朱湘 1933 年 12 月 5 日投江自尽，两个月后，《青年界》的这个纪念专号就面世了，不仅是当时文学杂志中悼念朱湘内容最为全面丰赡的一个纪念专

① 鲁迅：《鲁迅全集》第 16 卷，北京：人民文学出版社，2005 年，第 626 页。

号，而且至今仍不失为研究朱湘的一批重要的参考资料，十分难得。

上述鲁迅的《忆刘半农君》一文其实也是为 1934 年 10 月《青年界》第 6 卷第 3 号的《刘半农先生纪念特辑》而作的。这个特辑还收录了蔡元培的《刘半农先生不死》、全增嘏的《刘复博士》、徐霞村的《半农先生和我》、姜亮夫的《悼刘半农先生并介绍四声实验录》和赵景深的《刘复的中国文法讲话》，同样纪念性和学术性兼具，令人醒目。到了 1936 年 10 月 19 日，鲁迅溘然长逝。《青年界》同人震惊之余，理所当然地在同年 11 月第 10 卷第 4 号以头条的突出位置刊出《鲁迅先生逝世纪念特辑》，刊出了蔡元培的《记鲁迅先生轶事》、许钦文的《鲁迅先生与新书业》和杨晋豪的《鲁迅先生》三篇纪念文。到了下一期即同年 12 月第 10 卷第 5 号再次刊出《鲁迅先生纪念特辑》，刊出黎锦明的《两次访钟楼记》、金性尧的《鲁迅先生的旧诗》和朱雯的《悼鲁迅先生》，而且，该期《社谈》专栏中又发表了杨晋豪的《追记送鲁迅先生的葬礼》，《青年文艺》专栏则发表了朱亚南的《悼鲁迅先生》、高华甫的《悼文坛巨星鲁迅》、邓丁的《广州的鲁迅先生追悼会》、康国栋的《忆鲁迅》等文。《青年界》对鲁迅的悼念可说是隆重的、持续的、郑重其事的，在当时上海乃至全国的各种刊物中也毫不逊色。此外，《青年界》还刊登过《萧伯纳来华纪念特辑》《屠格涅甫五十年死忌纪念特辑》等，均各具特色。

再说第二类。《青年界》的第二类特辑内容丰富多彩，不少是专门针对青年读者的。如 1933 年 11 月第 4 卷第 4 号的《中国文学特辑》、1934 年 1 月第 5 卷第 1 号的《创作特辑》，1935

年 1 月第 7 卷第 1 号的《学校生活之一叶特辑》、1935 年 6 月第 8 卷第 1 号的《我在青年时代爱读的书特辑》、1936 年 1 月第 9 卷第 1 号的《青年职业问题特辑》(含《我的职业生活特辑》和《中学生毕业后就职实况特辑》两个部分)、1936 年 6 月第 10 卷第 1 号的《暑期生活特辑》、1937 年 1 月第 11 卷第 1 号的《青年作文指导特辑》等。作者中有许多作家和学者,所撰之文都有一定的参考价值或吸引力。前期《青年界》最后一期,即 1937 年 6 月第 12 卷第 1 号的《日记特辑》格外精彩,尤其不能忽视,赵景深在后期《青年界》第 1 期即新第 1 卷第 1 号的《复刊词》中特别提到这期《日记特辑》不是没有道理的。推出《日记特辑》确实是一个极好的创意,不仅周氏兄弟和胡适一同在这一特辑中出现,而且在总共一百二十一位日记作者中,既有我们今天已经耳熟能详的文坛名家、学界翘楚,也有不少当时刚崭露头角的新秀,如东平、封禾子(凤子)、路易士、何德明、吕绍光、陈适等,后面三位可以说正是由《青年界》培养出来的。[①] 这期《日记特辑》琳琅满目,不仅成了《青年界》第二类特辑中最具深远影响的一种,若要研究中国现代文学史上的日记文学,也是绝不能错过的。

后期《青年界》的特辑虽已不如前期那么周全,但仍有不少是专为青年读者而设的。1946 年 1 月新第 1 卷第 1 号的《给青年特辑》、1947 年 3 月新第 3 卷第 1 号的《推荐青年可读的书

---

① 何德明、吕绍光和陈适当时都是上海青年作者,在《青年界》上发表多篇诗文。陈适 1936 年 9 月在商务印书馆出版散文集《人间杂记》,何德明 1936 年 10 月在北新书局出版《德明诗集》,吕绍光 1938 年 8 月在上海大时代出版社出版新诗集《故园》,这三本书都是由《青年界》编者赵景深写的序。

特辑》（一、二），都值得一提。特别是 1948 年 9 月、10 月、11 月新 6 卷第 1 号、第 2 号和第 3 号接连三期推出的《人物素描特辑》，除了追忆李叔同、鲁迅、徐悲鸿这样的大师，也写了普通人。如此集中地提供现代文学史和文化史上颇有价值的回忆性文字，真是可圈可点。当时人已在台湾的台静农的《许寿裳先生》一文，我就是在《人物素描特辑》（二）中发现的。

《青年界》还有一个引人注目的特色，那就是以引导更多的青年读者喜爱文学为己任，大力扶掖文学和学术新人。这一点《青年界》做得很突出，也一直坚持不懈。自 1934 年 6 月第 6 卷第 1 号特大号起，《青年界》新开设不定期的《青年论坛》和《青年文艺》两个专栏。《青年论坛》时断时续，虽然作者名字今天大都已感陌生，但写《宋诗与唐诗》的孙望、写《略说我学日文的经过》的雷石榆，都在现代文学史上留下了大名，现代著名诗人、翻译家吴兴华的首作《从动物的生存说起》发表于 1936 年 2 月第 9 卷第 2 号《青年论坛》专栏，更是令人惊喜。至于《青年文艺》专栏，显示了周期短也更为活跃的特点，更多的《青年文艺》作者通过《青年界》走上文学之路，在中国现当代文学史上留下了印记，目前我能确认的就有荻帆（邹荻帆）、邵冠祥、侯唯动、冯振乾、黄贤俊、尹雪曼等位[①]。完全可以这样

---

① 湖北诗人邹荻帆在《青年界》《诗选》《青年文艺》专栏发表了《四月的田野》《七夕》等多首诗，英年早逝的天津诗人邵冠祥在《青年文艺》上发表了《码头》，来自陕西的"七月派"作家侯唯动在《青年文艺》上发表了他的首作《题木兰从军图》，20 世纪 40 年代引领西北现代诗歌的冯振乾在《青年文艺》上发表了《挑水夫》《流亡者的暮春》等作品，后来成为翻译家的黄贤俊在《青年文艺》上发表了《黄昏》等作品，后来成为台湾著名作家的尹雪曼也在《青年文艺》上发表了《夜会》，等等。这充分说明《青年界》的《青年文艺》专栏的作者来自全国各地，《青年文艺》是培养作家的摇篮。

说：《青年界》培养新文学诗人和作家之功不可没。

20世纪30年代至40年代在上海出版的主打新文学的综合性刊物中，《青年界》不仅不是可有可无的，而且是颇为显眼、广受赞誉的。当时就有读者这样评价《青年界》："定价既廉，内容又好，可以说是我们青年真正的最好读物。反过来说：也就是青年精神奋斗的场所。既能从内中得到他人的杰作；又可以在上边发表自己的思想，运用头脑，练习文章，于学识的裨益，诚非浅鲜！"① 全民族抗战爆发前，《青年界》发行全国，销量由"三千份逐渐发达到一万二千份"，② 这可是一个相当可观的数字。抗战胜利复刊后，发行量虽然降至"两千份"，仍可维持，但出至1949年1月新第6卷第5号，因"邮路不通，发行困难"③ 而被迫停刊。1949年6月，因上海已经解放，《青年界》提交"上海市报纸杂志通讯社申请登记书"筹备复刊，因与其他各种刊物一起均未获批准而终于完成了它的历史使命。

时光已经流逝了整整七十多年，当年深深吸引了众多青年读者的《青年界》，虽然已经开始进入中国现代文学史研究者的视野，如有论者认为《青年界》对"'五四'启蒙的传承与转换"做出了贡献，④ 但与当年在上海出版的其他颇具影响力的大型新文学刊物——如《新月》《现代》《文学》《论语》等——相比，《青

---

① 聂鸿章：《我订阅〈青年界〉的动机》，《青年界》1935年10月第8卷第3号。

② 引自"北新书局总经理"李小峰1949年6月17日填写的送呈上海市军事管制委员会的"上海市报纸杂志通讯社申请登记书"。但也另有一说，《青年界》全盛时期，"销量涨至二万八千份"，参见《青年界优待定阅者突破五万户大运动》，《青年界》1935年12月第8卷第5号。

③ 以上引自李小峰1949年6月17日填写的"上海市报纸杂志通讯社申请登记书"。

④ 田建民、赵蕾：《论〈青年界〉对"五四"启蒙的传承与转换》，《长江学术》2022年第4期。

年界》的关注者和研究者毕竟不多。上海书店出版社这次影印全套《青年界》，以推动对《青年界》、《青年界》与"五四"新文化传统、《青年界》与中国现代文学史的关系的研究，正其时也。

我从事中国现代文学史研究工作后，曾有幸与《青年界》的两位编者，即赵景深先生和杨晋豪先生交往，得到过他们的指教，也曾听他们谈起过《青年界》。由于有这点因缘，在《青年界》影印本即将出版之际，不揣冒昧，大致梳理《青年界》的来龙去脉如上，供对《青年界》感兴趣的读者参考。

（原载 2023 年 11 月上海书店出版社初版《青年界》影印本）

范泉与《文艺春秋》

　　抗日战争胜利以后，百废待兴，本来就是中国新文学重镇的上海文坛很快又呈现出一派新气象，重要标志之一，就是新的文学杂志如雨后春笋般涌现，如《文艺复兴》《文潮月刊》《清明》《大家》《茶话》《幸福》等不断创刊；抗战前就已存在的文学杂志，如《论语》《青年界》等也接连复刊。在这些大大小小、风格各异的文学杂志中，范泉先生主编的《文艺春秋》异军突起，尤为灿烂夺目。

　　严格地说来，《文艺春秋》并不是抗战胜利以后才创刊的。《文艺春秋》1944 年 10 月创刊于沦陷了的上海，署"永祥印书馆编辑部"编辑，实际主编是作家、评论家、翻译家、编辑家范泉（1916—2000），而原刊名是《文艺春秋丛刊》。与其他的文学杂志不同，《文艺春秋》最初是以"丛刊"的形式面世的。

　　《文艺春秋丛刊》一共出版了五辑，即 1944 年 10 月第一辑《两年》，12 月第二辑《星花》，1945 年 3 月第三辑《春雷》，6 月第四辑《朝雾》和 9 月第五辑《黎明》。《黎明》问世时，上海已经光复了。《文艺春秋丛刊》创刊号《两年》有篇《编后》，应出自范泉之手，文中是这样昭告《文艺春秋丛刊》办刊宗旨的：

> 在培植中国文化的前提下，书馆当局便决意在这艰难的物质环境中，络绎出版期刊和书籍，以补救目前精神食粮的不足。这次"文艺春秋丛刊"之一《两年》的出版，便是发行期刊和书籍的第一步。

话说得比较隐晦，"培植中国文化""补救目前精神食粮的不足"的弦外之音，明白的读者还是能领会的吧？四十年后，《文艺春秋》主编范泉深情地回忆了当年创办《文艺春秋》的情景，不妨摘录如下：

> 一九四四年夏天的一个早晨，复旦大学教务长金通尹先生来看我，和我谈起一家从事印刷业务的永祥印书馆，准备出版书刊。他已介绍了邵力子先生的侄女邵德璜在那里工作。现在书店准备成立编辑部，先出版期刊，要求学校推荐编辑部的负责人。他希望我去。
>
> 金通尹先生是我的老师。……这次他来，和我细说了来意以后，用十分激动的口吻，最后对我说："如果我们不去占领这个文化阵地，那末，汪伪的文化渣滓们就一定会去占领。"
>
> …………
>
> 经过一个多星期的调查，弄清了从清朝末年开设到现在的这个资本家企业的基本情况，并和许广平先生一起研究以后，我终于迎着敌人的刺刀，开始了我的书刊编辑工作。

在沦陷了的上海出版期刊，必须向敌伪登记。为了逃避登记，决定用丛刊的名称分辑出版，每辑一个书名。

采用什么样的丛刊名称呢？这是一个关系到刊物能否在敌人的鼻子下生存下去的问题。

我征询了很多文艺界师友的意见……就定名为《文艺春秋》。这是因为这一名称，是比较通俗、朴素、不带任何感情色彩、引不起敌人注目的名称；其次，是因为刊物的扉页上每期编刊了一条条文艺界信息的报道，天南地北，前方后方，凡是显示民族正气的信息，无不广采兼收，包罗万象，总冠以"文艺春秋"的专栏名称，使这个丛刊名实相符。①

之所以不厌其烦地引用范泉的这段回忆，是因为他把《文艺春秋》的筹备和诞生经过，从为何要采用"丛刊"的形式到刊名的最终确定，都交代得一清二楚。当年编者的良苦用心，至今仍不能不使我们感动。而"丛刊"时期，则可称为《文艺春秋》的第一阶段。

《文艺春秋丛刊》五辑出齐之后，到了 1945 年 12 月，《文艺春秋》第 2 卷第 1 期问世，从此开启了《文艺春秋》的第二阶段，即"月刊"时期。第 2 卷第 1 期也有一则《编后》，也应出自范泉之手，在新的形势下重申了《文艺春秋》的办刊方针：

《文艺春秋丛刊》出版到现在，已经足足有了一个年

---

① 范泉：《我编〈文艺春秋丛刊〉的回忆》，见《中国现代文艺资料丛刊》第八辑，上海：上海文艺出版社，1984 年，第 303—305 页。

头。从这一期起，将丛刊改成月刊的形式出版……

　　本刊竭诚希望新进的作家能够惠赐有力的作品。我们不分系别，园地绝对公开，只要作品本身有可取的价值，我们都是乐于采用，绝没有丝毫的偏见。

　　既不高调，也不张扬，又有自己主张的办刊原则，而且说到做到，这是《文艺春秋》的一个显著特色。从第 2 卷第 1 期起，《文艺春秋》一卷六期，到 1949 年 4 月第 8 卷第 3 期出版后停刊，总共出版了四十五期。本来第 8 卷第 4 期即《迎接上海解放专号》已经编好，因故未能出刊，这当然是件很可惜的事。上述是《文艺春秋》的"月刊"时期，也是《文艺春秋》时间最长、最为辉煌的时期。

　　有意思的是，除了《文艺春秋丛刊》和《文艺春秋》月刊，《文艺春秋》系列还有两种期刊。其一是 1947 年 1 月至 3 月出版的《文艺春秋副刊》第 1 至第 3 期。正如刊名已经揭橥的，这三期刊物是《文艺春秋》的"副刊"，其中第 1 期有《编者的话》，当然仍应出自范泉之手，文中是这样宣示的：

　　这一本小杂志，虽然名曰《文艺春秋副刊》，其实并非是专载文艺作品的杂志。我们只是想在这里谈谈作家，谈谈作品，以及报导一点艺文方面的小消息给大家知道，如此而已。

　　由此可见，《文艺春秋副刊》以发表中外作家传记、书评、书话和海内外文艺消息为主，提倡言之有物的短文，这对《文艺春秋》月刊无疑是一个补充。虽然只出版了三期，影响却不小。

其二是 1947 年 10 月创刊的《文艺丛刊》，仍为范泉主编。已知《文艺丛刊》共出版了六集，即第一集《脚印》（1947 年 10 月）、第二集《呼唤》（1947 年 11 月）、第三集《边地》（1947 年 12 月）、第四集《雪花》（1948 年 2 月）、第五集《人间》（1948 年 6 月）和第六集《残夜》（1948 年 7 月），均以每集中一篇作品的题目为丛刊刊名。之所以刊外有刊，是因为当时国民党当局对进步文艺刊物的管制越来越严厉，而永祥印书馆"顾问"陶百川也不断对《文艺春秋》月刊横加干涉。① 范泉不得不采取新对策，与孔另境等另组文艺丛刊社，创办了《文艺丛刊》。《文艺丛刊》回到了《文艺春秋丛刊》的形式，以避开当局的审查。以刊发评论、随感和散文为主，论辩性和斗争性更强，是《文艺丛刊》的显著特色，与《文艺春秋》月刊正好形成互补。《文艺丛刊》仍属于"文艺春秋"系列，或可称《文艺春秋》的新"丛刊"时期。像《文艺春秋》这样，一个新文学杂志以不断变换的多种形式而存在，在中国现代文学史上是比较少见的。

判断一个文学杂志的成功与否，拥有哪些作者，应是一个首要的标杆。《文艺春秋》的作者群是广泛而又强大的："五四"时期的代表作家，郭沫若、茅盾、闻一多、叶绍钧、王统照、田汉、丰子恺、许杰、欧阳予倩、洪深、黎锦明、陈翔鹤、赵景深、钟敬文等；20 世纪 20 年代末到 30 年代的文坛翘楚，巴金、戴望舒、施蛰存、李健吾、靳以、顾仲彝、沉樱、臧克家、艾青、艾芜、师陀、端木蕻良、王西彦、唐弢、柯灵、李广田、骆

---

① 钦鸿、潘颂德编：《尘封已久的一颗明珠——记范泉主编的〈文艺春秋〉》，见《范泉纪念集》，上海：上海书店出版社，2013 年，第 488 页。

宾基、黎烈文、戈宝权等；20世纪40年代崛起的刘北汜、杭约赫（曹辛之）、汪曾祺、黄裳、何为、谷斯范、阿湛、司徒宗、沈子复、欧阳翠等，还有范泉自己。这份闪亮的作者名单当然还可开列很长很长，据统计，《文艺春秋》的作者有二百余位之多。[①] 以上所述，已是名家云集，新秀更是辈出，这也足以证明《文艺春秋》当时能吸引广大读者的原因之所在了。

作为一个综合性的新文学杂志，《文艺春秋》的文学视野是很宽广的，发表作品的体裁样式也是多种多样的，小说（含长、中、短篇）、诗歌、散文（含散文诗）、戏剧（含话剧和电影剧本）、评论、杂感、考证、回忆录、笔谈、翻译等，应有尽有。不仅如此，"丛刊"时期，《文艺春秋》就设有数个专栏，《两年》就有《林语堂的来去》和《鲁迅藏书出售问题》两个专辑，《星花》刊登了《纪念契诃夫逝世四十周年》小辑，《黎明》更及时推出《庆祝抗战胜利辑》，欢呼战胜日本侵略者。进入"月刊"时期，《文艺春秋》又不定期地设有《文艺时论》专栏，请作家就当时文艺界普遍关心的问题及时展开讨论，还先后组织了《学习鲁迅·研究鲁迅》《关于莎士比亚》《中国文艺工作者十四家对日感想》《纪念鲁迅逝世十周年特辑》《推荐新人问题座谈会》《木刻艺术小辑》《献给本月廿三日诗人节》《纪念普希金逝世一百一十周年》《纪念高尔基逝世十一周年》等专辑和1947年的翻译专号，真是丰富多彩，有声有色。

归根结底，衡量一个文学杂志的水准，该刊发表了哪些有代表性、有影响力的作品，是必不可少的条件。差不多与《文

---

① 钦鸿、潘颂德编：《尘封已久的一颗明珠——记范泉主编的〈文艺春秋〉》，见《范泉纪念集》，上海：上海书店出版社，2013年，第483页。

艺春秋》同时期的《文艺复兴》，连载过巴金的《寒夜》、钱锺书的《围城》等佳作，在文学史上已有定评。《文艺春秋》以刊登中短篇小说、散文和诗歌见长，较少连载长篇，不过也有例外。熊佛西的长篇小说《铁花》就在《文艺春秋》连载，这是一部至今仍被忽视的优秀长篇。王西彦的长篇小说《微贱的人》也在《文艺春秋》连载，同样值得一提。在《文艺春秋》发表的中短篇小说中，艾芜的《石青嫂子》、汪曾祺的《绿猫》和《鸡鸭名家》早已是公认的名篇，魏金枝的《坟亲》、碧野的《被损害的白凤英》、李白凤的《多伦格尔的黄昏》、臧克家的《牢骚客》、S·Y（刘盛亚）的《残月天》、许杰的《饯行的席面上》、齐同的《银沙汗》等，也都是他们的用心之作，而施蛰存的《在酒店里》《二俑》等则是他的收官短篇了。散文之中，王统照的《散文诗十章》，靳以的《人世百图》系列，戴望舒的《记玛德里的书市》，施蛰存的《柚子树与雪》《栗和柿》等篇，均可置于他们各人的最佳散文之列。还不能不提到的是，林抒（何为）发表在《文艺春秋副刊》上的《悲多芬：一个巨人》，此文不仅是他的散文代表作之一，后来还长期入选中学语文课本。至于诗歌，发表虽不很多，却很有分量。首先当然要推重戴望舒，他后期的代表作《我用残损的手掌》《萧红墓前口占》等都刊于《文艺春秋》，艾青的长诗《吴满有》也是首次在国统区面世，而朱维基、杭约赫和史卫斯等的诗，也必须提到。剧本是《文艺春秋》的又一个强项，田汉改编的《琵琶行》在当时就广获好评，顾仲彝有《渔歌》，端木蕻良的电影剧本《紫荆花开的时候》也给我们以新的惊喜。同时，还有评论、文学研究和文学史料考证，如闻一多遗作《什么是九歌？》，郭沫若的《O. E. 索隐》和林辰的《论〈红星佚史〉非鲁迅所译》《鲁迅与狂飚社》等，都引人注目。此外，还应肯定《文艺春秋》对外国文学持续不断的译介，特别应该提到黎烈文对法国梅里美《伊尔的美神》等一系列作品的翻译，堪称名家名译。

总之，《文艺春秋》佳作纷呈，与当时上海的《文艺复兴》和《文潮月刊》形成鼎足之势，在全国的文学杂志中都可属佼佼者。这一切，当然与主编范泉的精心策划、组稿、编刊和韧性坚持分不开。尤为难得的是，《文艺春秋》对当时的台湾文学给予了必要的关注。"丛刊"时期，范泉自己翻译了台湾作家龙瑛宗的短篇小说《白色的山脉》，"月刊"时期他自己又写了《台湾高山族的传说文学》《台湾戏剧小记》，发表了台湾诗人杨云萍的《杨云萍诗抄（二十首）》和林曙光的《台湾的作家们》，还培养了台湾青年作家欧坦生，接连发表其《泥坑》《训导主任》《婚事》《沉醉》《十八响》《鹅仔》六篇小说，对后三篇小说还专门撰文《关于三篇边疆小说》[①]郑重推荐。当鲁迅好友许寿裳在台北遇袭身亡，范泉又及时刊出洛雨的《记许寿裳先生》，并以文艺春秋社的名义发表《悼念许寿裳先生》。在新的"丛刊"时期，范泉又亲自写了《记杨逵：一个台湾作家的失踪》，表达对杨逵生死的关切。凡此种种，都再清楚不过地显示了《文艺春秋》是发表和研究台湾文学的先行者，这在当时的新文学杂志中也很少见，范泉功不可没。

《文艺春秋》取得了如此众多且足以骄人的成就，但长期以来，一直少有研究者重视。据我有限的见闻，只有陈青生的《年

---

① 范泉：《关于三篇边疆小说》，《文艺春秋》1947 年 11 月第 5 卷第 5 期《边疆文艺特辑》。

轮：四十年代后半期的上海文学》第二章"纷繁驳杂的小说"中辟出一节论述《文艺春秋》。① 此外，就是范泉自己的回忆和已故钦鸿的长文《尘封已久的一颗明珠——记范泉主编的〈文艺春秋〉》了，这是令人深以为憾的。这样的现代文学史研究的严重缺失理应得到弥补，而影印出版全部《文艺春秋》，包括《文艺春秋丛刊》、《文艺春秋》月刊、《文艺春秋副刊》和《文艺丛刊》，就是题中应有之义了。需要指出的是，以前整理《文艺春秋》目录，只收丛刊、月刊和副刊三种，② 而遗漏了《文艺丛刊》。这次上海书店出版社影印，终于补齐，合成全璧了。范泉先生如泉下有知，也当颔首称善。

我之所以乐于为《文艺春秋》全套影印本作序，还有一个私人的原因。范泉先生是我尊敬的前辈，也是我的忘年交。我不会忘记，当年他在青海师范学院中文系任教时，带领硕士研究生来上海，竟亲自到寒舍找我，而我恰不在家，有失远迎，是家父接待的。这说明范泉先生像当年主编《文艺春秋》时关心青年作者一样，仍在关爱年轻学人。后来，他调回上海，任上海书店出版社编审，主持《中国近代文学大系》编纂工程，我常去上海书店出版社，我们见面的机会才多起来。范泉先生还主编了《〈中国近代文学大系〉编辑工作信息》，1989 年 9 月该刊第 44 号刊出我的《周作人日记应该入选》，此文建议《中国近代文学大系》日记卷选入周作人日记，这是我与范先生文字之交的开始。再后

---

① 陈青生：《〈文艺春秋〉作家群及魏金枝、熊佛西、许杰、艾芜等的作品》，见《年轮：四十年代后半期的上海文学》，上海：上海人民出版社，2002 年，第 56—70 页。
② 中国社会科学院文学研究所总纂，唐沅、韩之友等编：《中国现代文学期刊目录汇编》第 5 卷，北京：知识产权出版社，2010 年。此书辑录《文艺春秋》总目时，就遗漏了《文艺丛刊》目录。

来，他主编《中国现代文学社团流派辞典》，我又应邀加盟，在他的指导下撰写辞典条目。可以毫不夸张地说，在我研究中国现代文学的长途上，范泉先生是扶掖者、支持者和欣赏者之一。因此，这篇序于公于私，都是义不容辞的。

范泉先生创办了《文艺春秋》，《文艺春秋》也成就了范泉这位独树一帜的新文学编辑家。《文艺春秋》影印本的问世，不仅是对范泉先生的缅怀，也一定能对中国现代文学史研究尤其是对20世纪40年代后期上海文学史的研究有所推进。

2020 年 6 月 26 日于海上梅川书舍

（原载 2022 年 9 月上海书店出版社初版《文艺春秋》影印本）

一个同中有异的新诗集装帧现象

——《死水》《烙印》《茫茫夜》之比较

中国新诗史上有个奇特的现象，至今未受到研究者的关注。那就是，有三部颇为著名的新诗集，不但都是毛边本，而且装帧设计也几乎是一模一样的。

首先是"新月派"代表诗人闻一多的《死水》。《死水》是现代新格律诗的标志性诗集，文学史上历来评价颇高，也最为人所熟悉。《死水》1928年1月由上海新月书店初版，小32开本，不但以其具备"音乐美、绘画美、建筑美"的诗的内容，也以其别具一格的装帧引人注目。1928年6月《新月》第1卷第4号所刊《死水》出版广告的开头，就有一句"著者自作封面"，但并未进一步强调这个"自作封面"的独特性。到了1931年，《死水》三版时，新的广告（刊于1931年9月新月书店初版《新月诗选》广告页）除了肯定闻一多的诗是"认真做的"，蕴含着"宝藏"，对其封面设计也做出了充分的评价：

> 本书封面，是闻一多先生自作的，新颖并且别致，是现代新书中第一等的装帧。

"第一等的装帧"，这个说法本身也可视为"第一等的"。闻一多早年是学美术的，对书籍装帧也有浓厚的兴趣，甚至写过《出版物底封面》（刊于1920年5月7日《清华周刊》第187期）这样的文章，大力主张"美的封面"。新月书店开张后，出版的许多诗文集的装帧设计，也大都出自闻一多之手。其中最为人称道的，就是他为自己的新诗集《死水》和徐志摩的新诗集《猛虎集》所设计的装帧，堪称闻一多新文学装帧史上的"双璧"。

《死水》的装帧奇就奇在再简洁不过，再出人意料不过。从封面到书脊再到封底，选用整张不发光的黑色重磅厚纸，而在封面右上方三分之二处，贴着印有书名和作者名的长方形金色签条。如此凝重、大胆、别致，带有"世纪末"的唯美情调而具有强烈视觉冲击力的装帧设计前所未有，在中国新文学著作装帧史上无疑是个创造，难怪《死水》的装帧被誉为"最有个性、最富诗意、最具代表性"。

继之而起的是臧克家的《烙印》。臧克家先是"新月派"的后起之秀，后又成为20世纪30年代的重要诗人。《烙印》是臧克家第一本也是广为传诵的新诗集，此书也有好几个与众不同。第一，由闻一多作序。闻一多作序跋的新诗集，总共才寥寥三种，《烙印》序即为其中之一，而且是影响最大的。第二，此书系自费印行，无版权页，但书末单页粘贴一长方形小纸条，上面印有：

出版人——王剑三 代售处——各大书局 价目——每册七角 出版日期——一九三三，七月也就是说，《烙印》是文学研究会发起人之一王统照资助出版的。对此，臧克家在《烙印》问世四十五年后所作的《剑三今何在？》[①]一文中是这样回忆的：

> 剑三很看重友谊，真诚待人，给人以温暖，如陈年老酒，越久越觉得情谊醇厚。对我这个后进，也鼓励、扶掖，不遗余力。我的第一本诗集，他是鉴定者，资助者，又以"鉴先"笔名作为它的出版人。没有剑三就不大可能有这本小书问世，这么说也不为过。

这段回忆是感人的，与《烙印》初版本上小纸条所印的信息也正好互相印证。唯一有出入的是，《烙印》出版人明明是"王剑三"，不是"鉴先"，时隔多年，想必是臧克家记错了。

有趣的是，臧克家的新诗集《烙印》初版本，不仅请闻一多作序，装帧设计也模仿了闻一多的《死水》。《烙印》虽然开本稍小，为44开本，但从封面到书脊再到封底，也同样为不发光的黑色重磅厚纸，封面右上方约三分之二处，也同样粘贴了长方形的签条，只不过签条颜色改为温暖的铁锈红。签条也同样从封面卷贴至封底，只不过封面签条印"烙印　臧克家"，封底签条印"1933　$.40"，而《死水》的签条，封面、封底均印"死水　闻一多"。

为何《烙印》的装帧设计与《死水》如此相像？不能不令人好奇。当然，对此可以有多种解释。臧克家是闻一多的学生，其

---

① 臧克家:《怀人集》，上海：上海文艺出版社，1980年，第147—155页。

首部新诗集的装帧仿照老师的名著，也不是不可以理解。臧克家自己很喜欢这个装帧，因此借用，可能也是一个原因。不过，臧克家本人后来对《烙印》初版本这个装帧似未作过说明，这个装帧具体到底何人实施？也是个谜。

八个月之后，即1934年3月，《烙印》又由开明书店再版，增添了臧克家的《再版后志》，开本和装帧也都已改变，这个版本就不在本文讨论之列了。

再说第三部新诗集：蒲风著《茫茫夜》。蒲风是左翼诗人，是1932年9月在上海成立的中国诗歌会的创始人之一。《茫茫夜》也是蒲风的第一部新诗集，1934年4月上海国际编译馆初版，为40开本，于时夏（陈子展）、森堡（任钧）作序，版画家黄新波和魏猛克做插图。于时夏认为《茫茫夜》"这样的好诗是十年以来仅见之作"，未免太过誉，但蒲风的诗确以朴实无华、通俗易懂见长，以口语入诗也是蒲风诗作的一个特色。《茫茫夜》主要表达农民的种种苦难和反抗，以及对光明的向往，其中也有抒情意味较为浓厚的诗作，不妨录《晚霞》一诗的前两节：

血红的太阳／已在西方的椰林下隐藏，／归巢的鸟雀们／正在树枝上等候它们的伴档。／白昼对黑夜顽抗，／犹显示它最后的现象（红霞）／在天际的西方。

呵！朋友！这西方天际的晚霞，／虽说是白昼将终的最后的悲笳；／但你不必悲哀，慌忙，／这黑夜呀，／到底不能永久地遮住四方！

《茫茫夜》的装帧设计又一次出人意料，因为它也模仿了

《死水》。它从封面到书脊再到封底，仍然为不发光的黑色重磅厚纸。不过，《茫茫夜》与《死水》《烙印》也有不同，它的版式不是竖排而是横排，这样它的书口就从书之左侧改为书之右侧，签条也就相应地粘贴在封面左上方约三分之二处，而且并没有从封面卷贴至封底。《茫茫夜》封面的长方形签条的颜色也与《死水》《烙印》不同，是白色的，上面印着"茫茫夜 蒲风著"。

这又产生了一个有趣的疑问：《茫茫夜》的装帧设计为何又与《死水》如此雷同，是偶然的巧合还是有意的模仿？按照常理，蒲风应该有可能读到《死水》这部有名的新诗集。如果这个假设能够成立，那么《茫茫夜》的装帧设计显然是有意为之，即蒲风也喜欢《死水》的装帧，有意借用闻一多的创意。

《死水》《烙印》和《茫茫夜》这三部新诗集，在中国新诗史上均自有其不容忽视的地位，但以前几乎无人关注它们的装帧设计也高度吻合，《死水》的装帧设计不同程度地左右了后两部，如此明显，又如此清楚，十分有趣。这固然说明闻一多"第一等的装帧"的艺术魅力和影响力，其也是中国新诗史乃至整部中国现代文学史上绝无仅有的装帧现象，故值得一说。

（原载 2023 年 11 月《随笔》总第 269 期，收录本书时有增订）

附记

本文发表后，臧克家女儿郑苏伊于 2023 年 12 月 12 日托人转告：《烙印》初版本的印刷资助是王统照固然不错，但《烙印》

的出版还有两位资助人。一位是臧克家的恩师闻一多，另一位是他当时的内兄王笑房。王统照、闻一多、王笑房三人，每人各出20大洋，共60大洋，方使《烙印》得以顺利问世，只不过书中只印了"出版人——王剑三"一人而已。

2024 年 10 月 31 日补记

重审作家传记与中国现当代文学史研究之关系

——在第七次"传记文学论坛"上的发言

今天讨论的主题是中国现当代作家的传记。我想到 2020 年是整个人类历史上重要的音乐家贝多芬二百五十周年的诞辰，我们国内出版了两本贝多芬的传记。一本是 2020 年 3 月由浙江大学出版社出版的美国学者扬·斯瓦福德撰写的《贝多芬传：磨难与辉煌》，这本书是 2014 年出版英文版，2020 年出版中文版，相隔时间并不长，相对来说比较及时。这本书篇幅浩大，有 88 万字，像一块砖头一样。我读了这本书，虽然读得不是很仔细，尤其是书里面有一些五线谱，我遇到五线谱只能跳过去，但是对贝多芬的认识非常深入。2021 年 1 月生活·读书·新知三联书店也出版了一本贝多芬传记，作者是很有名的奥地利钢琴家鲁道夫·布赫宾德，书名叫《我的贝多芬：与大师相伴的生活》。从书名来看这似乎不是一本传记，但是里面讲得很清楚，是以贝多芬的 32 首钢琴奏鸣曲为中心来展开贝多芬的生平的。这本书不是一本学术著作，不是一般意义上、传统意义上的或者考证非常具体的，从出生那一天就可以写上好几页的传记，而是把作者和传主两个人的生活融合在了一起，因为作者自己参与了贝多芬音乐的阐释和传播。这本书只有 21 万字，只有前面那本书的四分之一，但也写得非常生动。

我以这两本传记为引子想说明什么问题呢？那就是文学家艺术家的传记，应该有非常多样的、丰富的写作探索。可能我们以前对传记的理解不够全面，或者说比较狭隘，或者说比较机械。我们应该打开这个视野，即传记应该是多种多样的，传记应该尝试不同的写法，从不同的侧面、不同的角度来写作，这是我们在讨论作家传记的时候首先应该注意的问题。

比如鲁迅的传记，刚才主持人已经谈到，他专门写过这方面研究的文章，做了很多非常有意思的统计。在我看来，鲁迅的传记就呈现出多样化，有鲁迅大传、鲁迅传、鲁迅传略等等。传略当然比传规模要小，限制在比较有限的篇幅之内。还有评传，房伟兄写的是《王小波传》，易彬兄写的是《穆旦评传》，加了一个"评"字，这个"评"字加上去要说明什么呢？这就不一样了。如《鲁迅评传》《鲁迅画传》《鲁迅图传》，各种各样的。还有准传记类的，比如说许广平回忆鲁迅文章的汇集，现在也统计在鲁迅传记里面，诸如此类。如果传主是像鲁迅这样的大作家，当然可以这样做，可以有各种不同形式的传记来再现鲁迅辉煌的一生。在我看来，就文学传记这一类来讲，归根结底还是两大门类：一个是自传，一个是他传。好像以前很少讨论作家的自传，他自己写自己，这就很重要。就我有限的见闻，比如茅盾的《我走过的道路》、夏衍的《懒寻旧梦录》、许杰的《坎坷道路上的足迹》、周而复的《往事回首录》等等，举不胜举。沈从文早年就写过《从文自传》。这些不都是研究作家非常重要、不可缺少的传记资料吗？如果我们讨论作家传记、文学传记时把这一块忽略掉，是重大的缺失。茅盾的也好，许杰的也好，夏衍的也好，包括周而复的，等等，他们的传记都不约而同地写到 1949 年前后，后面就没有了。为什么？这本身就是一个研究课题。

自传之外还有一个部分，它不是自传，而是作家的子女写的传记，写他们的父母。我们以前也不太注意，我们只讨论研究者写的传记，但其实在子女写的传记里也有很多珍贵的第一手资料。比如改革开放以后，郁达夫的儿子郁云就写过《郁达夫传》，儿子写父亲，而且他是从比较客观的角度来写，假如说不署名"郁云"，人家就不知道这个作者是郁达夫的儿子。往后很多作家子女写父母亲，从题目就看得出来，如鲁迅儿子周海婴写的《鲁迅与我七十年》，从书名就可以看出来。邵洵美的女儿邵绡红写的《我的爸爸邵洵美》，前两天我还跟她通电话，她说《我的爸爸邵洵美》这本书马上要出修订版，书名改为《我的父亲邵洵美》，我说这个名字改得好，更庄重了。曹禺的女儿万方，本人就是一个作家，她写《你和我》，就是写父亲和她自己，我也把它视为曹禺的传记，当然书中也有她自己的经历。至此，我们会发现作家子女写父母亲的传记有一个特点，即大部分都是把自己也写进去了，既写了父亲或母亲，也写了自己。他们所提供的这些第一手材料，就是我们今天讨论的话题，也即作家传记的写作跟文学史写作的关系。《你和我》里面提供了很多曹禺的情书，我们以前不知道，这不是很重要的吗？今后再有人写《曹禺传》《曹禺评传》，万方提供的这一部分能绕过去吗，能视而不见吗？不可能吧。当然更多的、主要的传记还是研究者写的作家传记。

2021 年是鲁迅诞辰一百四十周年，关于鲁迅的书出版得很多。有专门的鲁迅传记，也有一些按照常规来讲好像不是鲁迅传记，但实际上又确是鲁迅传记。上海鲁迅纪念馆有位研究者施晓燕，写了一本《鲁迅在上海的居住与饮食》，写鲁迅的十年上海生活，算不算传记类呢？我认为应该算，只不过是截取了鲁迅的最后十年而已，没有谁规定传记一定要从出生写到去世。还有一位研究者薛林荣写的《鲁迅的饭局》，是从特殊的层面，即鲁迅从20世纪20年代一直到30年代，跟哪些人交往，在饭局上有哪些重要的事情发生来写的，在我看来也是传记，只不过好像有些另类。王晓明的《无法直面的人生：鲁迅传》，出版时产生了比较大的影响，虽然篇幅不算长，但这本书有好几个不同的版本，最早是在台湾出版的。陈思和与我合作，为台湾业强出版社编选一套中国现代文化名人的传记丛书。当然应该有鲁迅的一本，而且请晓明来写，这本书就这样诞生了。后来上海文艺出版社在1993年出版了第一个中文简体字版，2001年再版，2021年生活·读书·新知三联书店又出版了新的修订版。如果要研究晓明这本书，不同的版本也应该注意到。传记是研究作家的，现在传记本身成了我们的研究对象，甚至传记的作者也成了我们的研究对象，难道不是这样吗？此外，我看到已出版的还有日本著名鲁迅研究专家丸尾常喜的《明暗之间：鲁迅传》，篇幅比较厚重，当然还有一些我没来得及看到的。以鲁迅具有的这样举足轻重的文化地位，出版的相关传记，只要写得好，写得有特色，读者读了有启发，再多两本也无所谓。历史上很多文化名人的传记不断在出版，有个前提是要写得好，作者对传主的认识达到什么程度，这是一个关键的问题。

我前两天正好在看一本书，书名叫《李劼人往事：1925—1952》，这是一本非常精彩的李劼人传记。李劼人是什么人呢？我们现在搞中国现代文学研究的应该都知道，哪怕不熟悉也应该知道，他是非常重要的小说家，现在对他的评价总体而言还是不够的。作者龚静染的名字也比较陌生，是四川的一位作家。这本书我很认真地读了。大家一查资料就知道李劼人是1891年出生的，1962年才去世，这部传记为什么只取1925年到1952年中间这一段呢？因为李劼人在这段时间里面，主要的身份不是作家，而是一个企业家、实业家。他是生产纸张的四川嘉乐纸厂的董事长，这很有意思。现代作家中大部分或者绝大部分是搞写作的，当然也有从事其他工作的，比如也是政治家、军事家、科学家等。李劼人就有实业家兼作家的双重身份，实业家也从事创作，且成就卓绝，李劼人颇具代表性。茅盾写《子夜》，对资本家、股票、交易所，当然也都观察了一下，但他本人并不炒股。李劼人不一样，李劼人本人就是实业家，他的实业实践在其小说里有不同程度的反映。所以这本书主要写的是李劼人的这段经历，而且作者查阅了大量的档案，比如嘉乐纸厂的全部档案竟然奇迹般地保存到了今天，他在档案馆里面待了三年来查阅这些档案，很下功夫，得到了很多不一般的资料，而且写得也是非常生动的。

总之，我觉得一部好的现当代作家的传记，要包含以下这几个方面的内容：

第一，对这个作家的生平以及相关的资料有新的发掘。如果没有新的东西，把人家已经说过的重新组织一遍变成一部传记，不能说没有一点意义，但是这个意义不大。一部好的作家传记，史料的发掘方面我想应该要下更大的功夫。第二，写作传记的作者的文字功力要达到什么程度？有些传记尤其是有些评传读起来还不如看论文。评传的叙述和评论的关系怎么处理，把论文的内容搬到评传里面好像不是一种理想的做法，否则就是作家论，不是评传。这个时候，作者的文字功力就很重要。第三，作者对传主应该有怎样的认识，也就是说把传主放在什么位置上加以讨论，既不拔高这个传主，也不贬低这个传主。现在普遍的问题是拔高传主。人无完人，谁也不是十全十美的。既然研究可以提出局限和不足，传记为什么不可以呢？对传主也可以提出批评，或者说对他某一段的文学生活、文学创作提出疑问也是可以的。第四，作家的传记怎么跟文学史研究产生更好的互动。一本传记写出来，阅读对象是谁？是研究者，还是更多的读者？比如说房伟的《王小波传》，王小波的爱好者很多，他们读了王小波的小说很入迷，就都会有兴趣来读一读王小波的传记，从而了解王小波到底是个什么样的人，他的传记是怎样的，哪些是他们以前所不知道的。自然，王小波的传记对王小波研究者来讲也有参考价值，对当代文学史研究同样有参考价值。

此外，还有一个问题需要我们引起注意：作家传记和作家年谱的辩证关系。很多传记的作者最先是做作家年谱的，从年谱、年谱长编最后发展到传记。年谱与传记是什么关系？两者之间，年谱的编写往往是给传记写作提供基础、提供保证，这是一个比较规范的操作方式，但是也有编了年谱不写传记的。传记写作要充分利用现有的研究成果，而年谱是不可缺少的，不管是作者自己编的，还是别人编的，因为年谱里面提供了大量的线索，能为传记写作提供有力的保证。

（原载 2022 年 1 月《传记文学》总第 380 期，收录本书时有增订）

下编

序跋篇

《绍兴近现代名人手札拾遗》序

　　癸卯新春来临之际，有幸读到《绍兴近现代名人手札拾遗》（以下简称《拾遗》）书稿，十分欣喜，因为这是一部令我眼前一亮的具有学术研究和书法鉴赏双重价值的书札集。

　　绍兴自古地灵人杰，英才辈出，近代以来更是如此，借用《拾遗》中所收录的蔡元培为《鲁迅全集》所作序中的话，那就是如"行山阴道上，千岩竞秀，万壑争流，令人应接不暇"。《拾遗》收录自周介孚起，至周海婴止，共四十二位绍兴近现代各界名人的九十通手泽，受信人也是所在多有，时间跨度自19世纪后期至20世纪70年代末，几乎长达一个世纪，而内容之广泛更不必说，无论公函私札、家政国事、亲友通问、介绍工作、论文说艺、探讨学术……在这部书信集中都有不同程度的生动而又真实的反映。

　　在绍兴近现代名人中，鲁迅无疑是最有名，影响也最为深远的，《拾遗》所收的撰信人乃至受信人，许多与鲁迅有这样那样、或近或远的关系，当然是题中应有之义。鲁迅祖父周介孚、母亲鲁瑞、原配朱安、夫人许广平、三弟周建人、远房堂侄朱自清、儿子周海婴，还有学生孙伏园、许钦文等，都有手札入选。英年早逝的鲁迅好友范爱农致其手札三通也入选了，这就有助于深入理解鲁迅的《范爱农》一文，极为难得。

收录于书中的鲁迅在不同时期致蔡元培、蒋抑卮、许寿裳、钱玄同四信，受信人正好是鲁迅的前辈、友人和同学，钱玄同更是力邀鲁迅为《新青年》撰稿的关键人物，都颇具代表性。特别是同样很有名的蔡元培，由于他与鲁迅之间较为密切的关系，《拾遗》收录的他的七通信札中，致鲁迅、周建人、许广平就各一通。致鲁迅函其实是一幅诗笺，上书七绝二首，书于1933年1月，鲁迅在与蔡元培一起于同月17日参加中国民权保障同盟上海分会成立会后获得，鲁迅日记中有明确记载。诗曰：

养兵千日知何用，大敌当前喑不声。汝辈尚容说威信，十重颜甲对苍生。

几多恩怨争牛李，有数人才走越胡。顾犬补牢犹未晚，只今谁是蔺相如。

这两首七绝颇重要，说明面对日本帝国主义的侵略，蔡元培与鲁迅同仇敌忾。《蔡元培年谱长编》①虽已收录这两首七绝，但手稿原貌，我是首次得见。蔡元培致周建人、许广平两函也不容忽视。致周建人函写于1937年7月16日，致许广平函写于1938年4月7日，均在鲁迅逝世之后，与其家人讨论纪念事宜。从函中可以得知，宋庆龄担任鲁迅纪念委员会"永久委员长"（后改称为"主席"）正是出于蔡元培的建议；而蔡元培为1938年版《鲁迅全集》作序，则是出于许广平的恳请（《蔡元培年谱长编》失录此函），这些都是我以前所不知道的。蔡元培致许广

---

① 高平叔编：《蔡元培年谱长编》，北京：人民教育出版社，1999年。

平信还附录了蔡元培 1938 年 6 月 1 日所作的《鲁迅先生全集序》手稿，弥足珍贵。可惜以后各版《鲁迅全集》中均不见此序踪影，实在令人遗憾。

《拾遗》中收录的许寿裳与各方来往信札有十四通之多，内容颇为丰富。许寿裳与鲁迅一同留学日本，两人缔交三十多年，情谊至深。鲁迅逝世后，他极为悲恸，不但接连撰文纪念，还在 1936 年 10 月 28 日致许广平信中提醒道：

> （鲁迅）未完成之稿，如汉造像，如《中国文学史》，都是极贵重文献，无论片纸只字，务请整理妥为收藏……豫才兄照片、画像、木刻像等及其生前所用器具文具，无论烟灰缸、茶杯、饭碗、酒杯、筷子及破笔、砚台，亦请妥善保存。所有遗物，万弗任人索散，此为极有意义之纪念品，均足以供后人之兴感者。

这大概是最早提出的要妥善保存鲁迅文物的建议。此后，许寿裳又数次致函鲁瑞，为远在上海含辛茹苦支撑家庭、抚养海婴的许广平婉言说明，强调"《全集》得以出版，实为伯母膝下之光"，希望鲁瑞"深谅景宋之苦心，而窥破小人之奸计也"。幸好这些信札保存了下来，作为鲁迅一生的挚友，许寿裳为鲁迅身后可能引起的家庭纠纷排忧解难的拳拳之心，着实令人感动。而许寿裳与陈仪就鲁迅逝世讨论是否建议"国家给予举行纪念"的往来信函，更进一步体现了鲁迅老友对其道德和文章的推崇。

类似的具有史料价值和研究价值的信札，《拾遗》中自然还有很多。如陶成章和邵力子致钱玄同的约稿信、范文澜致钱玄同的论学信、夏丏尊为《中学生》致许寿裳的约稿信、罗家伦就重建商务东方图书馆一事致许寿裳的信、章廷谦就厦门大学诸事致江绍原的信、许钦文就征集鲁迅书信事致许广平的信等等，都提供了许多可供查考的线索，也都值得注意。

近年来，近现代手稿研究越来越受到学界的重视。所谓手稿，应该既指作者创作、学者研究等公开发表或尚未发表的作品手稿，也包括书信、日记等带有一定私密性的手稿。后者现在也越来越受到学界的关注，如《鲁迅手稿全集》就包括了现存的全部鲁迅书信和日记手稿，专门研究近现代书信的《书信》年刊也已经问世。这次《拾遗》的印行又是一个新的证明，其中大部分还是首次面世，从而让今天的读者得以从另一个角度来触摸历史，意义非同一般。

在我看来，触摸历史可以通过多种方式，通过作者创作的作品当然是一种方式，通过作者人生各个阶段的照片又是一种方式，而通过作者写下的书信同样是一种方式，而且是不可或缺、别有价值的一种——因为撰信人往往在书信中坦露心迹，直陈己见，今天的读者可能从中有新的发现、新的领悟，而书信中常有的"隐秘的角落"更等待着有心人的发掘。总之，这部《绍兴近现代名人手札拾遗》，"拾遗"拾得好，使我们能够更全面更有层次地了解这些绍兴近现代各界名人当时的生活、心态、交游和作为，于研究鲁迅、研究蔡元培、研究绍兴近现代名人和地方志以及研究中国近现代文学史等，均大有裨益也。

是为序。

2023 年 2 月 23 日于海上梅川书舍

（原载 2022 年 12 月西泠印社出版社初版《绍兴近现代名人手札拾遗》）

《鲁迅在上海的居住与饮食》序

　　1927 年 9 月 27 日，鲁迅偕许广平在广州搭乘"山东号"轮船赴上海。10 月 3 日"午后"船抵上海十六铺码头，两人入住码头附近的共和旅馆，正如本书作者在"楔子 共和旅馆：南下还是北上？"中所说的："共和旅馆，这是鲁迅生命中最后九年定居上海的起点。"而"共和旅馆"也成了这本引人入胜的《鲁迅在上海的居住与饮食》的"起点"。

　　在本书"楔子"中，作者从查考共和旅馆的历史切入，从会友、饮宴、内山书店到定居这四个维度，较为详细地梳理了鲁迅入榻共和旅馆的五天时间里发生了什么。1927 年 10 月 8 日，鲁迅就移居虹口景云里了。在这忙碌的五天里，除了给各地友人写信通报已到上海，鲁迅没有留下其他文字，但这五天里鲁迅做出了定居上海的决定，从而开启了他一生中最后辉煌的九年。

　　以往的鲁迅研究汗牛充栋，但就我所见到的，似乎都没有充分注意到鲁迅在共和旅馆的这五天。本书首次正式提出并较为全面地探讨了这一时期的情况，不能不说是慧眼独具。在这五天里，鲁迅先后与李小峰、林语堂、郁达夫、孙伏园、许钦文等友人和学生相见，还到内山书店购书，到影剧院看电影，等等。本书一一拈出，并进一步分析鲁迅与这些友人在这五天里频繁宴聚的意义。虽然后来鲁迅与林语堂闹翻了，与李小峰也一度很不愉快，与孙伏园又疏远了，但与郁达夫一直保持着深厚的友谊。作者认为这五天里鲁迅与这些友人的交往说明他一开始未必打算在上海久住，但最后仍下决心在上海定居，原因何在？作者给出了经过她认真研究之后的如下答案：

> 鲁迅留在上海，可以跟兄弟比邻而居，亲密的朋友都离自己不远，左翼文化人活跃，城市里与文化相关的产业欣欣向荣，还拥有全中国最大的日本书店，饮食上也能满足口味。这样的氛围对鲁迅来说，非常适合定居，而共和旅馆的五天，就是让鲁迅敏锐地觉察到了以上这一系列因素，从而使他决定可定居上海。

这个结论无疑是令人信服的。

本书的重点是回顾鲁迅在上海的居住与饮食，起点先声夺人，接下来的一系列论述同样很吸引人。书的上编具体介绍鲁迅在上海所住过的景云里（三处）、拉摩斯公寓和最后的大陆新村。下编从鲁迅的做东、宴请交游中的上海各大菜系和鲁迅的家庭食品及其零食嗜好等三个方面展示鲁迅在上海的饮食，均亮点多多。作者充分利用鲁迅的日记和书信，各种档案资料、报刊记载和友朋的回忆，乃至当年住所的平面设计图，生动地介绍鲁迅在上海的各处住所及其特色，详细地追述鲁迅到过的各个餐馆的历史（它们绝大部分已不复存在了）以及鲁迅与它们的因缘，特别是这些风味餐馆在鲁迅的生活中起过什么作用。如鲁迅为何数次迁居，又如鲁迅1934年10月6日和次年9月15日与巴金两次在南京饭店共宴促成了他们以后的密切合作，再如鲁迅1935年9月17日在新亚公司与生活书店同人见面被"吃讲茶"等，都不是普通的迁居和应酬，而是直接影响到鲁迅晚年生活和工作的大事，可谓小中见大，耐人寻味。

有必要强调指出的是，鲁迅在上海生活的九年里，一共创作出版了十一本杂文集，一本短篇小说集，以及包括长篇小说《死魂灵》在内的相当可观的翻译作品，他又参与发起了中国左翼作家联盟、中国自由运动大同盟、中国民权保障同盟等。鲁迅这一时期在思想上所达到的高度，在创作和翻译上所取得的成就，在社会和政治活动中所做出的贡献，早已有海内外众多研究者不断地探讨和阐发，这是题中应有之义。然而，鲁迅上海时期的日常生活又是怎样的？鲁迅在上海住过几个地方？平时常去哪些饭店与友人欢聚？喜欢哪些地方菜系？……这些貌似普通其实很值得注意的问题，恐怕连一些鲁迅研究专家也难以答得正确齐全。有关这方面的研究尽管不能说完全空白，但至少还有不少空缺。从这层意义讲，施晓燕女士这本《鲁迅在上海的居住与饮食》就是这方面的研究的一个令人欣喜的新成果，或许会启发我们进一步关注伟大的鲁迅的日常生活史。

本书作者施晓燕女士长期在上海鲁迅纪念馆工作，又是有心人和细心人，日积月累，爬梳剔抉，终于写成这本颇具可读性的鲁迅上海时期居住与饮食方面的日常生活（日常生活还应包括诸如穿着、游览、观赏影剧等众多方面）小史。值此鲁迅一百四十周年诞辰来临之际，此书得以修订并酌加插图重印，我乐意为之作序推荐，希望爱好鲁迅和鲁迅作品的朋友都能读一读这本可爱的小书。

2021 年 4 月 14 日于海上梅川书舍

（原载 2021 年 6 月上海书店出版社精装典藏版《鲁迅在上海的居住与饮食》）

姗姗来迟的书信张恨水

——《张恨水书信》序

从古到今，在没有互联网的漫长岁月里，人们的各种交往，包括互致问候、传递信息、交流思想、讨论学术、表达情感的主要载体，就是书信。书信又有书简、手札、信函、尺素、彩笺等多种雅称。古人咏书信的千古名句甚多，如"烽火连三月，家书抵万金"（唐代杜甫句）、"一行书信千行泪，寒到君边衣到无"（唐代陈玉兰句）、"欲寄彩笺兼尺素，山长水阔知何处"（宋代晏殊句）等等，举不胜举。即便到了今天的互联网时代，"微信"不也就是"书信"的当代版么？只是不用"笔"和"纸"来书写罢了。我就有几通发给一位友人的"微信"，被他收录于纸质的友朋书信集了。

从中国近现代文学史这个角度视之，凡卓有成就的作家和学者，无不是书写书信的大家。鲁迅、周作人、胡适、茅盾、巴金、沈从文……哪位没有留下大量引人入胜的书信？鲁迅生前就出版了与许广平的《两地书》，殁后次年又出版了《鲁迅书简》手稿影印本。周作人生前也出版了《周作人书信》。有影响的现代作家书信选集，20世纪30年代有孔另境编的《现代作家书简》，鲁迅还为之作序；20世纪40年代末则有平衡（平襟亚）

编的《作家书简》和以学者书简为主的《名家书简》。这一系列书信集的先后问世，对研究这些现代作家的思想、交游和创作都是不可或缺的。因此，搜集、整理、释读现代杰出作家的书信，就成了研究这些作家必不可少的一环。而编订这些作家的文集，尤其是全集时应有书信卷，也就成了题中应有之义。

张恨水是 20 世纪上半叶中国通俗文学领域里极具影响力的大家。从《春明外史》到《金粉世家》，从《啼笑因缘》到《夜深沉》，从《八十一梦》到《山窗小品》，大江南北，京派海派，谁人不知张恨水？张恨水创作之勤，成就之大，影响之深远，在中国现代通俗文学领域里几乎不作第二人想，皇皇 64 卷本的《张恨水全集》① 就是一个极为有力的证明。然而，《张恨水全集》有一个明显的不足，即没有书信卷。而缺少了书信卷，《张恨水全集》就名副其实地"不全"了。这个令人遗憾的空白，现在终于由谢家顺等辑注的这部《张恨水书信》填补了。

《张恨水书信》分"编辑、读者间通信""与报刊编辑通信""同事、朋友间通信""与亲属、子女间通信"四大部分，共三百余通，起讫时间则为 1926 年至 1966 年，正好整整四十年。张恨水 1924 年以九十万言的章回小说《春明外史》一举成名，1967 年年初逝世。因此，这部书信集几乎涵盖了张恨水整个丰富多彩的文学创作生涯，蔚为大观。

张恨水是大小说家、大散文家，同时也是十分了不起的编辑家，他先后主编了北京《世界日报·明珠》《世界晚报·夜光》，上海《立报·花果山》，南京《南京人报·南华经》，重庆

---

① 张恨水：《张恨水全集》，太原：北岳文艺出版社，2019 年。

《新民报·最后关头》等副刊。而张恨水编辑副刊的一个鲜明特色，就是在副刊上不断以通信的形式与读者互动。我不敢说这是张恨水的首创，但确实是张恨水与广大读者交流的一个颇为有效的方式。于是，我们看到了张恨水在《明珠》上连载《春明外史》时，如何吸引了广大读者，而广大读者又如何不断对《春明外史》提出批评和建议，如小说中的地名之误、引诗之误，还有"小朋友"指出的《春明外史》第二集第八回中一个细节前后矛盾，张恨水均虚心接受。除此之外，《明珠》的宗旨、《明珠》开辟"诗之讨论"专刊、张恨水笔名的由来、副刊为何少刊短篇小说、"戏谈"与"戏评"有何不同等等，张恨水也都在与读者通信中一一陈述。张恨水与读者之间这么多通信，虽然早已公开发表，但谢家顺精心搜集，首次编集，不仅集中展示了一个与读者平等探讨，为读者耐心解答，勇于向读者致歉的虚怀若谷的张恨水的新形象，同时也展示了《春明外史》等张恨水连载小说的有趣的诞生和修改过程，这些都是我们以前所根本不知道的。

《张恨水书信》所收录的信札中，他与各地报刊编辑同人以及友朋间的通信，占了一个相当的比例。其中一部分，如致钱芥尘、汤笔花、余大雄、郑逸梅等有名编辑的信札，尽管已在各种报刊上发表，但搜集并非易事。还有一部分，如致姚民哀、刘半农、左笑鸿、华林、张九皋、郑拾风、曹聚仁等通俗文学和新文学名家的通信，均为首次发现。这些信札从各个不同的角度体现了张恨水在不同历史时期的交游、人脉和所关心的文事，同样具有不容忽视的史料价值。

在各种书信中，家书带着天然的私密色彩，同时，其真实性也就特别强烈。《张恨水书信》中所收录的致亲属、子女的通信都是首次公开，虽然数量不是很多，但其中充溢着晚年张恨水的亲情和爱心。他在1965—1966年间致女儿张明明和张蓉蓉的那些信，先用毛笔后用钢笔书写，手颤至已几不能成文，但问寒问暖、牵肠挂肚依旧，深切的思念之情不能不令人为之动容。

读这部《张恨水书信》，我有一种强烈的感受。在一个相当长的历史时段里，出于众所周知的原因，与现代通俗作家的创作不受重视、备受冷遇以致大量散失一样，他们的书信也是如此遭遇。迄今为止，有多少通俗作家，即便是大家，出版过书信集？好像都没有。自从范伯群先生提出中国现代文学"多元共生""双翼齐飞"论至今，已经获得了越来越多的共识，但通俗文学这一翼包括作家书信在内的史料的大量缺失，也是不争的事实。多少有价值的关于通俗文学方方面面的信札湮没了，这是令我深为感叹的。

因此，我要强调的是，作为张恨水作品整理和出版史上第一部张恨水书信集，虽然姗姗来迟，但终于来了。我们终于能够在小说张恨水和散文张恨水之外，又读到书信张恨水，这实在是件值得庆幸和有意义的事。尽管可以肯定，《张恨水书信》所收录的还只是张恨水一生所写的为数相当可观的书信中的一小部分，但它对于研究张恨水的生活、交游和创作，进而对于研究整部中国现代通俗文学史所起到的重要作用，是完全可以预期的。

《张恨水书信》的辑注者谢家顺长期从事张恨水研究，广泛占有张恨水史料，编撰了较为翔实的《张恨水年谱》。这次又与张恨水四子张伍先生、长女张明明女士通力合作，辑注了这部《张恨水书信》，使这些书信特别是家书以原貌呈现给读者。全书图文并茂，增加了这部书信集的史料性和可读性。

谢家顺兄嘱我为这部充满温度和风雅的《张恨水书信》写篇序。我不是专门研究张恨水的，虽然也曾为他编过几本书，但是谢兄盛情难却，故不揣浅陋，写了上述这些话，不当之处，祈盼方家指教。

2023 年端午节于海上梅川书舍

（原载 2023 年 10 月黄山书社初版《张恨水书信》）

丰富多彩的张恨水序跋

——《张恨水序跋》序

　　序跋，按照法国文艺理论家热拉尔·热奈特的理论，属于"副文本"范畴。所谓序、序言和序文，一般置于文前和书前，又称前言、弁言、引子、楔子和题记，张恨水作品集里还有"上场白""前奏"等称谓。序又有自序和他序，自序系作者自己对书之写作经过有所交代，对书中内容有所说明或发挥。他序则是他人对作者及书中内容的介绍和品评。至于跋、跋语、跋尾，又称后记、结束语等，置于文末或书末，通常与序相对，是对序的进一步补充或引申。总之，无论序还是跋，虽说是"副文本"，却往往是一部著作不可缺少的重要组成部分。

　　在中国现代文学史这个领域里，序跋所起的作用尤其不可小觑。最有说服力的例子是鲁迅《呐喊》中的《自序》，早已被公认为是研究鲁迅思想和文学创作的极为重要的文献。鲁迅自己编定的著译作品，除了《彷徨》，均有序言或后记，《朝花夕拾》《华盖集》《伪自由书》《准风月谈》《且介亭杂文》《且介亭杂文二集》等集子既有序言又有后记。这个文学现象，似至今无人认真研究。

　　有趣的是，现代通俗文学作品集，不但大都有序，还大都有他序，而且多人他序也司空见惯。不妨举一个与张恨水直接有关的具有代表性的例子。1935 年 8 月，上海陆澹安根据张恨水长篇小说《啼笑因缘》改编的《〈啼笑因缘〉弹词》（前集上、下）由上海三一公司初版，书前除陆澹安自序外，他序竟有严独鹤、周瘦鹃、孙玉声、张春帆、顾明道、范烟桥、徐卓呆、郑正秋、郑逸梅、徐碧波、张舍我、刘恨我、尤爱梅、倪高风十四家之多，叹为观止。而在新文学作品集里，多人他序就颇为少见了。

接下来就该说到张恨水了。张恨水是 20 世纪中国文学史上数一数二的通俗文学大师，将近一个世纪以来，从《春明外史》到《啼笑因缘》，从《夜深沉》到《八十一梦》，张恨水的众多中长篇小说一纸风行，广为传诵，一直在文学史上熠熠发光，不少作品还被改编成多种艺术样式，经久不衰。这部《张恨水序跋》，是张恨水毕生创作的五十余种作品（包括小说、散文、诗词集）的序跋和张恨水为十余种他人作品所作序文的首次集中汇编。证之于《张恨水全集》①（以下简称《全集》），《全集》已收之作品序跋，当然照收不误；作品虽入《全集》，序跋却删去或漏收的也予以补全；更重要的是，还增补了《全集》未能收录的十多篇序跋，可谓别开生面，蔚为大观。

综观这么多丰富多彩的张恨水序跋，有以下几个方面值得特别注意。

第一，张恨水十分看重自己作品的序跋，他的书几乎每本不是有序就是有跋。同时，他的小说创作有一个显著的特色，那就是继承了中国古典小说的传统，大部分是章回体，又大都先在北

---

① 张恨水：《张恨水全集》，太原：北岳文艺出版社，2019 年。

京、上海、南京、重庆等地的报刊上连载，然后再出版单行本。因此，他的小说集的序跋，除了少数篇章，如《金粉世家》的《上场白》、《天上人间》的自序、未能出版单行本的《疯狂》的《前奏》《跋》以及《水浒新传》的自序等，是作品连载时的序跋，其他大都是单行本的序跋。这就使作为作者的张恨水，得以在一部小说连载完毕后，不但可以再作修改，还可在单行本序跋中回顾和小结自己的创作缘由、创作心境和创作得失，这些序跋往往也可成为阅读和研究这些小说的一把钥匙。

第二，张恨水小说的连载，经常旷日持久，以致出版单行本也需要一个过程，往往会分作好几集。他的第一部产生广泛社会影响的《春明外史》，就在北京《世界晚报·夜光》连载长达五年之久。1925年10月出版第一集单行本时写了《前序》，1927年第二集与第一集合并再出单行本时写了《后序》，1929年8月出版完整的三集单行本时又写了《续序》，以致《春明外史》的序文有三篇之多。另一种情况是，还有一些张恨水小说，单行本初版时并无序，再版时才补了序。我偶然见到的《蜀道难》"蓉一版"即为明显的一例，这部小说最初在1939年的上海《旅行杂志》连载，1941年10月由上海百新书店初版，无序，1944年7月成都百新书店再推出"蓉一版"时才写了《自序》。幸好本书编者谢家顺兄锐意穷搜各种版本，并仔细加以比对，不断有新的发现，否则，张恨水作品的序跋，遗珠之憾就在所难免了。

第三，张恨水序跋写作的语言表达，有一个从文言或半文半白向白话的转变。他在《啼笑因缘》的《自序》中说得很清楚：

　　《啼笑因缘》将印单行本之日，我到了南京，独鹤先生大喜，写了信和我要一篇序，这事是义不容辞的。然而我作书的动机如此，要我写些什么呢？我正踌躇着，同寓的钱芥尘先生、舒舍予先生就鼓励我作篇白话序，以为必能写得切实些。老实说，白话序平生还不曾作过，我就勉从二公之言，试上一试。因为作白话序，我也不去故弄什么狡狯伎俩，就老老实实把作书的经过说出来。

由此可知，张恨水作品自序采用白话文体是从《啼笑因缘》开始的，以求更"切实些"，让更多的读者感到更亲切些。此后，他的小说创作的序跋就经常以白话或文白相间出之，《夜深沉》《秦淮世家》《虎贲万岁》等长篇的自序就完全是白话文了。这也说明张恨水的小说创作，在序跋语言这一点上也努力与时俱进。

第四，也许是更重要的，张恨水在自己作品的序跋中，往往会透露创作的前因后果、来龙去脉，这正是研究者所大感兴趣的。譬如，张恨水的《平沪通车》是现代文学史上为数不多的以铁路为主题的中篇小说，也是张恨水唯一译成英文的小说。出版了《铁路现代性：晚清至民国的时空体验与文化想像》①一书的香港学者李思逸就曾对《平沪通车》作过专门讨论，但张恨水怎么会起意创作这部中篇的？答案就在《平沪通车》1946 年 4 月百新书店推出的"蓉二版"的序里：

予观外国剧本，尝有以舟车中局部故事之发展，作为整个题材者，殊喜其生面别开，饶有兴趣，而在吾国文艺场

---

① 李思逸：《铁路现代性：晚清至民国的时空体验与文化想像》，台北：时报文化出版公司，2020 年。

合，尚为鲜见，又思可试为之，当予为《旅行杂志》写第二部长篇时，在民国二十一二年中，予常来往北平上海间，见闻既多，不无可取，因即仿欧美剧本之意，特写此篇，以适于该杂志之需要，而直名之曰《平沪通车》……

这段话就把张恨水当时受"外国剧本"启发，产生灵感，精心构思，创作出"内容主角不过二人，地点在一列头等车中"的《平沪通车》的经过和盘托出了。显而易见，这对研究者正确把握《平沪通车》的主旨和创作特色不无裨益。

第五，还应该提到《张恨水序跋》对张恨水作品的他序也给予了足够的关注，尽可能地编录了张恨水各方友人为其作品单行本所作的序跋。严独鹤为《啼笑因缘》所作的长序，赵苕狂为《满江红》所作之序，朱石麟为《银汉双星》所作之序，陈铭德为《八十一梦》所作之序，钱芥尘为《过渡时代》所作之序，以及张静庐为《山窗小品》所作之跋，莫不是研究张恨水小说、散文足资参考的文献。而张恨水为张友鸾、郑逸梅、卢冀野、赵超构等友人的作品所作的序，也显示了他独到的见解。无论是他序，还是张恨水为他人著作所作的序，无疑都是研究张恨水广阔的文坛交游和多方面的文字交所不能忽视的。

去年金秋时节，我应邀参加在苏州举行的纪念张恨水文学创作一百一十周年学术研讨会暨《张恨水书信》发布会。搜集颇为齐全的《张恨水书信》正是谢家顺编集整理的。为此我建议他再接再厉，再编一本《张恨水序跋》，以成双璧。谢兄有深厚的积累，很快就把这部序跋集编好了。正因我是怂恿者，所以谢兄要我再为《张恨水序跋》作序，我就无法推脱了。于是写了上面这些话，作为我初读《张恨水序跋》的一点粗浅的感受。我相信，这部《张恨水序跋》为张恨水研究打开了一扇新的窗户，张恨水研究者、现代通俗文学研究者，乃至 20 世纪中国文学史研究者，应该都能从中有所得。

2024 年盛夏于海上梅川书舍

（原载 2024 年 10 月黄山书社初版《张恨水序跋》）

《陈蝶衣文集》序

最早知道陈蝶衣（1909—2007）先生的大名，还在整整四十年以前。1983 年 8 月，上海学林出版社出版了"补白大王"郑逸梅的新著《书报话旧》。书中有一篇《小型报中的〈大报〉》，介绍了 1924 年在上海创办的小型报《大报》的变迁史，文章末尾这样写道：

> 在一九四九年春，又有命名《大报》的小型报出版，馆址设在河南中路三百六十八号。编辑者陈蝶衣，直到解放后，尚出版了相当时期，结果并入《新民报》。

郑逸梅的忆述与史实略有出入。1949 年 7 月 7 日，即上海解放后一个月又十天，新的《大报》创刊，主编是陈蝶衣。《大报》与另一位海派作家唐大郎主编的《亦报》成为上海解放后经过批准新办的两家民营小报，各以丰富多彩的副刊吸引了当时广大的上海市民读者。直到 1952 年，《大报》和《亦报》相继停刊，陈蝶衣去了香港。

但我因此记住了陈蝶衣的大名。随着时光的推移，我的文学史视野不断拓展，对陈蝶衣的了解越来越多，对陈蝶衣众多方面的文学和文化成就也越来越感兴趣。我逐渐知道了陈蝶衣是著名的海上报刊编辑家，大名鼎鼎的《万象》杂志，他是首任主编，他还创办过《明星日报》和主编过《铁报》《春秋》《宇宙》等报刊。同时，他也是上海滩有名的小报作家，曾先后为数十种小报副刊撰稿，收录于这部文集中的大量题材多样、文笔活泼、短小精练的专栏文字，就是再有力不过的证明。不仅如此，他还是独树一帜的歌词作家，包括流行歌曲和电影插曲，他都是作词高手，曾创下一口气为 1945 年上映的电影《凤凰于飞》创作八首插曲的记录。他到香港后创作的《香格里拉》《南屏晚钟》等歌曲，更是传播海内外，脍炙人口，久唱不衰。

确实，在 20 世纪 50 年代初赴港的海派作家中，陈蝶衣又与包天笑、沈苇窗两位一起，三足鼎立，各擅胜场。《香港文学作家传略》①中的陈蝶衣条目，就开列了他在新闻、文化、电影、教育、播音、诗词六个方面的贡献，可见他也是研究 20 世纪 50 年代以来香港文学和文化不可或缺的重要人物。

综上所述，在我看来，在 20 世纪海派作家的谱系中，无论从哪个方面看，陈蝶衣都不是可有可无的，而是颇为杰出、颇具代表性的一位。像这样一位联结海上与香岛的特色鲜明的海派作家，至今还没有一部搜集较为完备的文集行世，这在海派文化的多样性、先锋性和独特性越来越受到重视的今天，是难以想象的。

---

① 刘以鬯编：《香港文学作家传略》，香港：市政局公共图书馆，1996 年。

《陈蝶衣文集》涵盖了陈蝶衣 1923 年至 1995 年长达七十余年间的文学创作。编者孙莺在详细查考陈蝶衣笔名、穷搜广集陈蝶衣文字的基础上，遵循"以文学体裁分类，以年代先后为序"的编选原则，将之分为两大辑陆续推出。第一辑所编为《低眉散记》《茗边手记》《炉边谈话》《闲情偶寄》四种，系陈蝶衣发表于海上小报和杂志上的各类文字，既有多种多样的专栏文，也有其所编杂志的编辑手记；第二辑亦收四种，以陈蝶衣创作的诗词、小说、散文为主，包括香港时期的作品，如《大人》《大成》《万象》杂志上发表的随笔和《香港影坛秘史》《由来千种意，并是桃花源》两部专集。一部文集在手，自可较为充分地领略陈蝶衣文字的汪洋恣肆，绚烂多彩。

　　应该特别说一说陈蝶衣的专栏文字。海上小报的专栏文字，是海派文学一个必不可少的组成部分，其主要特点是在短小的、数百字乃至只有一二百字的有限篇幅里，往往能跌宕起伏，自有天地。当然，内容五花八门，甚至道听途说者，也屡见不鲜。陈蝶衣交游广阔，与文坛、影界、梨园、剧坛、艺苑，以至于政界和帮会都有来往，笔耕又特别勤奋，因此他的专栏文字独具个人风格，上至都市社会大事，下至市民日常生活，均信手拈来，尤以文坛艺苑信息灵通、状写及时吸引人。读一本书，看一部电影，听一出戏曲，他都能写得有声有色。而对左翼作家、海派文人和艺术家，更是素描连连，即便只是片段，也写得生动逼真，活灵活现。若说阅读陈蝶衣这些丰富多彩的专栏文字，就能对20 世纪 30 年代至 40 年代的上海文坛和社会生态有更具体全面的体认，更真切入微的把握，那绝不是夸张之辞。

　　我一直致力于张爱玲研究，早已知道陈蝶衣在 1944 年 12 月

23、24 日上海《力报》上连载《〈倾城之恋〉赞》，对张爱玲根据自己的小说《倾城之恋》改编的同名话剧，评价甚高。后来陈蝶衣又在 1950 年 7 月上海第一届文代会上因分在同一小组而与张爱玲有一面之缘。这次又从《陈蝶衣文集》中见到了陈蝶衣数篇关于或提及张爱玲的专栏文字，不能不令我感到惊喜。其中发表于 1943 年 11 月 14 日《繁华报》的《张爱玲熟读〈红楼梦〉》，更值得注意：

> 张爱玲继《倾城之恋》后，又有一新作发表于十一月号之《杂志》，曰《金锁记》，此为程玉霜之名剧，张爱玲以之为小说标题，真是得来全不费工夫。
>
> 《金锁记》以大户人家妯娌叔嫂间钩心斗角之迹为脉络，情调与《倾城之恋》无多大差别。予尝谓张爱玲殆熟读《红楼梦》者，故其所作，受《红楼梦》之影响亦甚深，其写每一人物，必详言服饰之名色。例如，"身上穿着银红衫子，葱白线镶滚，雪青闪蓝如意小脚裤子""穿一件竹根青窄袖长袍，酱紫芝麻地一字襟珠扣小坎肩"之类，《红楼》气息盖甚重。又文中写几个小丫鬟，厥名曰凤箫，曰小双，则宛然《红楼梦》中袭人、平儿之俦也。
>
> 《金锁记》所刊犹上篇，未能窥全豹，以意度之，则下文殆着重在一副金锁片上，既无羊肚汤，又无六月雪，此可以断言耳。

《金锁记》是从 1943 年 11 月《杂志》第 12 卷第 2 期开始连载的，陈蝶衣读到后立即做出反应，并将《金锁记》与《红楼梦》加以勾连，虽然只有三言两语，可谓慧眼独具，也可谓开张爱玲作品评论风气之先。后来到了晚年，陈蝶衣又在张爱玲逝世后所写的《不幸的乱世女作家张爱玲》[①]中坚持自己的观点并加以发挥：

> （沦陷时期）逼于形势，张爱玲不可能为"慷当以慨"作后劲，转而为前导的是：采取了《红楼梦》体裁的笔法，串连人间的缠绵悱恻之故事。笔法，既轻盈，亦倩丽，很快就造成一股风气，发挥了影响力。

陈蝶衣这些言说是颇有启发性的。有趣的是，我与陈蝶衣先生没有正式见过面，只是访港时曾在香港文化界的一次大型聚会上远远望见过他老人家，但我有幸听过他畅谈《红楼梦》。那是20世纪90年代末，为了辽宁教育出版社编辑出版的新《万象》创刊，主其事者嘱我访港时请陈蝶衣先生以老《万象》创办人的身份为新《万象》创刊号写几句话，或写首贺诗也可以。我到港后打听到他府上电话，致电问候并求稿，他对新《万象》创刊表示祝贺，但婉言谢绝。接着不知怎么话锋一转，就在电话里兴致勃勃地与我谈论《红楼梦》，足可证他一直对《红楼梦》情有独钟。

于是，我就想到，简体字本《陈蝶衣文集》将与内地（大陆）读者见面，他老人家若泉下有知，不会再反对吧？香港和台湾都出版过他的书，唯独内地（大陆）一直没有出版过。《陈蝶

---

① 陈蝶衣：《不幸的乱世女作家张爱玲》，《香港笔会》1995年11月第5期。

衣文集》的问世，终于填补了这个空白，从某种意义上讲，陈蝶衣先生在以他优美动听的歌曲重返海上之后，这次又以他精彩纷呈的文字"叶落归根"了。我猜想他会感到欣慰的。

2024 年 10 月 11 日晚观赏陈燮阳先生指挥的上海九棵树爱乐乐团
"海上寻梦：陈蝶衣作品音乐会"后初稿，25 日定稿于海上梅川书舍
［原载 2024 年 12 月上海人民出版社初版《陈蝶衣文集》（第一辑）］

"双语作家中杰出的一位"

——《熊式一：消失的"中国莎士比亚"》序

2006年3月，北京商务印书馆出版熊式一先生的剧本《王宝川》中英文对照本。四年之后，即2010年10月，拙编熊式一的散文集《八十回忆》由北京海豚出版社出版。再两年之后，即2012年8月，熊式一的长篇小说《天桥》由北京外语教学与研究出版社出版中文本。^①窃以为，这是熊式一中文作品传播史上几次较为重要的出版，标志着在作者去国七十多年之后，他的代表性作品终于与广大内地读者见面了。当然，他的中文作品早已在港台印行。

早在20世纪20年代末，熊式一就在《小说月报》《新月》等新文学代表性刊物上亮相，20世纪30年代至40年代他又因《王宝川》《天桥》等作品享誉欧美。但1949年以后，他的名字就在中国内地销声匿迹达半个多世纪。1988年，年届古稀的熊式一才有机会回国探亲。他1991年病逝于北京，总算了却了叶落归根的夙愿。然而，翌年《中国现代作家大辞典》^②出版，书中已经有了林语堂的条目，却依然未见熊式一的大名。直到熊式一

---

① 此书原为英文本，后由作者自译为中文。

② 中国现代文学馆编：《中国现代作家大辞典》，北京：新世界出版社，1992年。

逝世十五年之后，他的主要作品才陆续在内地问世。

我之所以一一列出以上这些时间节点，无非是要说明一个不争的事实，那就是我们忽视熊式一太久，我们亏待熊式一也太多了。我曾经在《天桥》大陆版序中写道："综观二十世纪中国文学史，至少有三位作家的双语写作值得大书特书。一是林语堂（1895—1976），二是蒋彝（1903—1977），三就是本书的作者熊式一（1902—1991）。"时至今日，我们对熊式一的了解又有多少？中国学界对熊式一的研究，不说过去，就是近年来，又有多大进展呢？

对于我个人而言，真要感谢 20 世纪 80 年代主编《香港文学》的刘以鬯先生。由于那时我也是《香港文学》的作者，所以，熊式一先生在《香港文学》上发表译作和连载文学回忆录，我都注意到了。我终于知道了中国现代文学史上还有一位独树一帜的熊式一，从而开启了与熊式一的一段文字缘，我为他老人家编了《八十回忆》这部小书，为《天桥》大陆版写了一篇序，虽然熊式一本人已不可能看到了。正是因此，我才有机会与本书作者郑达取得联系。

2021 年 9 月，我意外地收到郑达兄从美国发来的微信，始知他刚从波士顿萨福克大学英语系荣休，还得知他所著 *Shih-I Hsiung:A Glorious Showman* 已于 2020 年年底由美国 Fairleigh Dickinson University Press 出版。这真是令人欣喜的空谷足音。已有研究者慧眼识宝，不仅致力于熊式一研究，而且已经写出了熊式一的英文传记，多好啊！他选择熊式一作为自己的研究对象，显然对熊式一其人、其文及其贡献，有充分的认识。两年之后的今天，郑达兄这部熊式一英文传记的中文版增订本将由香港中文大学出版社和生活·读书·新知三联书店分别推出，无疑更是喜上加喜了。

　　我一直以为，研究一个作家，建立关于这个作家的文献保障体系是至关重要的。其中，这个作家的文集乃至全集，这个作家的年谱，这个作家的研究资料汇编等，缺一不可。这个作家的传记，尤其是学术性的传记，自然也是题中应有之义，不可或缺。中国现代作家中，鲁迅、胡适、周作人、徐志摩、郁达夫、张爱玲等，早已都有传记行世，有的还有许多种。以熊式一在中国现代文学史和现代中外文学及文化交流史上的重要地位，也应该而且必须有他的传记，让海内外读者通过传记走近或走进熊式一，对熊式一产生兴趣，进而喜欢熊式一的作品，甚至研究熊式一，这是熊式一研究者义不容辞的职责，而这项富有意义的工作由郑达兄出色地承担并完成了。

　　撰写熊式一传的难度是可想而知的。由于熊式一去国很久，更由于他在英国、新加坡、中国等多地谋生的经历，搜集整理关于他的生活、创作和交往的第一手史料并非易事。再加上熊式一"一生扮演了多重角色：学徒、教师、演员、翻译家、编辑、剧作家、小说家、散文家、传记作家、戏剧导演、电影制片人、电台评论兼播音员、艺术收藏家、教授、文学院长、大学校长"等，在中国现代作家中几乎不作第二人想。这样丰富而又复杂的人生，一定给撰写熊式一传记带来少有的困难。但郑达兄充分利用他长期在海外的有利条件，多年锐意穷搜，不折不挠，还采访了熊式一的诸多亲友，寻获了英国文化艺术界当年对熊式一的众多评论，终于史海钩沉，爬梳剔抉，完成了这部首次披露许多重要史实，内容丰富，文笔生动，同时也颇具创意的熊式一传，较为圆满地达到了他所追求的"比较完整、准确地呈现熊式一风采多姿的人生"的目标。①

更应该指出的是，郑达兄这部熊式一传，不但填补了熊式一研究上的一项极为重要的空白，也给我们以发人深省的启示。中国现代作家中之卓有成就者，大都有到海外留学或游学的经历，或欧美，或东瀛，或西东兼而有之，甚至进而在海外定居多年，成为双语作家，扬名海外文坛的，也大有人在，如英语界的林语堂、蒋彝，法语界的盛成，等等，熊式一当仁不让，也是其中杰出的一位。他们大都走过这么一个创作历程：先中文，再西文，最后又回到中文。林语堂是如此，盛成是如此，熊式一也不例外。郑达兄的熊式一传就很好地展示了这一过程。中西文化在包括熊式一在内的这些中国作家身上碰撞、交融以至于开花结果，而且这些中国作家把中国文化通过他们的作品成功地传播到海外，这是很值得中西文学和文化交流研究者关注并进行深入研究的。以往的研究往往只注重他们中文写作的前一段或西文写作的后一段，往往顾此失彼，也就不能全面和深入地把握这一颇具代表性的国际文化现象，郑达兄的熊式一传正好为研究这一国际文化现象提供了一个难得的范本。

因此，我乐意为郑达兄这本熊式一传作序，期待熊式一研究和中国双语作家研究在这部传记的启发下进一步展开。

2022 年 10 月 9 日于海上梅川书舍

（原载 2023 年 7 月生活·读书·新知三联书店初版
《熊式一：消失的"中国莎士比亚"》）

---

① 以上两则引文均引自郑达《熊式一：消失的"中国莎士比亚"》序。

《冰心书话》序

　　距今二十八年前，即 1996 年 10 月，上海文艺出版社出版了周国伟先生编著、厚达四百六十余页的《鲁迅著译版本研究编目》。此书是中国现代文学研究史上第一部较为完备的作家著译版本编目和考据书籍，编著时间长达十多年。当然，以鲁迅在中国现代文学史上的崇高地位，编著这样一本于鲁迅研究具有工具书性质的版本书目，完全有必要。多年来，这部编目也确实一直是我撰写研究鲁迅的文章时案头必备的参考书。

　　那么，接下来就产生了一个新的问题。除了鲁迅，现代文学史上还有其他不但创作数量可观，而且各具特色各有成就的作家，如周作人、郁达夫、沈从文、巴金、老舍等，他们的著译编目，即把他们著译的每一种书，从书名、体裁、序跋、出版机构、出版年月、版次，乃至开本大小、精装平装、何人设计装帧、每一版版式有否变化、内容有否增删，以及相关出版掌故和社会影响等进行整理，有没有与《鲁迅著译版本研究编目》相同或相类似的书籍问世？似乎没有，我至今没有见到。这实在是一件令人遗憾的事，也说明在当下的数字人文时代，中国现代文学文献学的基础工作仍然任重而道远。

对冰心老人的丰富著译作品，研究现状同样也是如此。冰心"五四"初期即崛起于中国新文坛，留美期间加入中国最大的新文学社团——文学研究会，会员号74，是继黄英（庐隐）、宋锡珠（丽卿）之后第三位加入文学研究会的女作家。她的文学创作和翻译横跨现当代，新诗集《繁星》《春水》，小说散文集《超人》和散文集《寄小读者》《关于女人》均一纸风行，一版再版。根据《中国现代文学总书目》①可知，她是现代文学史上出版著译作品位列前茅的女作家，也是现代文学史上第一位以及唯一的一位出版"全集"的女作家，这都是十分了不起的。然而，冰心著译版本是否已经一清二楚或者哪怕是大致清楚了呢？答案是否定的。从这个意义讲，王炳根兄的新著《冰心书话》就可谓空谷足音，令人欣喜了。

炳根兄是冰心研究会的发起人，曾长期负责福州冰心文学馆，同时也一直致力于冰心研究，尤其注重实证研究，且成果累累。他曾赠我其所著《玫瑰的盛开与凋谢：冰心与吴文藻（1900—1999）》②，上、下两册厚达一千四百余页。这部大书其实是冰心与吴文藻先生的合传，史料之丰瞻翔实，评述之客观公正，不能不令人叹服。因此，以国内数一数二冰心研究家的身份，撰写冰心著译版本的书话，炳根兄自然是驾轻就熟，胜任愉快。更重要的是，他长期以来对冰心著译版本的关注和重视，锐意穷搜，不断积累，从而为他考证冰心著译版本提供了必要的

---

① 贾植芳、俞元桂编：《中国现代文学总书目》，福州：福建教育出版社，1993年。
② 王炳根：《玫瑰的盛开与凋谢：冰心与吴文藻（1900—1999）》，台北：独立作家，2015年。

条件和充分的准备，正如他自己在《冰心书话》的《后记》中所说的：

> 1992年冰心研究会成立以来，我就一直十分注意搜集冰心著作版本，自1923年的《春水》《繁星》《超人》，到以后陆续出版的《寄小读者》《往事》《去国》《冰心游记》《冬儿姑娘》《冰心全集》《冰心著作集》《关于女人》等，都曾有收集，不仅是初版本，二版三版等再版本，也都一一在我的搜集范围。这里多有故事，有的是成书、出版的故事，有的则是搜书、藏书的故事，写出来是蛮有意思的。

我想，这正是炳根兄撰写这部《冰心书话》的初衷。他越来越清楚地认识到，冰心著译版本问题如不提出和设法解决，会对冰心研究的推进有所制约，反之，则有可能促进冰心研究。于是，2022年4月，他在上海巴金故居主办的《点滴》总第82期发表了他的第一篇冰心书话——《无尽的〈寄小读者〉》。以此为契机，炳根兄开启了他的冰心版本考证系列的写作，一发而不可收。我每次读到，都为之击节赞赏。受他的考证的启发，我也曾写了《〈寄小读者〉的初版本》一文为他助兴。两年之后，炳根兄对1949年以前出版的各种冰心著译版本的书话写作（包括在相当长的一段时间里未被发掘的冰心留美硕士论文《李易安词的翻译》中附录的她英译的《漱玉词》的评介）终于大功告成，结集成书了。

当然，与上述《鲁迅著译版本研究编目》不同，炳根兄这部《冰心书话》是以"书话"的形式出之，这就更不受体例的限制，更可集中讨论，更加挥洒自如，也就更具可读性，但对作者著译版本的细致考证、系统梳理，则是完全到位的。在我看来，他这部《冰心书话》至少具有如下四点值得我们注意。

第一，这部书话集其实是对炳根兄自己的《冰心年谱长编》①的有力增补。如果《冰心年谱长编》将来修订时能补入这部分新内容，那就是中国现代作家年谱编撰上的一个突破。第二，这部书话集为冰心研究的深入，在版本汇总辨析这个层面做出了新的努力，打下了一个较为坚实的基础。第三，与此同时，这部书话集也为其他重要的现代作家著译版本的考订和研究提供了一种足资参考的借鉴。第四，不妨再引用炳根兄自己的话："冰心每一本书从初版到二版、三版到最后的再版，连起来便是一本书的历史。在这个以版本为线索的链接中，显示出既是一本书的生命史，也是社会发展、时代变迁史。"对炳根兄的这个观点，我是完全赞同的。

这就是我看重王炳根兄这部《冰心书话》，乐意为之作序的原因。

是为序。

2024 年谷雨于海上梅川书舍

（原载 2024 年 11 月福建教育出版社初版《冰心书话》）

---

① 王炳根编：《冰心年谱长编》，上海：上海交通大学出版社，2019 年。

年谱亦见史识

——《聂绀弩先生年谱初编》序

张在军的《聂绀弩先生年谱初编》要付梓了。大概由于我与聂先生有过交往，曾写过纪念聂先生的文章①，他要我写篇序，却之不恭，只能勉力为之。其实我并未专门研究聂先生的生平和创作，不是写序的理想人选。

聂绀弩（1903—1986）先生，笔名耳耶、二鸦、散宜生等，早年投身于左翼文艺运动，曾与鲁迅有过交往和合作，他编刊物、写小说、写新诗、写剧本，尤以嬉笑怒骂的杂文著称，20世纪 50 年代以后从事中国古典小说的编辑和研究。1958 年他被错划成"右派"后，开始旧体诗词的写作，终以"散宜生诗"驰名海内外，使其后期的文学生涯更显辉煌。无论在中国现代文学史还是当代文学史上，聂绀弩都是一个响亮的名字。

在军与聂先生是同乡，都是湖北京山人。聂先生是"五四"新文化运动培育成长的一代人，而在军比聂先生小七十岁，至少隔了两代。聂先生 1986 年逝世时，在军还是个中学生。但他却对聂绀弩其人其文产生了极为浓厚的兴趣，他在本书后记

---

① 陈子善：《琐忆聂绀弩先生》，《传记文学》2021 年第 4 期。

《三十万言三十年》中对自己走上聂绀弩研究之路做了深情而又详细的交代。从中可以得知，在军读高三时，一个偶然的机会，在京山的一个小文具店里购得一本《散宜生诗·拾遗草》①。这是他收藏的第一本聂先生的书，也从此开启了他研究聂绀弩的漫漫征途。研究者和研究对象的不解之缘，就这样开始了，确定了。我想，这不仅仅是出于聂先生是在军乡先贤的关系，更重要的是，在军在思想上、精神上和人生追求上都十分钦敬聂先生，立志为聂先生研究多做些事。

在军的聂绀弩研究虽然起步较早，但他并不急于发表论文，而是扎扎实实地先做相关史料的搜集和整理工作，为此他作了充分的准备，聂先生在不同历史时期出版的几乎所有的著作，他都费心费力搜齐了。编一部聂先生的年谱，写一部聂先生的传记，这是在军最大的心愿。自 2008 年起，他着手编撰《聂绀弩先生年谱初编》，其间，虽因别的研究项目而中断了一段时间，但新冠疫情之后，他闭门著编，心无旁骛，终于大功告成。

在一些自以为有学问的人的眼里，年谱只是史料堆积，按年编排而已，算不上学术研究，近年甚至发生了以年谱为题的博士学位论文无法通过的学界怪事。殊不知编撰体例严密，表述精当的作家年谱，完全体现了编撰者的史见史识和学术功力，同样对作家研究和文学史研究有所推动，甚至是十分重要的推动。综观在军这部《聂绀弩先生年谱初编》，至少有以下三个显著特点。

第一，这不是一部一般意义上的普通的现代作家年谱，而是在军以所努力发掘的大量第一手史料——"有意"的或"无意"

---

① 史林安著，侯天井汇编：《散宜生诗·拾遗草》，湖北省京山县志办公室印，1990 年。

的史料①——为基础，以记年体的形式，展示了聂先生独特而跌宕起伏的一生，如聂先生自己所说的"所谓文章处处疵"，"月光如水又吟诗"（《六十》）②，同时也折射了聂先生所处的那个复杂变幻的年代，所谓"以一滴水见大海"是也。

第二，年谱在体例上有所创新。年谱共七卷，从聂先生的京山少年时期、黄埔时期、莫斯科时期、东京时期、上海"左联"时期、全民族抗战（含武汉、临汾、西安、皖南云岭等）时期、第二次国共内战（含上海、香港）时期到中华人民共和国（北京）时期、北大荒时期，一直到他平反后的北京晚年时期。以空间的转换和时间的推移来结构作家年谱，近年来其他年谱编撰者也有所尝试，如子张兄的《吴伯箫先生编年事辑》③。在军这部聂绀弩年谱是又一部成功的例证。

第三，在军编撰《聂绀弩先生年谱初编》时，十卷本《聂绀弩全集》早已于2004年2月由武汉出版社初版。但他决不以此为满足，而是对这部全集作了较为全面的校核，在年谱中补充了全集失收的聂先生佚文（包括杂文、时评、诗词、会议纪要、编者语等）和佚简共近170余篇，其中在军独立发现的佚文50余篇、佚简十多通。尤为难得的是，聂先生1923年时在新加坡《新国民日报》发表的四篇时评，也由在军发掘"出土"。同时，在军还纠正了全集所附录的《聂绀弩年表》中的大量错讹。凡此种种，都使这部年谱为聂绀弩研究的拓展打下了更为坚实的基础。

---

① ［法］马克·布洛赫：《历史学家的技艺》，张和声、程郁译，上海：上海社会科学院出版社，2019年，第6页。
② 聂绀弩：《六十》（三），见《散宜生诗》，北京：人民文学出版社，1982年，第61页。
③ 子张：《吴伯箫先生编年事辑》，北京：中华书局，2020年。

正如吾友谢泳兄所言，年谱是中国独有的一种记述文体。而除了作品之外，作家年谱也是研究一个作家的必不可少的入门。但是，中国现代文学史上被称为作家的写作人不知凡几，并非每个作家都值得编年谱、写传记，而聂先生绝对值得编年谱、写传记，这是因为他曲折坎坷的经历，也因为他多方面的文学贡献，因为他的《散宜生诗》等旧体诗词的杰出成就，更因为他是一个性情中人，一个虽不无缺点却最终仍保持了独立思考的大写的人，这些值得我们从他的诗文中、从他的身上去进一步认识和探究。从这个意义讲，在军编撰这部《聂绀弩先生年谱初编》的目的应该已经达到了。

当然，《聂绀弩先生年谱初编》的问世，只是在军的聂绀弩研究的第一个可喜成果。接下来，他还有许许多多工作要做，如更为完备的《聂绀弩先生年谱长编》的编撰、《聂绀弩传》的动笔……祝愿在军在聂绀弩研究上不断取得新的进展。

是为序。

2021 年 7 月 27 日于海上梅川书舍

（原载 2021 年 8 月 22 日《文汇报·文汇学人》，收录本书时有增订）

《程应镠文学文存》序

程应镠（1916—1994）这个名字，研究中国史的，应都耳熟能详。他是20世纪中国研究魏晋南北朝史和宋史屈指可数的大家之一，著述丰硕。但是，如果说他还有一重不容忽视的文化身份，恐怕就知者寥寥了。20世纪30年代后期至20世纪40年代，程应镠以"流金"为主要笔名发表了许多新文学作品。可惜的是，即便是专门研究中国现代文学史的，又有几位知道流金，更不要说予以介绍和评论了。我见闻有限，但就我所看到的各种中国现代文学史著作中，就几乎没有出现过这位极具个人风格的作家的名字。

我最早知道流金，是从20世纪80年代初，在上海旧书店里见到一本署名流金的《一年集》开始的。不久我因研究郁达夫，与同时正在研究沈从文的邵华强兄交往颇多，不止一次听他说起，他常向沈从文的学生程应镠先生求教。但我愚钝，还不知道程应镠就是流金，再加当时十分忙乱，以至于失去了向程应镠先生请益的大好机会，至今引以为憾。

中国现代文学史上，鲁迅培养青年作家，一直传为佳话。其实何止鲁迅，还有许多大作家，如胡适、周作人、郁达夫、巴金等，也都关爱青年作家，尽力提掖青年作家。沈从文是其中突出的一位，他的学生中，前有王林，后有汪曾祺，都颇有文名，也都已获得很高的评价。然而，流金却鲜有人提及，这是不应该的，更是不公平的。

程应镠属于"五四"启蒙思潮下熏陶出来的那代知识分子，爱好新文学是自然而然的事。他在中学时期就先喜欢郁达夫，后又为沈从文的《边城》所倾倒。[①]就读于北平燕京大学和昆明西南联大时，虽然学的是历史，他却始终没有放弃对文学的迷恋。他1936年开始以流金等笔名在京、沪等地报刊和大学文艺刊物上发表新文学创作，源源不断。全民族抗战爆发后，他又辗转各地，甚至到过延安，写下了大量真实反映当时民众日常生活的特写与随笔，既有爱国青年的热忱，又有"京派"文学之流韵，其散文《夜行》还被译为英文传播海外。说20世纪30年代后期至20世纪40年代是程应镠新文学创作的喷发期，应该是符合史实的。与许多其他新文学作家一样，程应镠后期又致力于旧体诗词的创作，时有发人所未发之佳作，为好友所传诵。因此，可以毫不夸张地说，文学创作贯穿了程应镠一生，史学家和文学家的双重身份，在程应镠身上是融为一体，互相生成的。

而今，上、下两大卷的《程应镠文学文存》终于要出版了。这部大书的重要价值在于，不仅能够让我们全面地回顾程应镠的文学成就，重新发现这位优秀的现代作家，而且为中国现代文学

---

① 程应镠：《程应镠自述》，见高增德、丁东编：《世纪学人自述》（第5卷），北京：北京十月文艺出版社，2000年，第314—326页。

史研究填补了一个空白。

《程应镠文学文存》共分三大部分：第一，《一年集》；第二，《一年集外》；第三，《流金诗词稿》。凡已查找到的流金的新诗、小说、散文、文论、记实、政论、回忆录和旧体诗词（目前所知，他的旧体诗写作始于 1935 年，但集中涵咏吟哦，则是在 20 世纪 70 年代以后），均已分门别类，编集在内。从这个意义讲，《程应镠文学文存》搜集之全，如改称《程应镠文学全集》，应该也未尝不可，尽管还有少数几篇遗珠有待进一步发掘。

这就应该大大感谢程应镠先生的高足虞云国了。云国兄不但继承了程先生的衣钵，成为宋史研究的新一代杰出学者，而且编著了《程应镠先生编年事辑》，[①] 对程先生的生平和撰述史考订甚详。他还编过《流金集》，[②] 我还记得当年程先生女儿、我的同事程怡老师送我《流金集》时我的欣喜。因此，在我看来，云国兄是主编《程应镠文学文存》的不二人选。《程应镠文学文存》体例规范、编排得当，所有编入之文均注明出处和署名，固然值得称道，《程应镠文学文存》书前的《程应镠的文学活动》更是云国兄的力作。这篇长文对流金的文学创作历程作了系统的梳理，对其各个时期文学创作的特色也作了精到的分析，是研读这部《程应镠文学文存》的指南。

对我而言，《程应镠文学文存》伊始，《〈一年集〉序》的出现，是一个意外的收获。《一年集》是程应镠的第一本也是他生前出版的唯一的文学创作集。有趣的是，这本散文集有两个初版

---

① 虞云国编：《程应镠先生编年事辑》，上海：上海人民出版社，2016 年。

② 指 2001 年上海师范大学历史系"私家版"，未正式出版。

本。一是 1942 年 5 月由重庆烽火社出版的真正的初版本，列为靳以主编的"烽火文丛"第五种，这套丛书的作者还有艾青、碧野、（田）一文等。二是 1949 年 1 月由上海文化生活出版社出版的初版本，列为"文季社"编辑的"文季丛书"第二十五种也是最后一种，这套丛书的作者更有张天翼、艾芜、李广田、李健吾、王统照、沈从文、巴金等名家。两套丛书的作者都是一时之选，足见程应镠的作品在当时文坛上就已受到重视。我后来觅得《一年集》文化生活出版社初版本，但更早的烽火社初版本始终无缘得见，这是又一件憾事。

无论是烽火社初版本，还是文化生活出版社初版本，均无序文，故我一直以为《一年集》无序。不料，《程应镠文学文存》所收的《一年集》前赫然有序，方知烽火社初版本印出之后，流金有"重版"之想，遂于 1943 年 1 月 7 日写下了这篇序，发表于同年《华北导报月刊》第 3 卷第 1 期。这篇序披露了流金编集《一年集》的经过和沈从文在其中所起的作用，颇为重要。可能由于《华北导报月刊》较为冷僻，见者甚少，以致文化生活出版社再次出版《一年集》时未能收录此序。这样，这篇《〈一年集〉序》竟在外"流浪"八十余载，终于在《程应镠文学文存》中与《一年集》圆满合璧了，不能不令人庆幸。程应镠先生如泉下有知，也会深感欣慰吧。

今年是程应镠先生逝世三十周年，毫无疑问，《程应镠文学文存》的出版，是对这位卓越的史学家兼文学家前辈最好的纪念。程先生作为史学家的历史功绩早已有定评，他作为文学家的历史功绩还有待现代文学史研究者认真研读和阐发。而我以为，有一个严肃的问题是不能回避，应该深思的，那就是：为什么长期以来我们忽视了像程应镠这样对中国现代文学史进程做出过自己独特贡献的作家？

2024 年 8 月 27 日急就于海上梅川书舍

（原载 2024 年 10 月上海书店出版社初版《程应镠文学文存》）

《黄裳书影录》序

  周立民兄辛丑岁末送来一厚叠《黄裳书影录》书稿，嘱我为之写几句话，以我与黄裳先生的关系，自然是义不容辞。

  对黄裳先生著译书目的整理，据我所见，立民兄的这次已经是第三次了。第一次是2006年6月，其时黄先生还健在，华东师范大学中国现代文学资料与研究中心举办"黄裳散文与中国文化"学术研讨会，会上散发了西安吕浩兄编的《黄裳著译书目（1946—2006）》。两年之后，上海书店出版社出版拙编《爱黄裳》，①书末附录了经过修订的这份著译书目。第二次是2010年5月，为济南凌济兄编印的《黄裳先生著作书目》，编号线装本，只印92册，"恭贺黄裳先生九二华诞"。凌编书目当然比吕编齐全了，还增添了不少版本说明和书影。两年零四个月后，黄先生与世长辞。第三次即2023年立民兄的这部《黄裳书影录》，堪称搜罗更为完备，考订更为详尽的集大成之编了。

  立民兄此编书名《黄裳书影录》，顾名思义，无疑是以出版时间为序，分创作、译作和编著整理三类，全面展示黄先生一生

---

① 黄永玉、黄宗江等著，陈子善编：《爱黄裳》，上海：上海书店出版社，2008年。

辛勤笔耕的众多著译书影，在他生前出版的就达八十八种之多。但又并不局限于此，否则只是一部一般意义上的书影集而已了。难得的是，在此基础上，立民兄又进一步对黄先生每部著译作品都作了必要的考释，除了开列每本书的详目之外，还常援引黄先生本人序跋、他人评说，以及自己的阅读感受，对该书的优长或特色略加解说。因此，在我看来，《黄裳书影录》不仅仅是一部黄裳书影录，同时也是一部具有研究性质的简明扼要、别开生面的黄裳著译书话录。

黄先生是有自己独特风格的大散文家。他几乎不写小说，不久前才发现他的一部名为《鸳湖记》的未完成的小说手稿，剧本也是浅尝辄止，有《黄裳书影录》中收录的《南国梦》为证。黄先生一生出版的著作中，绝大部分是各种各样的散文集，包括他那些谈论古籍版本的引人入胜的题跋，又何尝不是别具一格的散文？把他列入 20 世纪中国屈指可数的散文家之列，他当之无愧。

翻开《黄裳书影录》，第一部书影就是黄先生脍炙人口的《锦帆集》。此书初版本已颇少见。我最初所藏为香港偷印本，开本竟比原版本还大。我踌躇再三，鼓足勇气拿去请黄先生签名。他翻了翻，瞪我一眼：这是港商盗印的！但还是给我签了"黄裳"两字，上款和钤印则一概免了。后来我终于得到了真正的初版本，是已故香港藏书家方宽烈先生的旧物。这次拿去请黄先生签名，他颇为高兴，大笔一挥道：

　　此为余平生著作始刊之书，绝少见。
　　子善兄得之香港，幸事也。

黄裳　甲申三月

之所以举出上述例子，无非是想说明黄先生的著作尤其是早年著译作品，不少均已成了新文学的珍品，"黄迷"人见人爱，也人见人抢，搜集极为不易。

黄先生的著译作品，从版本源流角度视之，其实是比较复杂的，他自己就曾提醒过我。如有名的"珠还系列"，先后有《珠还集》《珠还记幸》《珠还记幸（修订本）》。《珠还集》1985年5月由生活·读书·新知三联书店香港分店出版，《珠还记幸》也是1985年5月由生活·读书·新知三联书店初版，两书有同更有异，半数以上篇章不同。黄先生1985年9月先赠我《珠还记幸》，隔了一段时间，他又赠我《珠还集》，并在《珠还集》前环衬题字曰：

此香港印本，与内地本不同，亦版本异同之一事。

子善兄藏

黄裳　甲申秋盛暑

此"甲申"当为"乙丑"（即1985年）之笔误。显然，黄先生是要我注意他的集子是有"版本异同"的。同名不同书，在黄先生著作中并不是个案。如《晚春的行旅》有香港版和湖南版，《河里子集》有香港版和天津版，《惊弦集》有湖南版和河北版，均各各不同。不同名又部分同书，这个问题在黄先生后期著作中尤其明显和突出。这一切在立民兄这部书影录中均尽可能给予了关注。至于《珠还记幸（修订本）》，此书生活·读书·新知三联书店2006年4月初版本和2007年4月第二次印刷本是不同的。不同在何处？初版本第354页误印一幅不相干的笺图，第二次印刷本抽去了这幅图。这件事大概只有黄先生、责编郑勇兄和我等少数几个人知道。

此外，还有同书不同名，如生活·读书·新知三联书店香港分店 1981 年 11 月出版的《山川·历史·人物》和花城出版社 1982 年 5 月出版的《花步集》，其实是同一本书，书名不同，内容却完全相同。《花步集》这个书名应是黄先生自己比较喜欢的，可惜的是，他请沈从文先生题写了书名，花城版却没有采用而换上了别人的题签。立民兄的书影录已经指出了这一点，我在这里可提供一个进一步的佐证。黄先生在赠我的《花步集》前环衬亲笔题字云：

> 此书请沈从文先生题签，书店弃之，可惜也。
> 为子善先生题
>
> 黄裳

黄先生的遗憾之情，跃然纸上。

时间过得真快，今年已是黄裳先生逝世十周年。十年前黄先生离去后，我在微博上最早发布噩耗，成千上万"黄迷"和博友转发哀悼的情景还历历在目。我历来认为，纪念一位真正对文学有贡献的作家，最好的办法是重印他的作品和整理关于他的资料。从这个意义讲，立民兄下大功夫编订的这部《黄裳书影录》，正是十分及时和必要的。我相信，《黄裳书影录》的问世，必将对黄裳研究有所推动和拓展，对中国现当代文学史研究也应该有所启示。

2022 年 2 月 2 日于海上梅川书舍

（原载 2023 年 1 月上海文艺出版社初版《黄裳书影录》）

他的历史小说也独树一帜

——《谭正璧传》增订本序

记得是 20 世纪 90 年代初期，我在上海文庙旧书集市上购得数册钤了"谭正璧印"的旧书，拿去给施蛰存先生看。老人家翻翻书，感慨地说："没想到我这位老友的书，这么快就散出了。"

七年多前，我才从谭篪兄这部《谭正璧传》中得知，自1966 年冬至 1976 年，谭正璧没有经济收入，以前的积蓄也所剩无几，于迫不得已之下，他忍痛将数十年来积攒起来的万册藏书，或秤斤或贱价卖去，以维持生活。如此说来，我所得的这几册谭正璧先生的旧藏，应是他当年被迫卖去之书，不能不令人痛惜。

谭篪兄的《谭正璧传》2016 年 12 月由北京出版社出版，而今增订本将由上海文汇出版社出版，令人欣喜。我以为，一部作家传记，随着新史料的不断出现，随着对这位作家的成就的认知不断提高，因而不断修订，不断完善，是十分必要的。这也是产生一部好的作家传记的前提。这部新的《谭正璧传》增订本就是一个例证。增订版《谭正璧传》与北京出版社的初版本有何不同，有何重要的增补，谭篪兄在《新版前言》中已有具体的说明，我就不再赘言了。

我想就如何评价谭正璧先生的毕生志业和多方面的文学创作及学术研究贡献谈一点浅见。谭正璧的学问，正如黄霖先生在这部传记的序言中所指出的，"给人的第一个印象是博大，呈汪洋恣肆之态"。他是卓有创见的古典文学研究家、文史文献研究家，在中国文学史（包括小说史、戏剧史、曲艺史、女性文学史、人物传记、作品汇考等）、文化史，乃至文字学、语法学等众多方面丰硕的研究成果，已由上海古籍出版社出版了《谭正璧学术著作集》，囊括了他自 1928 年至 1985 年所著学术著作的绝大部分，皇皇 13 册，颇受海内外学界关注。然而，他的新文学创作和评论，尚未得到应有的关注和研究。

从《谭正璧传》所附录的《谭正璧一生著作》可知，谭正璧长达七十余年的文字生涯正是从新文学创作和新文学评论起步的。1920 年 6 月 4 日，他在《民国日报·觉悟》发表随感《新文化运动的障碍》。两天之后，又在同刊发表小说《农民的血泪》，从此开启了他丰富多彩的文学之路。新文学的小说、散文、剧本和评论，他均有所涉猎，也均有不俗的成就。20 世纪 20 年代至 40 年代，不仅是他的学术研究的收获期，同时也是他新文学创作的鼎盛期。他早期著有小说集《芭蕉的心》《人生底悲哀》等，20 世纪 40 年代更迎来了其历史小说创作的大丰收。历史小说集《长恨歌》《琵琶弦》，中篇历史小说《凤箫相思》《狐美人》，长篇历史小说《梅花梦》等先后印行，引人注目，也使他成为 20 世纪 40 年代上海历史小说创作的主要代表之一。就是在整个中国现代文学史上，谭正璧的历史小说也是独树一帜的。这还不包括散见于当时报刊的谭正璧创作的历史剧《洛神赋》《金缕曲》《浪淘沙》等作品。除此之外，谭正璧在《中国文学史大纲》和《中国文学进化史》中对现代文学的探讨，在《论苏青及张爱玲》等文中对 20 世纪 40 年代上海女作家群作品的品评，也都是很有价值的新文学研究方面的历史文献。他的《夜珠集》等许多散文也文笔清雅，真挚感人。这一切，都是谭正璧留给我们的一笔宝贵的文学遗产。

遗憾的是，谭正璧在新文学创作和评论方面的历史功绩，除了《抗战时期的上海文学》《年轮·四十年代后半期的上海文学》①两书有所论及外，我多年来只见到一篇 2011 年的硕士学位论文《谭正璧历史小说研究》②。这与谭正璧的文学史地位真是太不相称了。因此，在我看来，这部较成系统地介绍谭正璧学术研究和文学创作历程的《谭正璧传》，为我们较为全面和真切地认识谭正璧，进而填补谭正璧研究和上海现当代文学史研究的空白，无疑具有指引和借鉴的多重价值。

后人撰写前辈的传记，近年已蔚为风气。在现代文学研究领域里，我所见到的最早的传记是郁达夫之子郁云所著《郁达夫传》③。近年，邵洵美之女邵绡红多次修订的《我的父亲邵洵美》④和曹禺女儿万方的《你和我》⑤，都是较为成功，获得好评的例子。谭篷兄的这部《谭正璧传》，十多年磨一剑，从体例到内容也自

---

① 《抗战时期的上海文学》《年轮·四十年代后半期的上海文学》，均为陈青生著，分别于1995 年 2 月和 2002 年 1 月由上海人民出版社出版。

② 华中师范大学阮娟作。

③ 郁云：《郁达夫传》，福州：福建人民出版社，1984 年。

④ 邵绡红：《我的父亲邵洵美》，上海：上海书店出版社，2023 年。

⑤ 万方：《你和我》，北京：北京十月文艺出版社，2020 年。

成一格，故我乐意为之作序，并期待《谭正璧传》增订本的面世，能对谭正璧研究的展开和深入有所推动。

（原载 2024 年 8 月上海文汇出版社初版《谭正璧传：煮字一生铸梅魂》）

《改革文学中的开拓者形象研究（1976—1984）》序

  2023 年夏天，我到济南参加山东大学主办的"中国现当代文学文献学研究的问题与方法"学术研讨会。会议期间，刘佳来访。他是我指导的于 2016 年毕业的中国现当代文学专业博士生，数年不见，晤谈甚欢。也就在这次见面时，他提出要我为他的新著写几句话，我欣然应允了。

  《改革文学中的开拓者形象研究（1976—1984）》是刘佳在博士论文的基础上重新打磨、修改补充并进一步完善而成的。全书关注的是 20 世纪 80 年代初的改革文学，选取"开拓者"作为关键词而展开论述。按照他的说法，这本书力图要阐述的观点是"通过勘测改革文学塑造'开拓者'的文学手法和叙事方式，追问这一形象系列在当时社会转型过程中的位置和意义，揭示它与改革话语的关系，以及它曾经以怎样的话语构建方式参与到历史进程中，呈现出改革文学的精神特质，尤其是通过'开拓者'的'崇高'特质所形成的召唤结构，如何动员人们从'文革'的伤痛中走出，进而重建个人与民族国家共同体的关系"。

  有必要指出的是，这个选题一直是刘佳关注的学术领域。他的硕士论文就是关于 20 世纪 80 年代改革文学的，后来他要继续拓展这一选题做博士论文，我表示了支持。本书"导言"提到了"重写文学史"的问题，在我看来，"重写文学史"或者"另写文学史"，至少应该包含两层意思：第一，是对在现有的文学史论述中已有定评的作品特别是一些公认的"经典"进行重新审视和讨论；第二，是把以前被文学史论述忽略的、未能受到关注的甚至被遗忘的各种文学作品重新发掘出来，并且重新进行评价。在这个意义上，改革文学可以说已经历了多次"重写"。伴随改革的发生、发展和不断变化，改革文学在当时的文学领域、各种文艺领域和几乎整个社会层面都产生了非常大的影响。然而，在现有的文学史论述中，对改革文学的评价却往往不够充分，甚至一笔带过。到了前些年，又有"重返八十年代"之说的提出，对改革文学的研究似乎又有了新的动向。改革文学所遭受的这种命运在中国现当代文学史研究中并不少见，这也可以说是我自己一直致力于文学史料研究的一个重要的原因，那就是发掘文学作品本身的文学价值，并不以是否写进文学史为唯一目标。当然，现代文学和当代文学在很多方面有所不同，但从不同的视角来挖掘被冷落的作家、作品及其文学价值，总不是一件坏事。

我自己虽然主要关注中国近现代文学史料的整理和研究，但我毕竟是 20 世纪 70 年代末以来改革和改革文学兴起的目击者，甚至可以说是亲历者，尽管并没有直接参与改革文学的评论和研究，但我在真正意义上走上现代文学史研究之路仍可以说是拜改革所赐。人们对于自己的亲身经历总是难免带有情感，所以当代文学研究和现代文学研究一个很大的不同就是历史语境的差异。改革文学这个文学史时段虽然已经过去，但改革和改革文学的很多参与者还健在，还在写作，而且改革的很多结果还在影响着今天我们的生活和思想。如何理解这些切近的不算历史的历史，很大程度上决定了我们如何理解我们的当下和当下的我们自己。我觉得改革文学的成败得失或可提供一个宽阔而且生动的历史画卷。文学研究一定要放回当时的历史语境中，反过来，文学史研究也可以折射当时的历史语境。在历史和当下，文学内涵的丰富和暧昧可以成为一道最佳的中介。我想，刘佳的这本著作也是试图在这一方面有所建树的。

十一年前，刘佳来华东师范大学攻读博士学位。光阴似箭，十一年后，他这本研究改革文学的著作的正式出版，标志着他治学之路的再出发。我相信，他以本书为新的起点，在接下来的人生和治学长途上会走得更远。

［原载 2023 年 10 月山东大学出版社初版

《改革文学中的开拓者形象研究（1976—1984）》］

值得期待的"典范转移"

——《从文献学到"数字人文":现代文学研究的典范转移》序

  王贺的《从文献学到"数字人文":现代文学研究的典范转移》一书即将由上海文艺出版社出版。这是他在中国内地出版的第二本学术论著,理应为之高兴,为之庆贺。

  自从有了中国现代文学史研究,就有了对文献学的重视和提倡。从朱自清的《中国新文学研究纲要》到阮无名(阿英)的《中国新文坛秘录》和王哲甫的《中国新文学运动史》,再到赵家璧主持的《中国新文学大系》,莫不如此。中华人民共和国成立以后贯彻"以论代史",但重视文献史料这一脉仍在顽强继续,并未绝迹,哪怕只是对左翼文学史料的整理和研究,也不是乏善可陈的。20世纪60年代"中国现代文学史资料丛书"的影印,乃至《鸳鸯蝴蝶派研究资料》的编纂,以及《中国现代文艺资料丛刊》的不定期出版等,都是明证。一篇鲁迅佚文的发现,《文学评论》都急于刊登,放到今日反而恐非易事。

  改革开放以后,对中国现代文学文献史料的整理和研究以更大的规模展开。《新文学史料》的创刊,《中国现代文学史资料汇编》甲种、乙种和丙种的陆续编纂,鲁迅、郭沫若、茅盾全集的相继问世引领作家全集编辑潮，还有唐弢先生的《晦庵书话》和姜德明先生的《书叶丛话》等著作的相继出版，都是引人注目的现代文学文献学研究方面的大事，而朱金顺先生的《新文学资料引论》（增订本改题为《新文学史料学》）和樊骏先生的《这是一项宏大的系统工程——关于中国现代文学史料工作的总体考察》的发表，则标志着从理论上进行梳理和总结，以使这方面研究更加全面、深入的学术观念，开始形成。此后，刘增杰先生的《中国现代文学史料学》、徐鹏绪等先生的《中国现代文学文献学研究》、解志熙先生的《考文叙事录：中国现代文学文献校读论丛》、金宏宇先生的《中国现代文学史料批判的理论与方法》以及拙著《中国现代文学文献学十讲》等，也都试图将现代文学文献学的研究，逐步建立成为一个独立的研究领域。

王贺在我的指导下，除了完成博士论文《穆时英文学新论》，因其研究兴趣一直在现代文学史研究、文献研究等方面，这些年在这些领域颇多思考，而《从文献学到"数字人文"：现代文学研究的典范转移》一书不仅收录了他许多有代表性的研究成果，也为此后迈向新境的现代文学研究、文献研究做出了必要的准备，提供了深入讨论的基础。

在我看来，这本书的学术价值似可总结为下述几个方面。首先，王贺指出，自20世纪90年代以来，现代文学研究领域发生了一场深刻的变革，即与此前普遍重视理论、方法不同，学者们转而重视文献史料的发掘、整理与研究，且开始强调文献史料研究的独立和自觉。这一变革被他称为"现代文学研究的'文献学转向'"。此说提出后，不仅在现代文学界、文献学界被不断讨论，也在当代文学界逐渐引起关注。本书即涵括了他对于这一问题的思考，对现代文学文献学的历史、理论、方法的考察，以及对前此少有人关注但相当重要的若干课题的专精研究。

其次，随着新的学术视野、方法论——"数字人文"——在中国内地的勃兴，王贺的研究兴趣也逐渐发生转移，转而进入这一新的领域。他开始思考"数字人文"与传统学术的关系、与现代文学研究如何深入结合等问题，并展开一系列个案研究，致力于将此一视野、方法引入现代文学研究领域，开拓"数字文献学"与"数字现代文学"的研究，因此，本书也集纳了他对这些学术前沿问题的思考和探索。在此基础上，他认为，从文献学到"数字人文"的变化，不仅反映了他个人研究旨趣、重心的变化，且在某种程度上也可被视作现代文学研究的典范转移（paradigm shift）的过程，值得进一步展开和深入。

最后，由此书看，他对现代文学与文献的研究，不仅自成一说，也逐渐形成了自己的特色，即在他研究现代文学与文献之时，并未停留在学科史、学术史内部，满足于就事论事，而是较注重与古典文献学、西方文献学等的比较，理论与实践的综合，文学研究与文献研究、历史研究的辨证，个案研究与宏观把握的平衡，乃至传统文献与数字文献的交互为用，从而既补足了既有研究的疏失、不足，也提升了现代文学文献学的学术内涵，更使得以文献学为方法的现代文学史研究不断成为可能，丰富和拓展了现代文学研究的理论、方法和研究路径，体现出年轻一代现代文学学者、文献学者训练有素、敏于思考、勇于创新的学术追求和实绩。

然而，此书最大的特色、最为明显的旨趣，正如《从文献学到"数字人文"：现代文学研究的典范转移》这一书名所示，乃是认为"文献学转向"之后的现代文学研究，将渐趋于"数字人文"取向，或成为"数字人文"研究的一个部分。这可以说是相当大胆的观察和分析。因其所谓的"典范转移"，又称"范式转移"，最早出现于科学史家、科学哲学家托马斯·库恩的代表作《科学革命的结构》（*The Structure of Scientific Revolutions*），意指一领域因有新的学术成果的出现，从而打破了原有的许多假设、定则，使我们对其基本理论、方法等做出根本性的改变，由此孕育出的新的典范，既可有效地解释此前存在的理论、实践难题，也可使现有的关于此领域的认识，获得全新的进展。王汎森、罗志田等先生也用这一概念，来处理中国史尤其中国思想史研究的转折与曲折展开的过程。但"数字人文"方面的研究才刚刚开始，其影响进入文学、历史、哲学、艺术等众多领域后，虽已有部分相关论著发表、出版，目前仍缺乏真正具有足够解释力、代表性的成果，在现代文学研究领域更是如此，因此，仍需要包括王贺在内的诸多青年研究者不断做出努力，以使这一"典范转移"逐渐成为事实。

回想起来，王贺从硕士阶段与我相识，至今已有十余载。在此期间，其从一个初出茅庐的青年学子，逐步成长为独立、自觉、成熟的研究者。我们师生之间，无论是每次见面，还是在电话、电邮、微信中，总围绕着学术研究的进展、资料及如何分析等问题，不断地进行讨论。但无论是日常讨论，还是在对我和洪子诚先生等的正式访谈中，对于我们的有些判断，他也都有自己的思考，这些思考和他博士毕业之后对当代文献的整理与研究工作一起，也促使他将思想触角、范围渐次扩展到当代领域。《从文献学到"数字人文"：现代文学研究的典范转移》也收录了他对当代文学文献研究的一些论述，以及将现代、当代文学与文献合观的分析，对当代文学研究应亦有所助益。

也正因此，我想学界同人未必全部同意此书的整体判断和所有具体的研究结论，但作为一种新的、带有总体性视野的尝试，一系列学术研究的新方向的开始，我们应十分乐于见到这些充满朝气、锐气的论述，从而使得我们对今后的现代、当代文学与文献研究，在一般性、常规性的研究路线和成果之外，更多了一分期待。故此，无论于公于私，我都十分乐意向中国现当代文学研究界推荐这本新作。

2022 年季春于海上梅川书舍

（原载 2024 年 10 月上海文艺出版社初版

《从文献学到"数字人文"：现代文学研究的典范转移》）

《香港文学半生缘》序

　　幸好我 1993 年到香港中文大学英文系访学三个多月留下了一份日记，否则我怎么认识冯伟才兄的，真是无从记忆了。查我的《香港访学日志》，1993 年 2 月 27 日记曰："上午与冯伟才、罗孚见面，观罗孚所藏之《药堂谈往》手稿和周氏佚文二十一篇（小品和译作），大部分未发表，为意想不到之大收获。"3 月 23 日又记曰："中午冯伟才宴请，托其带书回沪，罗孚同席。下午与罗、冯至青文购书，漫游香港文化中心。"这是冯兄与我最初的两次见面，时光荏苒，距今已将近三十年了。

　　后来我才知道，冯兄曾是罗孚先生的老部下，主编过《新晚报·星海》，而我 20 世纪 80 年代初只给香港《文汇报·笔汇》写过稿，根本不知道还有《新晚报·星海》。罗孚先生幽居北京十年，回港后捐赠中国现代文学馆的《知堂回想录》（即《药堂谈往》）手稿也是由冯兄带往北京送达的。冯兄还编过一部《香港当代作家作品选集·罗孚卷》，编得真好。罗孚先生在京期间，我常去信或登门请益，也许正是出于这层关系，冯兄与我一见如故，很谈得来。

到了 20 世纪 90 年代，我有机会多次到港或经港赴台参加学术研讨会，保存下来的一张与香港文学界友人欢聚的合影中，有黄继持、古苍梧、杜渐、黄俊东、卢玮銮、许定铭、陈浩泉、陈辉扬诸兄，冯兄也在座。可见我们当时交往已较为频繁，这不仅是因缘际会，更是因为我们对内地和香港文学有共同的浓厚兴趣。

冯兄与我有更密切的合作则自他主编复刊的香港《读书人》月刊开始。承他不弃，嘱我与香港的周密密女士和台湾的吴兴文兄一起担任《读书人》"特约编辑"，我当然乐于参与。所谓"特约编辑"，其实并不实际参加编辑，而是每期提供内地（大陆）和港台的新书资讯和文坛动态，这就"逼"得我读了不少新书。手头正好有一本《读书人》1995 年 7 月号，该期就刊出拙作两篇，一篇是《一部关于上海的世纪传真——"上海热"中看〈二十世纪上海大传真〉》，另一篇是《巴金〈再思录〉的无言抗议》，署了笔名"善文"。二十多年后重读，仍自以为写得还可以。我应该感谢冯兄提供了这个难得的写作交流平台。

进入 21 世纪以后，我和冯兄又多次在香港、上海和深圳等地见面畅叙。2009 年 8 月，我们两人的角色发生转换，轮到我来主编刊物了，那就是以研究中国近现代文学和文化为主的《现代中文学刊》。冯兄也理所当然地成为《现代中文学刊》的作者，在敝刊上发表了已收录于《香港文学半生缘》的《在历史的空间中对话——评〈香港文化众声道〉》等文，给敝刊以很大的支持。

现在应该说到冯兄这本新著了。在我看来，对香港文学的研究，就香港本地作者而言，如果说叶灵凤、刘以鬯、罗孚他们算第一代，陈炳良、黄继持、卢玮銮等是第二代，那么冯兄与也斯等应属于第三代了。冯兄并不是学院中人，却是研究香港文学的理想人选。因为自 20 世纪 70 年代末起，他一直是香港文学进程的参与者和见证人，所谓"半生缘"正是指这长达半个世纪的与香港文学的不解之缘。他同时对内地和台湾文学也有广泛的涉猎，不妨举两个例子。第一，他 1985 年 8 月就到北京访问沈从文先生，在《香港文学》上发表了《访沈从文谈〈边城〉》，这是沈从文晚年难得的一次回顾自己这部代表作，至今仍不失其参考价值。第二，他编过《从现实主义到现代主义——台湾乡土文学论战论文集》，至今也是研究这次重要论战的参考文献。因此，冯兄具有宽广的学术视野，研究香港文学不是孤立地看待香港文学，而是既以香港为本位，又能从内地（大陆）、香港和台湾互动的视角出发考察和评论，再加上他能熟练地运用场域理论、后殖民理论等新的研究方法，所以能自成一家之言。

如果我的估计不错，这部《香港文学半生缘》应该是冯兄研究香港文学成果的精选集。此书讨论和批评的对象很广泛，第一辑有对香港文学名著的研究，如对黄谷柳的《虾球传》、赵滋蕃的《半下流社会》和刘以鬯的《酒徒》的新解读；有对一直存在争议的作品的不同文本的探讨，如对张爱玲《秧歌》中英文本的出版及翻译的新梳理，均鞭辟入里，给人以很大启发。冯兄曾长期编选香港小说年选，后又主编《香港文学大系 1950—1969·小说卷一》，他为之撰写的长篇序言，条分缕析，自然也可圈可点。而对自 20 世纪 20 年代一直到 20 世纪 80 年代，内地新文学作家作品在香港出版传播的复杂过程，冯兄更作了颇为全面的评述，资料之丰富多样，论列之有条不紊，足以补内地和香港文学研究之不足。

冯兄热爱香港文学之切，从他一直追踪香港文学的发展变化就可看出。此书第二辑收录了他对叶灵凤、马朗、李维陵、阮朗、戴天、也斯等有代表性的香港作家具体作品的阐释文字，无不深入细致，充分显示了他的文本细读的功力，也更清晰地显现了香港文学开放而又多元的脉络。他对叶灵凤《钗头凤》的解析，令人耳目一新，而对张初《莫强求》的评价又与文学思潮相关联，以小见大。这辑中给予也斯其人其文以较大的篇幅，也说明冯兄对也斯的香港文学观和香港文学创作实践的推重。这辑所讨论的香港作家，像张初、卢文敏，他们的作品我都没有读过，读了冯兄的评论，又引起了我阅读这些作家作品的冲动。

总之，阅读冯兄这本《香港文学半生缘》并为之作序，既使我重温了与冯兄多年的交谊，也经历了一次愉快的香港文学评论之旅，真是一件开心的事。我相信，冯伟才兄之《香港文学半生缘》的出版，其实是个再出发。他的"香港文学缘"远没有完结，一定还会继续，一定还会更加精彩。

2022 年 2 月 12 日于海上梅川书舍，已是新冠疫情第三年
（原载 2022 年 5 月香港初文出版社初版《香港文学半生缘》）

《文学的摆渡》序

认识季进兄已有二十多个年头了，结识的机缘是他来沪拜访钱谷融先生。他是范伯群先生的高足，专诚来沪请钱先生主持他的博士论文答辩，记得我们一起陪钱先生吃过饭。他的博士论文研究"文化昆仑"钱锺书，后来出版了，书名为《钱锺书与现代西学》，听说很快又要出修订版了，好大好深奥的学问，我连想都不敢想。但平常接触中，他不故作深沉状，不侈谈时髦理论，而是很随意，很热情，很好交往。后来，钱谷融先生去苏州踏青或散心，他都安排得很妥帖。有一张钱先生与范先生的合影，二老在苏州东山启园茶室喝茶，爽朗地大笑，就是他抓住时机抢拍的，拍得真好。

季进兄在苏州大学文学院执教后，学术视野不断拓展，学问也与日俱进，在中国现当代文学、比较文学和海外汉学研究等领域都大有建树。他远涉重洋到了哈佛，就把李欧梵先生的藏书弄到苏州大学，设立了"李欧梵书库"。他主编了"西方现代批评经典译丛"和"海外中国现代文学研究译丛"两套大书，颇受学界关注。这些年他出版了《另一种声音——海外汉学访谈录》

《季进文学评论选》《英语世界中国现代文学研究综论》①等著作，又跟王德威、刘剑梅合作主编了《当代人文的三个方向》《文学赤子》等文集在香港出版，学术影响是越来越大了。尤其值得称道的是，他与夏志清先生夫人王洞先生合作，花费了五年心血，编注了五卷本《夏志清夏济安书信集》，已经由香港中文大学出版社、台湾联经出版公司和传世活字（北京）文化有限公司等陆续出版。这项耗费他不少心力的整理、注释工作是嘉惠中外学林的大工程，其学术价值和文学史意义自不待言。《文学的摆渡》第一辑，都是围绕夏氏兄弟而展开的文字，有不少应该就是夏氏兄弟书信整理的副产品。

与一些读理论读得多了，文章反而越来越不会写或是越写越让人看不懂了的学院派不同，季进兄近年来在紧张的教学工作之余，在埋头于各项研究课题之暇，还喜欢写些深入浅出的读书札记和怀人忆事之文。第一辑、第二辑、第四辑中的这些文字有长有短，或介绍中外文学名家和学术大佬的新著，或回忆与海外学人的学术交往，记一己之心得，抒个人之情感，均娓娓道来，言之有物，字里行间不仅透露出他学术训练有素，也在无意中显示了他的兴趣和爱好，因而读来很是亲切有味。无论是夏济安的情感故事，还是夏济安与陈世骧的手足情深，无论是宇文所安的桃李天下，还是夏志清的率真坦诚，韩南的谦谦君子之风，读来都令人感动，心生欢喜。第二辑和第三辑中的文字，也许更多一些学术性，但读来也不显枯燥。季进这些年热心于推动中外学界对话，致力于当代文学的海外传播研究，也乐于及时译介品评海外

---

① 季进、余夏云：《英语世界中国现代文学研究综论》，北京：北京大学出版社，2017年。

中国现当代文学研究的最新成果，扮演了一个文学传播与文学交流"中间者"的角色，这大概也是季进兄以《文学的摆渡》为书名的用心所在吧？书名虽然借用了书中一篇文章的题目，其实应该是颇有深意的。在文本中旅行，带着文本去旅行，文本中的旅行，文本在旅行……都离不开"摆渡"，这是可以有多种多样的解读的。

其实，学者写的读书札记也好，怀人忆事之文也罢，我把它们统称为学者散文或学术随笔。因为作者是学院中人，学有专攻，所以无论写什么，都会自觉或不自觉地从他的专业出发，以他的学养为关照，这就与一般的读书札记和怀人忆事之文有所不同，往往带给读者的不仅是新的愉悦，还有新的感悟。二十年前，我编过一本《未能忘情——台港暨海外学者散文》①，在序中强调学者散文的作者在写这类散文时，未必会用长篇大论来宣示自己的人文关怀，"却往往将自己的体验和省察，自己的知识分子情怀融入情景交汇的随笔小品之中，因而更富于启示，更能动人心弦"。这个观点我至今没有改变，有必要趁这次为季进兄《文学的摆渡》作序的机会，再重申一遍。我历来主张做学问的不能只有一副笔墨，除了从事符合其专业领域规范的学术论文和专著的写作，也不妨写一些既接地气又见其真性情的文章，这是思想和文笔的新的操练。虽然我自己并未很好地做到，但据我有限的见闻，像李欧梵先生在香港报刊上发表的关于西方古典音乐的漫谈，像吴福辉先生在《汉语言文学研究》季刊上开辟的《石斋语痕》专栏，都是值得称道的好例子。而今我又读到季进兄这

---

① 陈子善编：《未能忘情——台港暨海外学者散文》，上海：上海教育出版社，1997年。

本《文学的摆渡》，不能不感到意外的欣喜。

让我们跟着季进兄这本颇具可读性的《文学的摆渡》，去作一次有趣的文学探索和文本旅行吧。

2022 年处暑于海上梅川书舍

（原载 2022 年 12 月广西师范大学出版社初版《文学的摆渡》）

《东嘉故书谭》序

　　答应方韶毅兄为他这本《东嘉故书谭》写序，已有很长一段时间了。他虽然不催促我，我自己也觉得拖得太久，不好意思起来。今天春光明媚，正好搁下许多杂事，来完成这个光荣的任务。

　　"东嘉"是浙江温州的别称。宋代陈叔方（陈旸）《颍川语小》卷上谓"温为永嘉郡，俚俗因西有嘉州，或称永嘉为东嘉"。那么，韶毅这本《东嘉故书谭》无疑是漫谈与温州相关的各种"故书"。当然，韶毅说温州"故书"往事也不是"故"到漫无边际，他有十分明确的选择，那就是把范围限定在晚清民国时期。这一时期印行的书刊，只要作者是温州人氏，只要还能找到，只要韶毅对此产生兴趣，就都在搜集考订之列。日积月累，许多以前不为人所注意甚至早已被遗忘的"故书"被韶毅发掘出来了，不仅发掘出来，还作了饶有意味的诠释。

　　韶毅的视野十分开阔，看他在《东嘉故书谭》中展示的那些与温州直接或间接相关的"故书"就可明了。其中有历史学的，有教育学的，有心理学的，有新闻学的，有商学的，有经济学的，有军事学的，有语言学的，有数学的，还有研究国际问题的，甚至连谈育儿法的，谈马术的，谈柑橘改良栽培法的都有。虽然还不能说应有尽有，但涉及面之广，着实令人惊讶，至少我是很意外的。由此足可见温州这个地方人杰地灵，人才辈出，也足可见韶毅搜集之广之勤。更难得的是，他对这些五花八门的"故书"不但作了提纲挈领的评介，还对其作者也逐一查考，对这些有名或无名的作者的经历和贡献有了颇多新的发现。总之，温州这一时期丰富多彩的文化风貌就通过这些"故书"和韶毅的妙笔生动而又别致地呈现出来了。

我从事中国现代文学史研究，自然对韶毅这本书中有关文学的部分特别有兴趣，全书确实也是有一半以上篇幅探讨文学和文艺书籍的。出生于温州的现代作家真不少，韶毅对鲁迅作序的叶永蓁著《小小十年》版本的细致梳理以及对稀见的叶永蓁《我的故乡》一书的分析，对赵瑞蕻所译中国第一部《红与黑》译本版本的考订及对赵瑞蕻老师、夏翼天生平的查证，对朱维之代表作《中国文艺思潮史略》的版本尤其是盗印本的爬梳和对其所著《无产者耶稣传》的评述，还有他对名不见经传的陈适及其所著《作文三步》《人间杂记》的发掘及介绍随之带出的林语堂集外文《〈人间杂记〉序》，等等，都要言不烦，引人入胜，也都在不同程度上填补了温州地方文学史、浙江乃至中国现代文学史研究的空白。

除此之外，韶毅的《疯人》一文也深得我心。此文讨论刘廷芳所译《疯人》。散文诗集《疯人》是中国最早的纪伯伦翻译单行本，《疯人》一文不仅认同刘廷芳的译文"清丽可诵"，还进一步介绍了可称"罕见书"的刘廷芳、刘廷蔚兄弟的"风满楼丛书"六种。这是我见到的最早评介"风满楼丛书"的文字，虽然较为简略。韶毅为我主持的"海豚书馆·红色系列"编选了刘廷芳著《过来人言》[①]，后来竟能在加拿大找到不为人知的刘廷蔚与徐志摩 1924 年在庐山的合影，撰写了论文《中国新诗史缺失的一页：从新发现的徐志摩与刘廷蔚庐山合影说起》，并在拙编《现代中文学刊》2021 年第 6 期发表。他也因此成了国内屈指可数的新诗人刘廷芳、刘廷蔚兄弟研究专家之一，而这一切应该就是从此书中的《疯人》一文起步的。

近年来，"地方性知识"理论的引进，"地方路径"探索的开始兴起，"地方文学"研究的不断展开，这些都是可喜的学术研究的新气象。而韶毅有感于搜集晚清民国时期温州人著作之不易，有感于这些年来温州"地方的消失"，以极大的热情，以一己之微力，持续地尽可能地搜集整理温州地方文献，真是功莫大焉。他并不从理论到理论，并不空谈侈谈，而是从具体文本出发，踏踏实实地，从一本"故书"到另一本"故书"，从一个作者到另一个作者，致力于"抢救"和发掘，致力于实证的查考和研究，终于大有斩获，这本《东嘉故书谭》就是他初步的研究成果。我想，以他的认真和执着，这项工作一定会继续做下去，而且一定会越做越好。

我与韶毅认识不少年了，在温州、杭州及全国民间读书年会上，我们曾多次见面。他来上海工作的那段时间里，我们也见过不少次面，还与沈迦兄一起专诚去拜访钱谷融先生。有次我们谈起他搜集温州地方文献，说到他的收藏时，韶毅毫不掩饰内心的

① 刘廷芳：《过来人言》，北京：海豚出版社，2013 年。

喜悦。他主编的《瓯风》我每期都收到，编得真好。他的处女作《民国文化隐者录》也很吸引人。因此，他的第二部著作，这本图文并茂、深入浅出的《东嘉故书谭》即将问世，我为之写几句话是理所当然的，于是就有了这篇小文。文中如有不当之处，还请韶毅兄和读者批评。

2022 年 3 月 4 日于海上梅川书舍

（原载 2022 年 7 月上海文汇出版社初版《东嘉故书谭》）

《绿土文丛》序

　　已经记不清从哪年开始了，我养成了一个阅读习惯，即每隔两个月，都会等待一种刊物的到来。这种刊物其实只有正反两页，版面如小报即上海《新民晚报》般大小（近年版面稍有扩大，但仍只有正反两页），一期也就发表两三篇文章。但我几乎每期都认真阅读，而且读得津津有味。

　　这种一直吸引我的小刊物，就是上海虹口区图书馆编印的《绿土》月刊。《绿土》诞生于 1995 年 8 月。一个区图书馆创办一份倡导读书的刊物，本是题中应有之义。上海乃至全国许多图书馆都有这样的刊物，只是形式和篇幅各各不同而已。《绿土》最初也是朝着为一般读者服务这个方向前行的，但是很快，《绿土》呈现出了它与众不同的新面貌。1997 年 6 月，虹口区图书馆设立"文化名人文献室"，与之相配合，《绿土》刊文开始朝介绍中国近现代文化名人的生平和作品这个角度倾斜。从 2000 年 6 月起，《绿土》又成为刊登回忆文坛前辈、查考文学史实、研究现代作家作品的专刊，在全国的图书馆刊物中可谓异军突起，独领风骚。更难得的是，《绿土》不事张扬，默默耕耘，一步一个脚印，一直坚持到了今天。至今年 5 月,《绿土》已经出版了整整 286 期，实在是太不容易了。

现在,《绿土》编辑部把历年来《绿土》所刊发的关于中国现当代文学的各类文章加以汇编，总题《绿土文丛》，分为《那时文人》《那时书刊》《那时信札》三集付梓。这真是一件嘉惠学林、推进现当代文学阅读的大好事，或可用琳琅满目、美不胜收八个字来形容。

《绿土文丛》第一集《那时文人》中，写到的现代作家和艺术家颇为广泛，令人有目不暇接之感。既有鲁迅、郁达夫、茅盾、叶圣陶、郑振铎、戴望舒、张天翼、艾芜、端木蕻良等中国现代文学史上已早有定评且现代文学爱好者也较为熟悉的作家，也写到了改革开放之后重新引起关注的丁玲、冯雪峰、萧军、陶晶孙、穆木天、彭慧、杨骚、关露、蒋锡金、沈振黄等左翼作家和艺术家，还写到了上海有代表性的通俗文学作家陆澹安、徐卓呆、胡治藩、周天籁、顾冷观等，写到了一度被埋没的新诗人刘延陵、侯汝华、穆旦、袁可嘉、灰马等，写到了文学创作和学术研究双栖的赵景深、谭正璧和王元化等，写到了在文学翻译领域卓有建树的曹靖华、徐梵澄、戈宝权等，以及对 20 世纪 40 年代上海文学进程颇有贡献的柯灵、范泉、钟望阳等。其中，既有对这些作家文学生涯的回顾，如《新诗运动的前驱者刘延陵》《上海文坛奇人胡治藩》，也有对他们文坛交往的梳理，如《父亲赵家璧与耿济之的一段交往》《苏雪林与胡适一次罕为人知的冲突》；既有对这些作家日常生活的追述，如《张天翼与契萌的一段情缘》《柯灵租房所折射的文人交谊》，也有对他们某一时段鲜为人知的经历的考证，如《鲁彦在厦门事迹考》《戴望舒居新陆村考》等，举不胜举。值得注意的是，这些作家不是长期生活在上海，就是在上海现代文学史上留下了坚实的足迹，而《绿土》刊发回忆和研究他们的这些文章，不但是对他们文学成就的承认和追念，也为上海乃至全国的现代文学史研究提供了有价值的新史料，虽然这些作家中有的人未必一定能进入文学史。

《绿土文丛》第二集是《那时书刊》，这册的内容同样丰富多彩，既有对现代文学史上部分人们熟知或鲜知的作品集、文坛回忆录乃至作品题跋的分析，也有对各种新文学及与新文学相关刊物，尤其是中小型杂志、副刊和大小文学社团的评介，还有对上海北新书局、山河图书公司等新文学出版机构的探寻。其中，《周氏三兄弟合作的唯一成果》《白蕉·〈白蕉〉·"白蕉"》《方玮德的身后诗文集和生前之"私印品"》《严独鹤北游与〈啼笑因缘〉成书前史》等文都令人耳目一新。《那时书刊》所介绍的《小闲书》《小雅》《笔阵》《西点》等刊物，恐怕研究中国现代文学史的专家，也未必了解。即便对已有很多研究成果的《新青年》，朱金顺先生对该刊 1918 年 5 月第 4 卷第 5 号上一则《补白》的品评，也颇有启发。陈青生先生对鱼贝及其小说的发掘，吴心海先生在《因七七事变而夭折的〈诗与文〉》中对刘振典其人其诗的追踪，祝淳翔先生披露的《陶亢德筹而未办的〈文风〉杂志》等，也都值得注意。而周允中先生对"左联"机关刊物《前哨》出刊过程不同说法的探讨，更是重要的左翼文学史料。

近年来作家书信、日记已成为现代文学文献学研究的一个热点。《绿土》近年发表的文章中，与作家书信、日记有关的也占了相当的比重。《绿土文丛》第三集是《那时信札》，也就理所当然了。本集的研究文章提供了大量作家信札，撰信人有周作人、沈尹默、郭沫若、郁达夫、茅盾、叶圣陶、徐志摩、汪静之、冯至、施蛰存、邵洵美、徐霞村、丰子恺、李健吾、夏衍、阳翰笙、巴金、周楞伽、李霁野、谢冰莹、白薇、丁玲、赵清阁、胡风、贾植芳、唐湜……可谓蔚为大观。这些信札写作时间跨度很大，有写于20世纪20年代至40年代的，更多则写于中华人民共和国成立以后，尤其是写于改革开放以后回复研究者、追忆文坛往事的，少量当时或后来已经发表，但作者文集、全集漏收的，更多的是首次面世，其史料价值自不待言。如夏衍致陈梦熊忆南强书局，如周作人致张深切说《艺文杂志》，如巴金述脱离文化生活出版社的经过，如多位作家致钦鸿提供自己的笔名，等等，都是难得的第一手文献。当然，研究文章作者对书信手迹的关注和辨识，对信中内容的考订和阐释，也大都引人入胜。

虽然以前大都看过，但这次重读重新编辑的这三集《绿土文丛》，我有个很强烈的感受：应该承认，《绿土》所展示的要比已有的文学史著述来得鲜活、具体和多样，是对已有的文学史著述的一个有益的补充。由此可见，无论编者还是作者，都有一种较为明确的意识，那就是尽自己的能力在文学史深处打捞，拾现有文学史著述之遗，补现当代文学史研究之阙。尽管《绿土》中个别篇章还停留在一般介绍的层面，或可进一步提高，但总体而言，作者的努力是应该予以充分肯定的。

《绿土》的作者来自全国各地，既有作家本人、后人和朋友，也有大学中文系的教师和人文社科机构的研究人员，还有社会上对中国现当代文学史感兴趣的各界人士，数者并行不悖，涉及面是很广的。这就又使我想起"公共史学"的说法。这是近年来史学界提出的一个新说法，以对应"学院派史学"。我在这里借用这个概念，拟提出"公共现当代文学史"这个说法。我认为，研究现当代文学史，不是"学院派"的专利，非"学院派"的社会大众，只要与现当代文学史有渊源，对现当代文学史感兴趣，都可参与其中，尤其可在现当代文学史料的提供、发掘、整理和研究上发挥其应有的作用，从而与"学院派"的现当代文学史研究形成互动和互补，推动现当代文学史研究的进一步深入。《绿土》的出现和坚持，就是一个较为成功的证明。

由公共图书馆主办的这份讨论"公共现当代文学史"的《绿土》，真好。故趁为《绿土文丛》作序的机会，我也要表达由衷的祝愿：祝《绿土》办得更好！

2024 年 6 月 18 日于海上梅川书舍

（原载 2024 年 8 月 28 日《文汇报·笔会》，收录本书时有增订）

《开卷手稿集》之我见

这是一册别致的《开卷》作者手稿集。在我看来，这本书有三个缺一不可的关键词：《开卷》、作者和手稿，试一一说之。

先说《开卷》。一份薄薄的民办读书小刊，2000 年 4 月创办于南京，风风雨雨一路走来，已经过了二十二个春秋，仍在按期出版，至今年 2 月，总共印行了二百六十三期。而且，《开卷》刊出之文大都短小精悍，言之有物，很少大话、空话、套话。这是一件令人难以想象的多么了不起的事。

再说作者。《开卷》之所以能够坚持到今天，与作者们的鼎力支持密切相关。《开卷》的作者几乎涵盖人文社科各个领域，甚至还有从事自然科学研究的。作者中不乏文坛前辈、学界翘楚和后起之秀，一代又一代，像接力赛一样一起为《开卷》辛勤笔耕，才成就了今日的《开卷》。

接下来就应该说到手稿了。本书是《开卷》作者手稿的第一本选集，总共入选 56 位作者在《开卷》发表的各种作品的手稿（当然，也有个别例外，如姜德明先生的《怒吼吧，中国》一文为未刊稿）。这些作者中，大多数是我的前辈，四分之三我都有幸认识，有的还有不少交往，经常请益。而今，除了杨苡、姜德明、李文俊①、朱金顺、董桥等少数几位先生，大部分作者都已经作古。因此，对我个人而言，见字如面，倍增敬重怀念之情。

近年来，手稿越来越受到文学史和学术史研究者的重视，因为这是深入研究作家学者的作品的一条新路径。就现代文学研究而言，《鲁迅手稿全集》已经问世，茅盾的《子夜》、郁达夫的《她是一个弱女子》、老舍的《骆驼祥子》、巴金的《寒夜》等名家名著的手稿影印本也均已出版。从北到南，作家手稿研究的国际学术研讨会也已举办了数次，有分量的研究成果已经不少。

比较而言，当代作家学者的手稿似还未引起应有的关注。《开卷手稿集》的面世，或能为改变这种状况发挥作用。当然，这些 2000 年以后的作品手稿绝大部分已非毛笔书写，但这是时代使然，风气使然。当下电脑写作已经一统天下，用毛笔书写手稿的时代早已经一去不复返了。然而，退而求其次，用钢笔、圆珠笔和水笔写的手稿，同样或端正或潦草，或浑厚或秀丽，或一气呵成或多次涂抹，同样可以欣赏把玩，更同样可以展示作者的心路历程和构思、推敲、修改的始末。一言以蔽之，同样值得认真揣摩探讨，这册《开卷手稿集》不就是一个明证吗？

董宁文兄真是一个有心人，他在努力编辑《开卷》的同时，精心保存了这么多有研究价值的《开卷》作者的手稿，如果是别的刊物，很可能早就当作废品丢弃了。而今，他又将之整理，公之于世，并酌加充满感情的说明文字，使读者对这些手稿及手稿作者有更多的了解和认识，真是功莫大焉。

---

① 　在撰写本文时，杨苡先生、姜德明先生和李文俊先生都健在，现在他们三位也都逝世了。

《开卷手稿集》初集已经开了一个很好的头，期待二集、三集能够继续编下去。

　　（原载 2022 年 7 月 25 日《新民晚报·夜光杯》，收录本书时有增订）

一个很有趣的国际文化现象

——《世说猫语》序

　　猫，这种可爱的对人若即若离的小精灵，近年来在我们的日常生活乃至精神生活中所占的位置已经越来越突出，不仅全国养猫人群日益壮大，线上线下关于猫的各种书籍、画册、影像、视频也层出不穷，衍生的文创产品更是丰富多彩。可以毫不夸张地说，猫对我们的重要性已与日俱增，或许将来有一天在人类生活中，猫所受到的宠爱会与狗平起平坐，甚至超过狗而成为与人关系最亲密的动物也不是没有可能。

　　更应该指出的是，古今中外许多思想家、文学家、艺术家都是"猫奴"。以欧美为例，远的且不说，19世纪以降，他们就为我们留下了为数相当可观的以猫为题材的文艺精品，举其荦荦大端，写猫的名著，有刘易斯·卡罗尔《爱丽丝梦游奇境》中的猫、波德莱尔《恶之花》中的咏猫诗、夏目漱石的《我是猫》；画猫的名绘，有比亚兹莱、马蒂斯、毕加索、马尔克等笔下的猫，都举不胜举。戈蒂耶所说的"猫是一种哲学的、整洁的、安静的动物"，海明威所说的"猫是绝对的诚实：人类会出于这样的原因或那样的感情有所隐藏，猫则不会"，多丽丝·莱辛所说的"人和猫虽属不同族类，但我们企图跨越那阻隔我们的鸿沟"，这些话都富于哲理，引导我们进一步思考人与猫的关系。这一切，无疑是一个很有趣的国际文化现象。

对猫的关注，中国文学家又何尝不是如此？同样，远的且不说，新文学勃兴之后，就有不少名家写过猫，其中有小说如老舍的《猫城记》、钱锺书的《猫》，有诗如朱湘的《猫诰》、高长虹的《猫眼睛》，而以散文为最多。早在三十年前，友人陈星兄就编了一本《文人与猫》①，对现代作家所写的猫文作了初步梳理。虽然他不养猫，但他提出了"中国文人更加善于在猫的身上发挥，所著'猫文'分外诱人"的观点，我深以为然。

由于我自 1992 年秋以后开始养猫，所以在《文人与猫》出版十三年后，也编了《猫啊，猫》②；又过了八年，我以"单闻"为笔名又编了《猫》③。这两种猫文选集虽然也收录了内地（大陆）和港台当代作家的猫文，但现代作家的猫文却是主要的。综合上述三书所录现代作家的猫文，计有苏雪林、郑振铎、鲁迅、夏丏尊、徐志摩、鲁彦、林庚、马国亮、章克标、宋云彬、周作人、靳以、郭沫若、金性尧、许君远、许地山、丰子恺、梁实秋诸家，如果再加上中华人民共和国成立以后写下猫文的老舍、冰心、季羡林、杨绛、孙犁、汪曾祺等现代作家（以上均以写作或发表时间为序），我以为这份名单是十分骄人的。现代文学史上那么多大家、名家都与猫结下不解之缘，都写过猫，也从一个侧面折射出猫与中国现代文学进程的密切关系，换言之，猫在一定程度上也参与了中国现代文学的建构，虽然大大小小的猫们自己

① 陈星编：《文人与猫》，太原：北岳文艺出版社，1991 年。
② 陈子善编：《猫啊，猫》，济南：山东画报出版社，2004 年。
③ 单闻编：《猫》，北京：人民文学出版社，2012 年。

根本不知道。

然而，我并不以此为满足。我深知由于所见有限，拙编一定有所遗漏，一定会挂一漏万，所以一直期待一本搜集更为齐全，更具涵盖性的写猫文集能够面世。而今，孙莺小姐编选的《世说猫语》终于让我如愿以偿了。

《世说猫语》，书名就起得很好，古代不是有《世说新语》吗？《世说新语》写的是魏晋南北朝时期名人高士的言行逸事，《世说猫语》辑录的则是有关近代以来猫与人各种遭际的文字记载。此书所收，起自 1872 年《申报》刊登的《爱猫奇闻》（佚名作），讫于 1949 年同样是《申报》刊登的《猫》（钱大成作），分为"豢猫者言""豢猫余谈""豢猫杂俎""豢猫文录""豢猫歌谣"五辑，长短共一百二十余篇猫文，真可谓琳琅满目，美不胜收。

我更惊喜地发现，有更多的新文学作家写过猫，书中首次收录了巴金、俞平伯、许钦文、徐蔚南、春台（孙福熙）、味橄（钱歌川）、梁遇春、胡也频、徐懋庸、李长之、黑婴、施济美、陈纪滢、吕伯攸、马君玠、范泉、司马訏、林祝敔等作家的猫文。不仅如此，以前曾被称为旧派或"鸳鸯蝴蝶派"的作家，如袁寒云、漱石生（孙玉声）、向恺然、范烟桥、郑逸梅、秦瘦鸥等，也有精彩的猫文入选，这点需要特别提出。显而易见，这是又一份更为广泛的骄人的名单，再次有力地证明，居然还有那么多中国现代作家写猫，其中不乏文情并茂、感人至深的佳作，可以置于现代优秀散文之列，猫实在是很深入地介入了现代中国人的生活和情感世界。

当然，《世说猫语》中收录更多的是普通作者所写的猫文，这些作者大都名不见经传，应该来自各行各业，有的可能使用了笔名，但他们也都喜欢猫，或与猫有这样那样的瓜葛，这往往使他们的猫文更为平实和亲切。这些猫文中既有养猫之常识、趣闻和历史的回顾，更多的是尽情抒发人猫之亲情、人间与猫界的冷暖，社会的剧烈变动对人和猫的深刻影响，以及对流浪猫的关爱，乃至种种弦外之音或借题发挥。总之，这些普通作者的猫文同样写出了人与猫的亲密关系，同样很值得一读。

《世说猫语》的编者孙莺小姐自己就是一位爱猫人，这从她充满深情的猫文《代跋——写给山本小队长》中就可看得很清楚。她花费了很多时间精力编成的这本《世说猫语》，对19世纪末至20世纪上半叶的中国社会各界与猫的关系作了新的几近全景式的鸟瞰，具有多方面的史料价值和赏读价值，颇为难得，故我乐于为之作序，并郑重向今天爱猫养猫的广大朋友推荐。

2020年11月7日于海上梅川书舍

（原载2024年6月厦门大学出版社初版《世说猫语》）

附记

这篇《世说猫语》序，是张伟兄的命题作文，曾以《人与猫，一个很有趣的国际文化现象》为题，刊于2021年1月14日上海《文汇报·笔会》。两年过去了，此书终于要由厦门大学出版社出版，然而，张伟兄却已于今年1月11日因病逝世，未能亲见此书问世；这是令人痛惜的。谨志数语，作为对挚友的深切怀念。

2023年2月3日于海上梅川书舍

《〈申报·自由谈〉杂文选（1932—1935）》增订本跋

　　三十六年前，王锡荣兄和我在《申报·自由谈》作者唐弢先生指导下，编选了《〈申报·自由谈〉杂文选》（以下简称《杂文选》），由上海文艺出版社出版。光阴荏苒，这么多年过去，唐弢先生逝世也已三十一年，而今这本书有机会增订新版，我们作为编者，当然十分高兴。

　　文学副刊在中国现代文学进程中，与文学杂志一起，堪称双峰并峙。新文学作家驰骋文坛，新文学社团风起云涌，都离不开报纸副刊这个重要媒介。《杂文选》是改革开放以后出版的第一部中国现代文学副刊作品选。两年之后，李辉先生主编的《大公报·文艺》（1935—1937）书评选《书评面面观》由人民日报出版社出版。唐弢先生一直主张，研究现代文学史应该从接触第一手史料出发，尤其应该重视文学副刊，《杂文选》的编选正是在这方面的一个尝试。

　　创刊于1872年的《申报》是上海乃至中国近现代史上发行时间最长、影响也极为广泛的中文报纸，而在《申报》的众多副刊中，《自由谈》又最为有名。近些年来，对《申报·自由谈》

尤其是黎烈文 1932 年 12 月改革后的《申报·自由谈》的研究，虽还不能说方兴未艾，却也较为活跃。改革后的《申报·自由谈》得到鲁迅、茅盾、郁达夫、叶圣陶、林语堂等许多著名作家的鼎力支持，在当时复杂险恶的政治环境下，积极参与 20 世纪 30 年代国际性大都市上海"公共空间"的建构和开拓，这个历史功绩理应受到越来越多研究者的关注。但愿《杂文选》这次新版能对《申报·自由谈》研究的进一步深入有所裨益。

由于上海文艺出版社版《杂文选》已是历史文献，而且是唐弢先生生前审定的，因此，此次新版在篇目上维持原版，不再增删，虽然今天回过头去看，还可以选得更宽泛一些，更多样化一些。当然，新版也做了如下一些必要的修订补充。

第一，许多入选作品在《申报·自由谈》上发表时署了笔名，当初编选时凡已考证出原作者的，上海文艺出版社版《杂文选》均已注明。上海文艺出版社版《杂文选》问世后，又有一些新的发现，新版据此做了新的补注。

第二，上海文艺出版社版《杂文选》对部分入选杂文酌加了一些简注，新版做了必要的微调，有增有删。

第三，增添了两篇附录。第一篇是唐弢先生为 1981 年上海书店出版的《申报·自由谈》影印本所写的序。此序对改革后的《自由谈》的历史作了较为全面的回顾，对其特色、价值和意义也作了较为深入的讨论，至今仍有不容忽视的参考价值。第二篇是当年唐弢先生针对《杂文选》的编选事宜写给我的信，以及我的一些解说，以帮助读者了解我们当年是如何在唐弢先生指导下编选这本《杂文选》的。

新版《杂文选》本是为了纪念《申报》创刊一百五十周年而

重印的，不料由于新冠疫情的关系，不得已而拖延了下来，那就作为一个迟到的纪念吧。今年是唐弢先生诞辰一百一十周年，新版《杂文选》的印行，窃以为也是一个很好的纪念。

感谢黄显功兄的介绍，感谢上海科学技术文献出版社出版新版《〈申报·自由谈〉杂文选》。

是为新版跋。

2023 年 1 月 22 日于海上梅川书舍

［原载 2023 年 8 月上海科学技术文献出版社初版
《〈申报·自由谈〉杂文选（1932—1935）》］

"学术是有自己的温度的"

——《学术林中路》编者前言

这本《学术林中路》是《现代中文学刊》所刊怀念中国现当代文学学人之文的汇编。书名系从海德格尔的"林中路"之说转化而来，起讫时间则为 2011 年至 2021 年。

《现代中文学刊》创办于 2009 年 8 月，由原《中文自学指导》改名，是一份研究中国近代以来文学和文化的学术刊物，迄今已走过十三个年头。在这十三年里，除了刊发各种学术研究成果，凡有研究中国现当代文学具影响力的海内外学人逝世或适逢诞辰百年，《现代中文学刊》都会及时做出反应，或推出纪念专辑，或发表缅怀篇章，追忆他们饱满的生命和谨严的治学经历，探讨他们不懈的学术追求和杰出的学术成就。之所以坚持如此安排，坚持以这些方式向逝者致敬，既是《现代中文学刊》的题中应有之义，也可以大言不惭地说，开了以往学术刊物一般不刊登悼亡文字的先河，从而形成了自己与众不同的一个特色。

在这十三年里，《现代中文学刊》先后推出了贾植芳、钱谷融、夏志清、樊骏、范伯群、吴福辉、冯铁（Raoul David Findeisen）等中外学者的纪念专辑，也在《特稿》《学术随笔》等专栏发表了纪念钱锺书杨绛夫妇、王瑶、徐中玉、王信、张毓茂、张恩和、王富仁等多位学者的文章。这些已经远去的前辈或同人的大名，凡从事中国现当代文学研究的，想必都如雷贯耳。就我个人而言，只有钱锺书杨绛夫妇仅通过信而未见过面，其他各位都有幸认识，甚至有经常请益聆教之雅。编发纪念他们的这些文字，也使我重温了与这些前辈或同人的交往，他们的音容笑貌又历历如在眼前。这也是我特别看重这些深情之文的原因。

这些深情之文，既生动展现了李商隐所说的"平生风义兼师友"，也提示我们学术需要传承，更需要发扬。对中国现当代文学研究者来说，这些长长短短的纪念文字的作者在学术研究上也大都卓有建树，他们的回忆可以帮助我们进一步领会、感念逝者的道德文章，从中汲取在学术研究中不断前行的精神力量，进而有助于中国现当代文学的学科建设。在这些怀念文字的作者中，钱谷融、曾华鹏、朱德发、王信四位前辈也已经离开了我们，他们的遗作又具有了双重的纪念意义。而对广大读者来说，他们对逝者的人品文品未必了然，这些情真意切的回忆文字，篇篇都是感人肺腑的散文佳作，正可引导读者更真切、更全面地去认识逝者，获得一种难得的文学阅读体验。因而，它们给我们的启示应该是多方面的。

需要说明的是，《学术林中路》所刊并非《现代中文学刊》十年来所刊怀人文字的全部。徐中玉先生的《老贾仍活在我们心里》，彭燕郊先生的《我所知道绀弩的晚年》，庄信正先生的《忆陈世骧先生》，刘再复先生的《夏志清先生纪事》《想念您，樊骏好兄长》和刘祥安先生的《范伯群先生学术人生的三个时辰》诸篇，出于种种原因，未能编入。好在刊物俱在，感兴趣的读者仍可自行检索。

《学术林中路》的编集，所有具体工作都是我的同事陈丹小姐做的，没有她的细心和努力，这书难以编成。桑农兄热情推荐此书，安徽师范大学出版社又慨然接受，并将其列入"闻道学术作品系列"丛书。谨此一并深深致谢！

　　今年是我主编《现代中文学刊》的最后一年，《学术林中路》的编辑出版，对我十三年的编刊生涯，既是一个纪念性的回顾，也算画上了一个圆满的句号。

2022 年 6 月 28 日于海上梅川书舍

（原载 2022 年 9 月安徽师范大学出版社初版《学术林中路》）

附

录

关于我的书话写作

　　忝为在高校中文系从事教学和科研的学者，撰写学术论文是题中应有之义。所谓学术论文，自有其一整套越来越复杂的学术规范，除了正文，还须有内容提要、关键词、引文注释、参考文献等，不一而足。我也确实按照此规范写过一些偏重于考据的学术论文，虽然写得并不很多。这主要是因为我其实更喜欢写书话类文字，我在内地出版的第一本书，书名就是《捞针集：陈子善书话》①。当然，书中所收并不篇篇都是"书话"，还有书评、新书推荐文之类。

　　何谓"书话"？书话大家唐弢先生在《晦庵书话》②的序文中，有过如下的论述：

　　　　书话的散文因素需要包括一点事实，一点掌故，一点观点，一点抒情的气息；它给人以知识，也给人以艺术的享受。这样，我以为书话虽然含有资料的作用，光有资料却不

---

① 陈子善：《捞针集：陈子善书话》，杭州：浙江人民出版社，1997年。
② 唐弢：《晦庵书话》，北京：生活·读书·新知三联书店，1980年，第6页。

等于书话。我对那种将所有材料不加选择地塞满一篇的所谓"书话"，以及将书话写成纯粹是资料的倾向，曾经表示过我的保留和怀疑。

第二段话意思很明确，书话理应提供新鲜的资料，但仅仅做到这一点还不够。第一段话更有名，对书话提出了应该具备四要素的具体要求，经常被论者引用。我认为唐弢先生把书话的基本特征大致说清楚了。不过，也有论者对"书话"提出过质疑，认为并不存在所谓的"书话"。但我想学术研究本来就应该各种观点并存，不必也不能强求一律。

在我看来，除了唐弢先生有两本书，即《书话》和《晦庵书话》以"书话"命名外，阿英、赵景深、黄裳等诸位文坛前辈的一部分关于中国现代文学的文字都可归入"书话"之列，黄裳先生甚至把自己的这类文字总题为"拟书话"，今年5月刚去世的姜德明先生更是名副其实的当代"书话"大家。令人遗憾的是，在很长一段时间里，学界对他们在不同时期所写的研读中国现代文学史的书话关注不够。这是很可惜的。好在现在研究中国现代文学书话的博士论文 ① 也已经问世了。

唐弢先生无疑是中国现代文学史家，这有他主编的三卷本《中国现代文学史》为证，也有他写的一系列研究鲁迅和其他现代重要作家及文学史各个阶段各种现象的论文为证。但我还是更看重他的书话，因为我从他的大量书话作品中既得到了许许多多他的文学史著作中没有的现代文学史"知识"，同时也得到了

---

① 见赵普光《书话与现代中国文学》，2009 年，南京大学博士学位论文。同名专著于 2014 年 4 月由人民出版社出版。

"艺术的享受"，两全其美，岂不更好？有一次，我当面委婉地向唐弢先生表示过这个想法，他笑答曰："你是这样看的？"

作为有名的散文家，唐弢先生提出的书话四要素中，有一条是"一点抒情的气息"，这是理所当然的事。我虽然喜欢写书话，多年来乐此不疲，"一点事实，一点掌故，一点观点"，或许还能不同程度地做到，但"一点抒情的气息"，却委实难以企及，因为我的文字一向比较枯涩，"抒情的气息"实在很稀薄。不过，我也努力作了自己的探索。

以唐弢先生为代表的一代书话作家，大都写一本本具体的书，即以文集、诗集、译文集等为主，也写到了与书密切相关的藏书印、藏书票、书籍装帧等。此后的书话名家已经在此基础上有所拓展，已经写到了作家的创作道路和作家间的交游等。我一方面试图继承传统，继续写现代文学史上各种不常见的作品和刊物，注重其版本变迁和校勘，也谈谈以前研究者较少注意的与书刊直接相关的序跋、广告、题词、装帧、插图等；另一方面也力图有所突破，即拓展书话的范畴，不再局限于只谈"书"和"刊"，而是进一步扩大到作家某一时期的创作历程和日常生活，其中包括作家的社团、手稿、集外文、签名本、已广告而未出之书、藏书、书信、日记、出版文件、纪念册、贺年卡、行止、住所、爱好、照片、声音和录像等，对通俗文学作家也给予可能的关注。总之，关于一个作家的成长、一个文学社团的兴起和一种文学现象的出现，大大小小，林林总总，方方面面，均在我关注和撰写之列。

自 2012 年 3 月至 2020 年 2 月，我为上海《文汇报·笔会》的"周末茶座"版撰写每周一篇的《不日记》专栏，而后又为香港《明报·世纪》撰写每周一篇的《识小录》专栏，近两年还为上海《书城》月刊、《解放日报·朝花》和《新民晚报·夜光杯》撰写不定期的专栏，专栏字数则从开始的八百字增加到而今的一千二百字。这些专栏文字就成了我这些年书话写作的主要载体，已经结集出版了《不日记》三集、《识小录》和《梅川千字文》。

在这么短小的千字左右的篇幅内写书话，当然不可能充分展开，更不可能面面俱到，即便是讨论一本书、一册期刊、一封书信、一段日记，也只能说说某个侧面，甚至只能说说某个有意义的细节。但我力争所说的都应是值得一说的，都应是现代文学史上还未说或很少说到的，都多少会让现代文学爱好者和研究者感到耳目一新或有所启发的。尽管我自知不可能每篇都已达到我的目标，个别篇还是急就章，有时甚至产生错讹，但我一直在朝这个方向努力。

不妨举两个例子。第一，有位张友鸾，他是现代报人，研究现代新闻史的应都知道他是有名的《新民报》"三张一赵"之一。但很少人知道他也是一位现代作家，即便知道，恐怕也只知道他后期出版的长篇小说《秦淮粉墨图》。而我发现他早年就从事新文学创作，曾在《创造》季刊等创造社刊物上发表作品，与郁达夫、徐志摩都有过交往。出人意料的是，他后来又转向通俗文学创作，不是偶一为之，而是持续不断，并有了更大的建树。于是，我先后写了关于他的《牛布衣的小说》《汗把滥的五爷》《〈白门秋柳记〉及其序》等书话文字，评介他20世纪30年代至40年代创作的短篇小说集《魂断文德桥》、中篇小说《汗把滥的五爷》和章回体小说《白门秋柳记》，为张友鸾在现代文学史上正名。我以为，即便中国现代文学史无法写到他，至少江苏现代文学史中是不能没有张友鸾这个响亮的名字的。

第二，友人示我两幅胡适与郁达夫及其他人的合影，这是我们以前所根本不知道的。于是我就写了两篇书话，分别讨论这两幅合影摄于何时何地，合影中到底有哪些人，为何而摄。第一幅合影摄于胡适 1925 年 2 月到国立武昌大学讲学时，当时郁达夫正在该校任教。合影中共有十九人，其他是些什么人，暂不可考，但至少这幅合影佐证了胡适在《南行杂记》中所说的在武汉见到"最可爱的""旧友"的相关记载。第二幅合影有九人，除了胡适和郁达夫及一人暂未认出外，其他六人分别是周作人、林语堂、陶孟和、凌叔华、陈西滢和丁西林，照片边上还有陈西滢的一句题词。这显然是 20 世纪 20 年代北京文坛的一次较为重要的聚会，与现代评论社的活动有关。具体时间虽一时难以考定，但应在 1924 年 2 月至 1925 年 1 月之间。我以为这是从照片的角度来观察现代文学史的新尝试。

　　以小见大的书话写作有助于促进我对中国现代文学史丰富性和多样性的新发现和新思考，这点我已深信不疑。将来，若把我的这些书话文字再加以整理，去芜存菁，重新编排，或许会成为一部与众不同的有趣的中国现代文学小史，也未可知。"路漫漫其修远兮"，今后，只要时间、精力和条件允许，我对中国现代文学史的研究仍会继续，真有心得和创见的关于中国现代文学史的学术论文也自当继续撰写，而我的现代文学书话的写作同样也会继续，何况我对书话写作还情有独钟呢！

　　（原载 2023 年 9 月《小说评论》2023 年第 5 期，收录本书时有增订）